RESOLVE
信念的旗帜
突出巴丹丛林

【美】鲍勃·韦尔奇（Bob Welch）/著 杨振宇 罗琴/译

重庆出版集团 重庆出版社

图书在版编目(CIP)数据

信念的旗帜：突出巴丹丛林/(美)鲍勃·韦尔奇著；杨振宇，罗琴译.
—重庆：重庆出版社，2015.8
ISBN 978-7-229-09615-1

Ⅰ.①信… Ⅱ.①鲍…②杨…③罗… Ⅲ.①长篇小说—美国—现代 Ⅳ.①I712.45

中国版本图书馆CIP数据核字(2015)第055907号

信念的旗帜：突出巴丹丛林
XINNIAN DE QIZHI：TUCHU BADAN CONGLIN
(美)鲍勃·韦尔奇著　杨振宇 罗琴译

出 版 人：罗小卫
责任编辑：马春起
责任校对：李小君
装帧设计：重庆出版集团艺术设计有限公司·黄　杨

重庆出版集团
重庆出版社　出版
重庆市南岸区南滨路162号1幢　邮编：400061　http://www.cqph.com
重庆出版集团艺术设计有限公司制版
自贡兴华印务有限公司印刷
重庆出版集团图书发行有限公司发行
E-MAIL:fxchu@cqph.com　邮购电话：023-61520646
全国新华书店经销

开本：720mm×1 000mm　1/16　印张：17.25　字数：246千
2015年8月第1版　2015年8月第1次印刷
ISBN 978-7-229-09615-1
定价：38.00元

如有印装质量问题，请向本集团图书发行有限公司调换：023-61520678

版权所有　侵权必究

第二次世界大战巴丹半岛的丛林中，由一位士兵，一面旗帜与一份信守的诺言编织而成的史诗故事。

谨将此书纪念：

德莫克里托·拉曼兰（Democrito Lumanlan）、科迪阿罗·拉克撒马纳（Kodiaro Laxamana）、莫里奥（Maurio）、哈波（Humbo），以及其他冒着生命危险帮助克雷·康纳及其战友的菲律宾人；

还有开创了最后由155营完成的任务的葛塔诺·巴托（Gaetano Bato）中士。

谨将此书献给：

道格·克雷宁（Doug Clanin）和韦恩·桑福德（Wayne Sanford），从过去的阴影中挖掘素材，让这个故事重见天日的历史研究者。

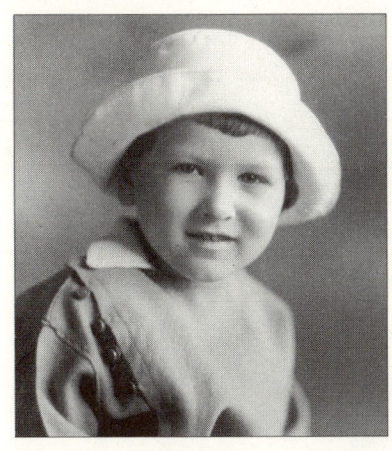

克雷·康纳三岁时
——康纳家庭收藏

康纳(左二)在杜克做啦啦队员。
——杜克大学档案

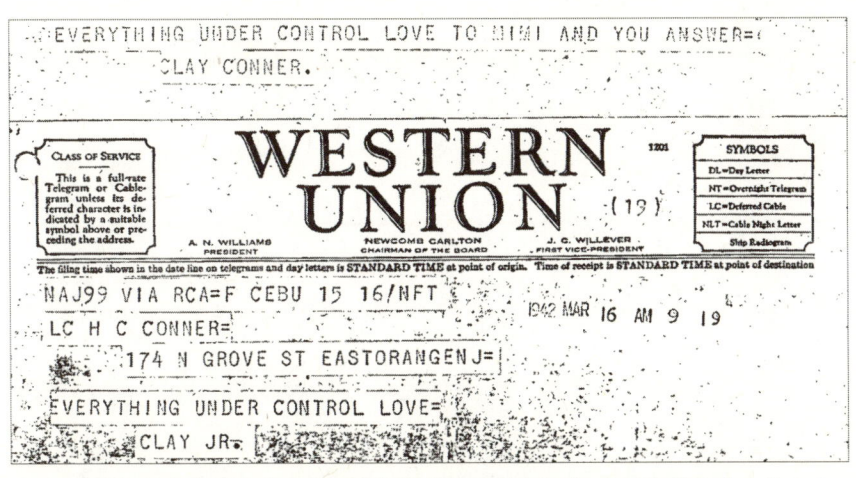

巴丹陷落前三周,在康纳请朋友从宿务岛发回家的电报中,他还是像往常一般乐观。

大约有三百分之一的美军没有投降而是逃入丛林。像上图这样投降了的则被迫走上被称作巴丹死亡行军的旅程。
——国家档案

巴丹陷落不久,一支被称为哈克巴拉哈普(抗日人民军)的组织崛起。这些简称哈克的游击队与康纳一行发生多次摩擦。
——印第安纳历史学会

在邦板牙省,康纳他们就住在类似但略大的尼格利陀人的窝棚中。

——马尼拉内政部

弗兰克·古维1944年11月画的草图,图上是他们居住的插有美国国旗的最后一个营地"隐藏谷"。该房间面积有280平方英尺,是他们五个"长期"居住点中最大的一个。

——印第安纳历史学会

1945年1月30日,康塞普西翁,奥斯瓦尔德·格列斯伍德中将从康纳手中接过那面破烂的旗帜。康纳身着浅色衬衫站在前面,后面是他的伙伴们。
——马尔科姆·德克尔收藏

1945年1月30日,康塞普西翁,八名兴奋的幸存者。第一排从左到右:克雷·康纳,查理·斯托茨,罗伯特·艾伦·坎贝尔和鲍勃·迈尔修。第二排从左到右:弗兰克·古维,威廉姆·布莱斯勒(William Bressler),多伊尔·德克尔和阿尔伯特·布鲁斯。
——印第安纳历史学会

从左至右分别是：弗兰克·古维，罗斯·林德史密斯（Russ Lindersmith），鲍勃·迈尔修和多伊尔·德克尔。1945年1月，康纳他们走出深山后不久，在巴丹投降前就认识迈尔修的林德史密斯惊喜地发现自己的朋友还活着。　　——马尔科姆·德克尔收藏

康纳（左）及其父亲，摄于他从菲律宾安全返回后不久。——康纳家庭收藏

康纳（右）与古维的母亲埃塞尔（Ethel）。1945年8月，康纳赴西弗吉尼亚州参加古维回家的欢迎会。康纳说，古维想家的时候通常是想念母亲做的饭菜。　　——印第安纳历史学会

1946年6月25日,克雷与伊丽莎白的婚礼。左为老克雷以及玛格丽特·康纳,右是岳父母杰克·汤姆森(Jack Thomson)以及埃丝特·汤姆森(Esther Thomson)。　　　　　　　——康纳家庭收藏

克雷·康纳的四个儿子在小马农场初建时期的照片。该农场是克雷为纪念他父亲的肯塔基渊源而建立的。左后:小克雷;右后:杰克;左前:吉姆;右前:汤姆。　　　　　　　——康纳家庭收藏

康纳在印第安纳波利斯皇冠山（Crown Hill）公墓的墓碑，上面提到了他40年前在吕宋时对他有着重大影响的《罗马书》。
——鲍勃·韦尔奇摄

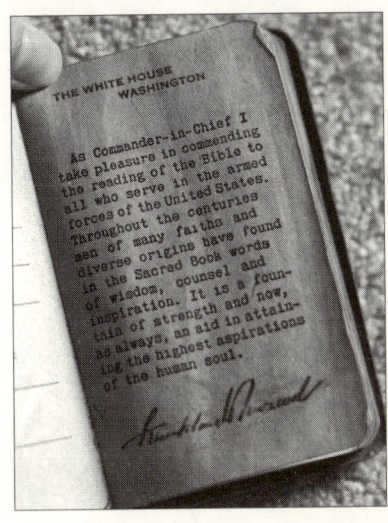

这本最初想婉拒的《新约全书》一直是康纳晚年最珍视的纪念物。
——康纳的家庭收藏

康纳将救过他多次的柯尔特点四五手枪带回了家。
——康纳家庭收藏

康纳五十五岁左右的照片　　　　　　　1983年康纳逝世前不久的照片

——康纳家庭收藏

今天克雷·康纳的四个儿子,从左至右分别是:汤姆,小克雷,杰克和吉姆。

——康纳家庭收藏

目录
CONTENTS

序言 1

前言 1

第一部分：伊甸园

第一章：召唤 3

第二章：遗产 8

第三章：惬意的生活 19

第二部分：危险

第四章：失乐园 31

第五章：撤离马尼拉 38

第六章：旗帜 47

第七章：开始结束 51

第八章：巴丹陷落 59

第九章：深入荒野 68

第十章：内部的敌人 75

第三部分：目标

第十一章：反抗 89

第十二章：蛰伏 97

第十三章：新的敌人 104

第十四章：信任与欺骗 109

第十五章：希望与背叛 117

第十六章：猎物 127

第四部分：坚持

第十七章：逐渐麻木　139

第十八章：盲目的信仰　148

第十九章：搭桥　164

第二十章：自由与公正　171

第二十一章：绝望的手段　177

第二十二章：宣誓效忠　183

第二十三章：摊牌　188

第二十四章：机翼上的星星　194

第二十五章：反攻　201

第五部分：和平

第二十六章：献出军旗　207

第二十七章：未尽的任务　213

第二十八章：回家　219

后记　224

第一部分：康纳的同伴们　224

第二部分：关于康纳　234

作者的话　246

致谢　251

序 言

在HBO迷你连续剧《兄弟连》推出后，有一次，我在故乡俄勒冈州塞勒姆（Salem）逛沃尔玛，身上穿着印有"E连"（Easy Company）字样的外套。突然，一个年轻人冲到我面前。

"你是……你是……"

"唐·马拉其。"我回答，"小伙子，你现在最好推上你的购物车，继续做你的事儿。"

无法否认，公众对"兄弟连"的关注让我们高兴，但这并不意味着我们就比其他参加过二战，和我们做同样工作的士兵做得更好。我们都卷起袖子，赢得了战争，不管是在巴斯托涅（Bastogne）寒冷的森林里，还是菲律宾潮湿的丛林中。

这让我想到了我参加太平洋战争的同胞，尤其是克雷·康纳（Clay Conner Jr.）。

我不认识他，但我从作家鲍勃·韦尔奇（曾帮助我写成了我的《E连士兵》一书）那里听说了他的故事。我觉得我们一定很合得来。

康纳像我一样，有着某种离经叛道的精神，令我钦佩。这并不是说我们认为军事条令可有可无，可在有些时候，我们不得不抓住公牛的尖角，用自己的方法解决问题。话虽这么说，我不清楚康纳是否曾像我那般愚蠢，会在激烈的战斗中从死人身上掏手枪留作纪念。我在诺曼底的布瑞科特庄园（Brecourt Manor）就做过这样的事儿。

我和康纳一样，都是大学毕业，他是杜克大学西格玛兄弟会成员，我是俄勒冈州立大学西格玛兄弟会的。他喜爱文学：莎士比亚、爱默生和梭罗；我喜欢威

信念的旗帜：突出巴丹丛林

廉·厄尼斯特·亨利（William Ernest Henley）的诗歌，如《永不屈服》(*Invictus*)，以及吉卜林（Kipling）的《刚加·丁》(*Gunga Din*)。

我们都抛下女友前往海外，都渴望冒险，都在战火中结识了一生的朋友，虽然有些只存在于我们的记忆中。

我不是说康纳和我像对双胞胎，我们也有许多的不同。我是西海岸小子，他来自东海岸；他的家庭条件优越，我却不是；我从空中跳伞而下追击敌军，他躲在丛林里试图躲过敌人的追杀。

从某种程度上讲，我或许还羡慕他在太平洋的经历。毕竟我在成长的过程中读了许多关于丛林的书，想象自己是"丛林小子博巴（Bomba）"，幻想自己抓着藤蔓从一棵树荡到另一棵树。

康纳才是丛林小子博巴。1942年4月巴丹陷落之后，他的未来取决于他是否能找到适应原始环境的方法。他为土著修桥，逃脱日本人对他不间断的追捕，还得避开那些米老鼠一般看上去无害的游击队的圈套。

我已经90岁了，我的身体每时每刻都在提醒我这一点。康纳去世得更早，但是我想，如果我们能见面，分享各自的经历，那一定会是一桩乐事。我们是英雄吗？好吧，有些人是这么认为的。康纳没出现在HBO的十集迷你电视剧中，但他曾在一档广受关注的节目"这是你的生活"中出镜，而且主持人称，在他们报道的故事中，没有哪个曾引起如此剧烈的反响。

我认为，我们是两个陷入战争乱局中的普通人，我们不但活了下来，还找到了赢得胜利的方法，之后还能将我们经历的故事讲述出来。

不管我们在哪个战场，陆地、海洋还是空中，无论我们如何作战，将我们这些二战美国士兵凝聚起来的，正是亨利在我最爱的诗歌《永不屈服》中提到的，也是克雷·康纳用自己的生命体现的：一种"不可战胜的精神"。

唐·马拉其
俄勒冈州塞勒姆
2012年1月

前　言

　　菲律宾的丛林中,一个士兵如同被追赶的猎物,惊慌失措地一路狂奔。他艰难地蹚过一块块稻田,跨过一条条泥泞的水渠。他气喘吁吁,在B-17轰炸机螺旋桨一般巨大厚实的树叶中奋力穿行。距离逃入吕宋岛的丛林,已有近一年的光景。他身上的军服早已在太阳的暴晒下褪去了颜色,紧贴在皮肤上,布满斑斑汗渍。他的裤子已被竹篱划成布条,露出伤痕累累的双腿。

　　这是1943年3月15日的清晨,克雷·康纳双膝着地,藏在齐胸高的茅草丛中。体内的疟疾啃噬着他的脾脏,尽管随着太阳升起气温渐高,他却在瑟瑟发抖。他听到了车辆的声响,以及众多军靴的嘎吱声。机关枪频频开火,枪声的震荡映衬着他的喘息,冲击着他本已脆弱的身体,胃里翻江倒海,他忍不住呕吐起来。

　　在打拉(Tarlac)省的劳拉(Lara)社区,康纳和其他三个美国士兵遇到日军的突然袭击,他们慌不择路,径直撞进一队身着迷彩伪装的日本兵当中。用手枪击倒几人后,他们仓皇逃进一片竹林。他们清楚,背包只会成为逃命的累赘,因此毫不犹豫地将其抛弃。杰科(Junko)是只傻傻的玩具猴子,陪伴了康纳24年。正当他要把杰科从背包里抽出时,子弹纷纷飞来,打在他四周的竹竿上。四个人四散逃离,没时间解救杰科了。

　　由于北面有日军重兵把守,他们只好向东行进。不久,康纳发现鲍勃·梅尔豪(Bob Mailheau)和埃迪·基思(Eddie Keith)被困在大约50码外的一条壕沟里了。他俩拼命往外爬,但壕沟两边全是烂泥,没有任何攀附物。康纳跑回去,

信念的旗帜：突出巴丹丛林

先用他的点四五口径手枪向日军打出半弹匣的子弹，然后俯下身，将两人拉了出来。迫击炮炮弹在爆炸，子弹在他们脚边激起烟尘。突然，有个人叫道："我中弹了！我中弹了！"

那是弗兰克·古维（Frank Gyovai），"褴褛四人组"之一，也是康纳最好的朋友。前一天晚上，饱受病痛折磨的康纳无力行走，就是这位"温柔巨人"背着他赶路。康纳看见古维又站起来，开始逃跑，估计他没什么大碍，自己也跑了起来。一英里，两英里。最后，跑出四英里后，康纳筋疲力尽，看到一丛可以藏身的茅草丛，便一头栽进去。现在，他孤身一人，和敌人拼耐力、意志和信念的时候到了。

康纳估计他手枪里只剩一颗子弹了。根据离开劳拉时看到的敌军以及之后听他们齐射时的枪声，他判断敌人有几十个，或许上百。他们配有步枪、机枪和迫击炮。不仅如此，他们似乎还有用不完的精力，不断地搜寻、杀戮，或者说凌辱他们的美国对手。如果不是，他们为什么还费力放火，企图把康纳逼出来？这样大费周章就为了抓住一名敌方士兵。仅仅一名！

出于直觉，康纳爬到田地的中间，这里有一条小溪，他清楚这里的草更青，不容易被点燃。那天的剩余时间里，他趴在那儿一动不动。火辣辣的阳光透过草丛，照在他那本已发皱的皮肤上。即使浓烟袭来，熏得他想咳嗽，他也不敢动弹。到了夜里，他悄悄溜过烧焦的草地，找到一条有一些积水的清凉水渠。他能清楚地听到渠岸上日本士兵交谈的声音。他暗暗发誓，如果他能逃过此劫，有朝一日，他定要返回劳拉，让那个背叛他和他的同胞，向日本人通风报信的菲律宾市长付出代价。

日出前，康纳进入一片甘蔗林，以躲避白天的追捕。在这里，神风敢死队一般的蚊蝇差点将他逼疯，与直接被日本人处死相比，哪一种更残忍，他无法判断。

康纳发着高烧，一点力气也没有，但他知道自己必须转移。第三天天亮前，他来到一条蜿蜒流过田地的小溪边，站在泥岸上。他的周围，杂草丛生，直伸天

前 言

际。突然，日本兵的声音又冒了出来！更糟的是，还有半履带车险恶的轰鸣声。车的前轮从杂草上压过，发出吱嘎声；履带从泥浆里碾过，不时发出金属摩擦的吱吱声。车后的士兵扫视着草丛，搜寻敌人的踪迹。一个日本兵隔一会儿就将一个浸透汽油的火把投到草丛中。日本人还在试图用火把康纳逼出来。

康纳环视四周，无论从哪个方向逃走，他都会被发现。而且，他已经无路可……等一下，他想起自己手枪里还有一颗子弹。也许他应该像日本兵那样，在走投无路的时候自我了断。康纳开始发疯似的挖土，仿佛在给自己挖掘坟墓。鉴于日本人有时对待美国人尸体的手段，他不想自己被发现。

天色渐渐亮起来，日本搜查队离得更近了。康纳脑海中浮现出听过的传言：美国士兵被斩首，头颅在集市的棕榈树上示众，以此表明日本人的优越性。他不能落到这种下场。对于他这样一个刚刚毕业的大学生，此般屈辱难以想象。他有爸爸妈妈，还有心仪的女孩等着他回家！

不，他不能让夺取许多战友性命的日本人得逞，他要用自己的力量结束这场游戏。远处，更多的白茅草泛起熊熊火光，发出嘶嘶的声响。康纳把自己的宝路华手表揣进口袋里，然后像蛤蜊一样，扭动着钻进他挖出的仅容一人的壕沟中，把装枪的皮套放在大腿上，然后用泥土盖住自己。片刻之后，那辆半履带车缓缓地向他躺着的地方开来，从他身边经过，最后终于渐渐远去。

之后，巡逻队仿佛心存疑虑，又回来了。那辆半履带车和士兵先朝一个方向缓缓移动，接着转向另一边，仿佛真的知道康纳的所在。他们彼此交流着，他们的语言如同一个个爆音，支离破碎。他们点燃更多草丛，燃起更多香烟，然后等着，仿佛在证明他们比康纳更有决心。

下午5点，日本人终于离开。夜晚降临，四周重归平静。就在此时，沼泽地里的一根芦苇微微颤动起来。芦苇下面被太阳晒得又干又硬的泥土也微微一震，这儿出现一道皱痕，那儿出现一条裂缝。片刻过后，通过那根芦苇秆呼吸的克雷·康纳抬起满是黑泥的头，宛若一具缓缓苏醒的黑炭木乃伊。

一切回到掌控之中。

第一部分
伊甸园

RESOLVE

第一章　召唤
1918年8月31日—1941年11月1日

1941年11月1日，绵绵细雨，旧金山港烟雾笼罩，整个美国也仿佛陷入这样的阴晦之中。如今，美国卷入第二次世界大战已是不争的事实，只是何时与何地的问题了。一种令人不安的确定性已经蔓延到全国，即将到来的战争引发集体焦虑症，令人惴惴不安。

的确如此，如果说乔·迪马吉奥（Joe DiMaggio，*美国著名棒球明星——译注*）连续56场的安打，曾经为人们提供过"我不在乎我是否能回来"的避世方式，那当年夏季的棒球赛、野炊和度假计划，都因这种恼人的焦虑而被搁置了。德日两国用枪炮和榴弹肆虐他国的同时，与美国的摩擦也在与日俱增，如同海底板块间的碰撞，表面上风平浪静，暗地里爆发出的冲击波必将影响深远，至少在某种程度上来说是如此。

就在头一天，富兰克林·罗斯福总统在华盛顿特区接受媒体采访，已经有了战争的紧迫感。他戴着黑色臂带，象征性地对当天早些时候沉没的"鲁本詹姆斯号（Reuben James）"全体船员表示哀悼。这是第一艘被德国潜艇击沉的美海军舰艇。船上共159名官兵，大部分未能逃过此劫。尸体漂散在北大西洋冰冷的海面上。

自1939年德国向波兰宣战，并进军苏联以来，已有超过100万士兵阵亡。日军肆虐中国，丝毫不顾无辜平民的生死。如今，美国征兵已经一年有余——这是美国历史上第一次在和平年代征兵。由于战争爆发的可能性日渐增高，10月11

日，司法部宣布将日裔美国人和日籍公民从西海岸"疏散"，以防其资敌。

这个星期六早晨，在这样的背景衬托下，士兵的军靴在"柯立芝总统号（SS President Coolidge）"汽轮的舷梯上敲击出哀伤的声音。士兵中有一位少尉，名叫亨利·克雷·克雷，来自新泽西州东奥兰治，陆军航空队通信联络官，时年23岁。康纳和其他人都隶属于第27轰炸机大队（轻型）。过去几个星期里，这一千多号人都在忙着和亲人告别，或与女友分手，又或是注销银行账户，抑或是结婚、卖车，去旧金山唐人街大快朵颐。这些都是士兵换防期间，或者离开和平的家乡，踏上异乡的战场之前会做的事儿。然后，他们在旧金山附近天使岛（Angel Island）上的麦克道威尔堡（Fort McDowell）集结，再被摆渡到45号码头，准备在这个阴冷的早晨启程。

登船继续。士兵们心中期望和痛苦交织。与此同时，一节等着被放上"柯立芝号"的行李车厢松动起来，滑进海湾里。前来送别的亲朋好友几乎没有谁露出笑脸。当车厢被打捞上来，里面的物品在甲板上摆放开来晾干时，如果被这些旁观者看到，他们可能就不大相信美国的军事实力了。行李车厢里都有些什么呢？高尔夫球棒，其中一套属于克雷·康纳。

甲板上有序和无序并存，井井有条和杂乱无章同在。毕竟，美国已经二十多年没发生战争。军事机密无法保守，例如这艘船的去向问题。几乎每一个纸箱、柳条箱和每一件设备上都盖上了首字母缩写：PLUM。即使大多数人没有意识到这代表的是"驻菲律宾美国陆军"，至少也听到过传言他们将前往西太平洋的这个群岛。当然，这个缩写也激发了第27大队黑色幽默家们的兴趣，他们纷纷猜测，PLUM或者代表"人类失落之地（Places Lost Unto Man）"，或者说这艘船正驶向"梅子地狱"。

"柯立芝号"出发的时候，船上共有1209名官兵。这艘654英尺长的军舰曾经是世界上最大最豪华的远洋邮轮之一，如今的乘客却不再是寻求冒险的游客，而是畏惧冒险的士兵。船上有离开妻子儿女的中年人，也有向征兵官谎报年龄，不

第一部分：伊甸园

到18岁的少年。不过大多数人都是二十出头，包括康纳在内。他站在甲板的栏杆旁，扫视着船下送别的人群。康纳的表姐玛吉·潘费里昂（Marge Pamphilion）和表姐夫马克斯（Max）就住在洛杉矶附近的伯克利，曾希望能来送他。

康纳身高5英尺9英寸（约175厘米），体重约150磅，如果说他的外形像年轻卷发版的斯宾塞·屈塞（Spencer Tracy，美国著名电影演员——译注），天分上则更像曾经是职业舞蹈教练的弗雷德·阿斯泰尔（Fred Astaire，美国著名舞蹈家，舞台剧演员——译注）。他生在印第安纳州，长在新泽西州，在杜克大学读书，获得经济学学位却又钟情历史。他后来写道："战争即将爆发，欧洲正在发生的一切都牵动着我的心。"1941年2月24日，康纳应征入伍，原本打算成为一名飞行员，然而色盲症让他的希望落了空，成为通信联络官。他曾在伊利诺伊州的斯科特机场（Scott Field）航空技术学校学习七个月，后又在乔治亚州的萨凡纳航空基地（Savannah Air Base）实习五周。

如今，距离告别北卡罗来纳州达勒姆（Durham）惬意的大学生活不到两年，康纳已经陷入军人的海洋，但只是这片浩瀚的男性激素海洋中的小小一滴。在上一年中，有近两百万人应征入伍。应征者有的来自还没有交通信号灯的小城镇，有的来自大城市，如同水滴，如同溪流。他们最终汇成江河，涌入遍布全国的训练营。他们中的一部分现在正被倒入浩瀚的太平洋。

多数士兵是乘火车到达的，克雷·康纳自然不会如此。在上级的批准下，他和两个哥们开着他那辆红皮椅乳白车身的1940款福特敞篷车抵达目的地。这俩哥们都是他在萨凡纳认识的，隶属于第27轰炸机大队，一位是少尉飞行员勒罗伊·科沃特（Leroy Cowart Jr.），20岁，来自乔治亚州的亚特兰大（Atlanta），另一位是少尉飞行员威廉·斯特赖斯（William Strese），27岁，来自威斯康辛州的杜兰德（Durand）。康纳心想，如果可以在宽阔的公路上飞驰，何必要像牲口一般被塞进车厢，白白浪费冒险的机会？如果可能，为何不为远在新泽西州一直对你宠爱有加的母亲买一盏仙人掌灯？[作为独子，康纳真的在新墨西哥的阿尔伯克基（Albuquerque）买过一盏这样的灯。] 如果你有大把的金钱，为什么不挥霍？（这

信念的旗帜：突出巴丹丛林

钱都是那年春天在斯科特机场做地下可乐糖果生意赚的。后来他被发现了，但指挥官仍旧让他保留了收益的五成。）

康纳是一位脑子灵活的年轻人，糅合了自由狂放的精神和谨慎务实的态度，以安全和生存为准绳。只要发现前方有困难，他总会下定决心、想方设法去克服。这正是他能在三年半的时间里获得杜克大学经济学学位的原因之一。在大学时，他常常参与兄弟会的恶作剧，但上学的主要任务还是学习、毕业、离校，然后为成功去打拼。他驱车两千五百英里来这里登船，并在表姐夫马克斯的帮助下，很快将车卖给旧金山的一个二手车经销商。他后来写道："（卖掉车）仿佛失去了最好的朋友。"他在杜克的女友米米（Mimi）曾经向他提出结婚，但就算康纳还没结束这段关系，至少也打消了米米要在他起航前成婚的打算。

他一点都不糊涂。尽管他不知道自己将面对什么，也不知道什么时候能够返回，但他做好了最坏的打算。更离奇的是，康纳不仅将一直陪伴他的玩具猴子杰科塞进了背包，还研发出一套家书暗号，这样他就能在不泄露军事机密的前提下告知父母自己的近况。

尽管穿着卡其色军装的康纳看上去与其他士兵别无两样；尽管他和大多数人一样抛下了自己的姑娘；尽管他要去往七千英里之外远在东南亚的菲律宾；尽管他有些疏远的父亲表面上为他骄傲，暗地里却默默地心疼；尽管他的母亲已经在为儿子平安归来而祈祷；尽管如此，他仍然与船上的其他人不一样，注定会有与众不同的奇遇。

康纳，船上82名军官之一，瞥了一眼手表。这块崭新的宝路华是父母在他离家前给他的。指针早过了正午开船的时间。下午一点，舰桥上终于响起起航的汽笛声。声音震耳欲聋，有些士兵捂住了耳朵。缆绳被抛下，"柯立芝号"在两侧数艘拖船的拖动下，在船上裹着冬衣士兵的欢呼声中，在岸边伞下包括康纳表姐夫妇在内亲友的祝福之下，起航了。

安全离开码头后，"柯立芝号"冒着蒸汽从金门大桥下面驶过。橙红色的长桥在雾霭中色彩暗淡。士兵们或是挥手或是挥帽，向桥上的司机们道别，也是在向美国，向无法重温的时代，向不再重现的风景以及不再重来的时刻道别。三名军人在66号公路上无拘无束地开着敞篷车，疾风扑面而来，未来如同粉红的沙漠一般广阔无垠，这样的时刻将永不再来！

　　轮船破浪驶入太平洋，驶向夏威夷，驶向命运的必然，而且是因着充分的缘由，历史将会证明这一点。"柯立芝号"上的1209人中，仅有240人能活着回来。比率5∶1。开着敞篷车一路向西，奔向各自命运的三个人，只有一人生还。

第二章　遗产
1941年11月2日—1941年11月26日

太平洋中,"柯立芝号"驶向到达菲律宾前唯一会停靠的地方:夏威夷。康纳、柯瓦特和新朋友达蒙·"洛基"·高斯(Damon "Rocky" Gause)和其他人一样,靠枪打螃蟹和打牌闲聊度日。但康纳与其他人不同,还有更深沉的一面。虽稍有晕船,他仍然读完了克罗宁(A. J. Cronin)的一本新书《王国的钥匙》(The Keys of the Kingdom)。该书讲述的是一位不循常规的苏格兰教士为证明自身价值奋斗一生的故事。

在写给家里的信中,他这样写道:"(克罗宁)这本书对我启迪很深,其中的哲学思想人人都愿意遵守,但鲜有人能做到……很遗憾大多数人,包括我自己,缺少这位神父的品格。"康纳还打算尽快开始阅读玛格丽特·斯蒂恩(Marguerite Steen)1176页的巨著《太阳是我的堕落》(The Sun Is My Undoing)。这是一本关于早年英格兰与非洲象牙海岸之间奴隶贸易的书,讲述一对跨种族夫妻以及他们的混血女儿的故事。

出海四天后,康纳在四人军官包间里书写家信。他是这样开头的:"亲爱的爸爸妈妈……"显然,他希望父母——47岁的亨利·老克雷·康纳和45岁的玛格丽特(Marguerite)——共同阅读这封信。但从第二句话就可以看出克雷·康纳写信的真正对象。"很高兴我们前几天能再次道别。"他写道,"很遗憾爸爸不在。"

康纳爱他的父亲。销售是老克雷·康纳的职业,却是克雷·康纳的爱好。康纳汲取了父亲的很多真知灼见,特别是销售方面的。他们都玩高尔夫。在很多方面，康纳都对父亲非常崇拜。但在康纳的成长过程中，特别是在他年少轻狂的年月里，他的家更像是两口之家而不是三口之家。正如克雷·康纳在信中表露的那样，父亲通常是"不在"的，他总是在出差的路上，推销优惠券小册子。

1925年，克雷七岁，全家住在印第安纳波利斯（Indianapolis）。老克雷受雇于玛格丽特的老友、埃里森优惠券公司的总裁约翰·埃里森（John Allison）。他是1917年在埃里森的婚礼上认识他的。

埃里森广受尊崇。他出身于印第安纳波利斯的一个豪门之家，祖父诺亚（Noah）1888年开办产业，向商人们提供预付的优惠券。这些缓解信用问题的优惠券由商家分发给顾客。约翰的舅舅詹姆斯（James）是印第安纳波利斯500英里车赛的创始人之一，和沃伦·哈丁（Warren Harding）总统及汽车大王亨利·福特（Henry Ford）都是好朋友，而且是朋友圈中举足轻重的人物。

老克雷·康纳却是一个兢兢业业、四处奔波的推销员。1920年代，他常年穿梭于人群车流中，像大多数人闲得无聊抽烟度日一样。他一人一车，他的销售区域北到缅因州，南到佛罗里达州，东至纽约，西至明尼阿波利斯。他的责任区约有五十万平方英里，超过美国大陆领土面积的八分之一。31岁的老康纳一次出差就是数月。车抛锚了，轮胎磨破了，每日入住酒店的生活也不再有吸引力。

两年之后，埃里森和老克雷夫妇都认为，这样的工作条件太过苛刻。因此，埃里森让老克雷转岗到公司东部的城市区域：缅因州到弗吉尼亚，纽约至匹兹堡。克雷一家举家搬迁六百英里，来到康涅狄格州的哈特福德（Hartford）。玛格丽特很不情愿，她的根早已深深扎在印第安纳的土地之中。然而，移居哈特福德并没有终结老克雷总在出差的困境。他厌恶大城市的拥堵，而在东海岸地区，这样的情况处处可见。

老克雷坚信，只要爱上帝，为圣路易斯红衣主教喝彩，还清债务，效忠生于斯长于斯的肯塔基州以及美利坚合众国政府，幸福就会到来。但是在哈特福德，这行不通。于是，他们全家又移居宾夕法尼亚州的哈里斯堡（Harrisburg）。克雷十岁的时候，已经有八次搬家的经历。他没有什么朋友；但缺乏父爱的生活环境

9

信念的旗帜：突出巴丹丛林

仍然让他赢得了一份安慰奖：他学会了自立。

他学会了搭乘公交车，开始逐门叫卖杂志：《自由》（*Liberty*），《科利尔》（*Collliers*）和《居家妇女之友》（*Women's Home Companion*），五美分一份！他身着运动夹克，满脸微笑，梳得油亮光滑的左偏分不但没影响他的业绩，反而让家庭主妇们觉得十一岁的他有一种早熟的魅力。很快，哈里斯堡市区最大的送货区域就是他的了。

与此同时，他的母亲成了他最好的朋友。玛格丽特从没喜欢过哈里斯堡。她日夜思念丈夫，信件和电报并不能消减丈夫不在身边的苦恼。她排遣孤寂的方式就是看电影，她痴迷地追逐影星们的生活方式，到了强迫症的程度。1923年，好莱坞的牌子在山坡上竖立起来，到了二十年代末，电影已经成为二十亿美元的产业，年产近一千部电影，有些甚至是有声电影。玛格丽特如饥似渴地观看电影，阅读影星的信息，了解葛丽泰·嘉宝（Greta Garbo）、贾利·库珀（Gary Cooper）以及米基·鲁尼（Mickey Rooney）的一切，在自己没那么光鲜的生活中活出明星的精彩。

有时，因为老克雷出差频繁，她会代"他"购买并包装好圣诞礼物，送给自己。当遭遇身体上的痛苦，即使是折磨她一生的脑脊髓膜炎发作时，她也不会表露出来，而是一脸从容。朋友们把她比作阴晦版本的格瑞斯·艾伦（Gracie Allen），古怪，风趣，顽固。格瑞斯·艾伦是丈夫乔治·柏恩斯的滑稽搭档，这对夫妻是美国著名的相声搭档，他们的广播相声影响颇大。

由于玛格丽特的丈夫很少在身边，因此常常是克雷陪母亲看电影。玛格丽特不会开车，但他们俩乘公交，打的士，坐地铁，总是一起去影院，一块儿购物，一同吃饭。他们共同爱着的男人的缺位，强化了母子的亲情。对于克雷，母亲是安全保障；对于玛格丽特，从附近杂货店带回可口可乐和最新一期《当代银幕》杂志的克雷，也不仅仅是为她跑腿的小儿子。他成为她的人生目标，而她鼓励他，呵护他，保护他。

1930年，克雷一家又搬到新泽西州的艾文顿（Irvington），距离纽约——老克

第一部分：伊甸园

雷的发家之地——仅12英里。当时，大萧条如同龙卷风肆掠美国经济，激起市场对于信用债务的巨大需求。当然，对老克雷而言，这意味着对优惠券册子的巨大需求。每笔个人信贷都需要这样的册子。于是，老克雷做好了应对增长需求的充分准备。虽然竞争激烈，他的敬业精神和对商业关系的重视，为他获得了如通用汽车（General Motors）、花旗银行（National City Bank）和费城忠诚信托（Fidelity Philadelphia Trust）这样的客户的青睐。他成为业内顶尖业务员。

与此同时，克雷重操逐门叫卖的旧业。他曾以无知无畏的态度，到一户名叫"高露洁"（Colgate）的人家推销其竞争对手的牙膏。这户人家婉拒了他的推销，说他们有很多自己的牙膏，对他表示感谢。

老克雷也终于第一次可以白天在城里上班，傍晚乘火车回家。一家人终于可以开始共进晚餐。饭后，一家人围坐在收音机旁，收听广播剧《阿莫斯和安迪》（Amos'n'Andy），以及罗威·托马斯（Lowell Thomas）和宾·克罗斯比（Bing Crosby）的节目。他们加入了基督会，并在1932年成为枫树林乡村俱乐部（Maplewood Country Club）的成员。

这是克雷童年记忆中最快乐的时光。他不但充当父亲的高尔夫球童，也时不时与父亲赛上几杆。有时候，他们还坐火车去纽约看表演。夏天，全家到新泽西州大西洋边的阿斯伯里帕克（Asbury Park）度假。他们偶尔还会回到印第安纳波利斯与好友汤姆森（Thomson）一家小住一阵。汤姆森有个比克雷小九岁的女儿伊丽莎白。

当然，具有讽刺意味的是，机会主义者老克雷竟然把艰难的大萧条时代变成了他的美好时光。他建立起来的关系网以及良好的商业信誉，帮他冲出了让许多其他人深陷其中的绝望丛林。他也因此凝聚并护佑了他身边最亲近的人。随着"柯立芝号"冒着蒸汽向西南驶去，这些经验教训很快将让他的儿子受益匪浅。

的确，如果说克雷家族有什么祖传的特质，那就是：求生的热望。后来，他的母亲这样描述他："他在五个州受过教育。他似乎有一种与生俱来的特质和能

信念的旗帜：突出巴丹丛林

力去适应任何环境，走到哪里朋友交到哪里。（他）有那种原始的冒险冲动。'出去看看事情的原委。'这是他的人生箴言。"

他不是康纳家族中第一个有如此进取心的人。独立战争中，老克雷的德裔曾曾祖父菲利普·哈曼就战胜了疾病和饥荒，幸存下来。随后，他移居肯塔基州，老克雷的父母理查德·康纳和妻子莎拉·安·汉克斯在那里饱受内战之痛、战后萧条之苦，以及鲍威尔县山区艰苦生活的磨砺。

"这些苦难都是你的一部分。"老克雷这样对自己年少的儿子说，"永远不能忘！"他曾经带着儿子回肯塔基去看农夫祖父理查德·康纳住过的伐木老屋，拜访姑妈和姑父们，听他们讲述家族的故事，包括1894年出生的老克雷为什么取名亨利·克雷·康纳，原来是为了纪念肯塔基州参议员、鹰派人物亨利·克雷。

克雷的祖父理查德，是安提阿基督教会（Antioch Christian Church）的一位长老。在他眼里，正直诚实是最重要的。有一次，他家的鸡被偷走一些。他在鸡舍里发现了一只手套。他把那只手套放在街上一家商店的架子上。当有个人来取手套的时候，理查德·康纳通知了警长。后来，那人犯下更严重的盗窃罪行，锒铛入狱。

扎克（Zack）是理查德的兄弟，克雷的叔公。对于恶行，他偏好更直接的处置方法。有一次，他的儿子霍华德（Howard）在温彻斯特（Winchester）跟哥们喝得烂醉之后胡乱开枪。当扎克质问这件事时，那小子爆发了。"我受够了你对我指手画脚。"他一边说话，一边把手挪向自己的手枪。霍华德的枪还没出套，扎克就对着他的手开了一枪。

他们家的一位老友告诉他们说："扎克·康纳是我见过的动作最快的枪手。他可以在松鼠还没看清他拔枪之前，就把它的双眼打个对穿！"

在克雷看来，在追崇精致生活的20世纪三四十年代，这样的绝技似乎已经过时，对他这样的人尤其如此，他不是生活在肯塔基的密林里，而是来往于城市之间，流连于高尔夫球场上，徘徊于被称作"哥德式奇境"建筑风格多样的杜克大学中。随着"柯立芝号"呼啸着驶向夏威夷，康纳的生活将会变得不再那么精致，而且不会变好，只会变得越来越糟。这意味着出枪神速也许是一项值得继承的家族传统。

迄今为止，康纳写给父母的信中对船上生活的描述都是满意的，饭菜"很赞"，不过有一点晕船。

"我的事都有条不紊，希望你们也身体健康。"他最后写道，"爱你们的克雷。"

士兵在夏威夷有一天的休息时间。克雷在后面写给父母的信中说："这里绝对是我见过的最美丽的地方。"他和他的自驾伙伴勒罗伊·柯瓦特走马观花地看了看景点，正如参加限时抢购的购物者一般。他们参观了怀基基海水浴场（Waikiki Beach）、倒流瀑布、皇家夏威夷酒店等。最后，他们来到通风酒吧，这里没有墙和门，这点令康纳着迷。他在写给家里的信中说："这里的氛围让我觉得我就是电影《一路到新加坡》（*Road to Singapore*）中的宾·克罗斯比（Bing Crosby）。"

士兵们喝酒、饱餐、狂欢、游泳之后，当晚带着晒斑回到船上，颈上还戴着夏威夷花环。"柯立芝号"继续向菲律宾行进。中途，美国海军的重型巡洋舰"路易斯维尔号"（USS Louisville）从侧面靠过来，执行护航任务。康纳写道："这是一颗定心丸，这下没有什么可担心的了。"

青年时期，康纳一直是个"杯子半满"的乐观主义者。当他逐门推销的时候，他可以在连续被十家拒绝之后，仍坚信他在第十一家会大赚一笔。他的雄心壮志遥无边际。康纳虽然不是全优生，仍然于1937年1月从新泽西的艾文顿高中提前毕业。他没有像一般学生那样等到秋季入学，而是即刻进入杜克大学学习，这是一所南方名校，是他在肯塔基长大的父亲亲选的。

老克雷开车送儿子到北卡罗来纳州的杜伦。父子打了一轮高尔夫之后，相互道别。克雷加入了西格玛·菲·埃普西隆（Sigma Phi Epsilon）兄弟会，与未来入驻职业美式橄榄球名人堂的乔治·麦卡菲（George McAfee）成为室友。他马不停蹄

信念的旗帜：突出巴丹丛林

地开展了会内洗衣业务，以此赚取零花钱。大二时，他进入校高尔夫球队和啦啦队。当然，对康纳来说，这些还远远不够。于是，他又想出一个主意，与兄弟会同伴鲍勃·斯提文斯（Bob Stivers）合伙在有橄榄球比赛的周六在杜克体育场卖三明治。他们将赚的钱凑起来，买了一辆右大灯导线松脱的二手车。有时，鲍勃开着车，克雷趴在前挡泥板上，用手握着头灯插座的导线，甚至有一次身上还穿着燕尾礼服。

到了临近毕业的1940年春，克雷的固定女友米米催他结婚。克雷也觉得她或许是理想的对象，但时候未到。他带着经济学的文科学士学位毕业文凭回到新泽西，他给米米的答复是既不成婚也不分手。

他坚信这点：人应该在世界上留下印记。他还期望自己不需要为此付出太多的努力，就像大学的啦啦队队长一样，到了毕业季自然会备受瞩目。1940年6月3日，在杜克大学毕业典礼上，卢特金（Lutkin）的"上帝护佑汝"的最后一个音符刚刚结束，康纳的心已经迅速飞入后大学状态，如同斗牛比赛中冲出围栏的公牛一般。然而，他很快就发现，现实生活比他想象的平淡无奇得多。

老克雷给儿子两天休息时间，接着马上安排他去印第安纳波利斯印刷埃里森优惠券的工厂做事。在这里，克雷与家庭密友，曾经的百老汇街邻居汤姆森一家住在一起。数月后，克雷厌倦了印刷厂的工作。销售是尽力让人们相信他们需要你提供的产品，生产优惠券却完全没有这样的挑战性。他回到新泽西的家中，白天在纽华克（Newark）芒特克莱尔（Montclair）豪宅密布的富人区推销富勒牌（Fuller）刷子，晚上在亚瑟·马瑞工作室教授舞蹈。他每天从早忙到晚，很快用赚的钱买了一辆1938款的福特敞篷跑车——后来又换成1940款。

他后来写道："我曾经以为，我一旦走出大学校门，人们就会对我刮目相看。我会得到一个广受尊敬、责任重大的职位，发挥我的才能和精力。然而，这些似乎都没有发生。"

奉行孤立主义、隔山观虎斗的美国还是勉强准备好参战了。康纳想当飞行

第一部分：伊甸园

员。然而，当他发现自己是色盲，没法驾驶飞机的时候，这个梦想破灭了。有安慰奖吗？他单身，且有大学文凭，于是战争部给他一个职位：飞行中队的通信官。克雷应征入伍。这可不是他想象中的"卓然不同"的工作。但如果说这份工作缺乏他追求的名誉和冒险，至少还像模像样。

第一次世界大战早已成为过去，他这一代人渴望创造新的历史。"我们对于战争的恐怖还很无知，"他说，"但对于拯救民主世界，我们跃跃欲试。正如老话说的那样，老年人做梦，青年人打仗。"

在伊利诺伊州贝勒维尔（Belleville）的斯科特军用机场，克雷接受了严格的培训，内容包括无线电基础、行军以及如何得体地穿着军装。如果以一百分记，他的"最终成绩"是84.1分。他了解了收发器和天线的原理，但对于如何战斗，他却是一无所知。

不过，他还是找到了发扬他的商业精神的渠道——私下兜售可口可乐，每天可以卖出180瓶，糖果另算。这是康纳的收获季。后来，康纳的指挥官发现了他的活动，要求他上交一半利润给"军官学员基金"。即便如此，康纳还是捞了300美元进自己的腰包。

6月，康纳从航空军官学校毕业之后，被分配到乔治亚州萨凡纳的陆军航空基地实习。（二战期间美国陆军航空兵归属陆军，1947年才独立成空军。）去基地前，他先回到东部的新泽西东奥兰治（East Orange）看望父母。老康纳夫妇都有心脏病，虽然性命无忧，但也让克雷非常担心。克雷的母亲在他们的公寓前面给克雷父子拍了一张照片，照片上两人颇为相似：中等身材，身体强壮，笑容勉强。

与此同时，在大西洋的另一边，德国占领了比利时、卢森堡和荷兰。6月22日，德军闪电般让法国臣服，这一举动让一度犹豫不决的国会终于同意拨款15亿美元，强化航空力量。

康纳成为第27轰炸机（L）大队的一员，后面的L代表轻型（Light），说明该

信念的旗帜：突出巴丹丛林

大队使用的飞机主要是搭载小型炸弹的俯冲轰炸机，主要任务是对地面部队进行近距离火力支援。机型包括单发动机的诺斯罗普A-17攻击机，双发动机的寇蒂斯A-18攻击机，以及双发道格拉斯B-18轰炸机。作为通信官，康纳的任务是保证飞机安全起飞和返航。

如果说康纳在斯科特军用机场的经历与战争无关的话，在路易斯安那的经历就完全不同了。8月，他参加了在莱克查尔斯（Lake Charles）举行的"路易斯安那机动"军演。在3400平方英里的土地上，35万士兵，5万辆车参与了这次美国有史以来最大规模的军事演习。演习第一周就有17名士兵死亡。有两个是康纳认识的，死于珊瑚蛇咬伤。与此同时，关于27大队即将出征的流言甚嚣尘上，如同塞芬拿军事基地的浮尘一般。

康纳意识到这不是在杜克时的玩笑打闹。康纳动起脑筋来，如同一名考量下一步走法的棋手。当康纳大学兄弟会的哥们斯蒂弗（Stiver）周末拜访他时，两人不但谋划好以后如何在白糖市场大赚一笔，还捣鼓出一套密码，这样克雷就可以告诉父母他的情况，而不会将任何机密泄露给敌人。他会用信尾的套话来标示他的状况。例如：

你的儿子——表示一切如意，我们正在机动部署。
爱你的儿子——表示我们在偏远地带露营。
你亲爱的儿子——我们住在新开拓的地域。
你可爱的儿子——我们住在建好的军事基地里。
你唯一的儿子和血脉——我们正在向另一个岛屿前进。
你的儿子和血脉——我们正向日本本土前进。
你的男孩——已操胜券。
爱你的男孩——我们战败了。

在塞芬拿，除了面临毒蛇的威胁，还得忍受炎热潮湿以及沙虱和蚊子的侵袭。对康纳而言，走向实实在在冒险的第一步，是在哥们泽科（Zeke）的怂恿下坐进一架A-20的机首透明座舱，飞往圣安东尼奥（San Antonio）。半路上，飞机油料不足。泽科从机舱内给克雷信号，要他跳伞。克雷拒绝了。泽科再次要求，克雷再次拒绝。最终，泽科驾驶飞机降落在得克萨斯州布拉基特维尔（Brackettville）一条乡间跑道上，其实那就是一块玉米地。康纳吓得全身是汗。

当他俩回到萨凡纳时，迎接他们的是众多对他们惊险降落的抚背大笑以及有板有眼的传言：27大队即将出发执行任务；目的地：菲律宾。

离开旧金山近三周之后，康纳站在货运铁轨上，见证传言变成现实。

11月21日，感恩节。菲律宾群岛。

散布在中国南海和菲律宾海之间的七千多座岛屿，如同上帝撒在闪闪发亮的蓝色盘子中的一小撮沙子。这是世界第二大群岛，南北距离与美国的太平洋海岸线长度相当。他们的目的地吕宋岛和俄亥俄州一般大小，是群岛中最大最靠北的岛屿。

一位比克雷年长许多的士官望着一座蝌蚪形状的岛屿点点头。这就是坐落在马尼拉湾入口处的巨石要塞，被称为科雷希多（Corregidor）。"无法攻陷的东方堡垒。"他说，"那里有大炮守卫着海湾的入口，没有舰船能从那些炮口下逃脱。"

在海上颠簸数周之后，康纳眼睛似乎变大了。他看到了远处的巴丹半岛。"看上去全是无法定居的丛林。"他后来写道。半岛的名字来自于巴丹人，他们是自古就居住在这里的矮小黑人尼格利陀人。

那位士官指着一个区域。"就在那儿，弗兰克·巴克（Frank Buck，美国著名动物收藏家——译注）活捉了迄今为止最大的蟒蛇。"他说的是世界著名动物收藏家的事迹。

康纳摇摇头，表露出有分寸的惊讶。

"看到那座山了吗？"士官指着一座从半岛南端巍然隆起，头顶白云的山峰说，"那就是马里韦莱斯峰（Mount Mariveles）。那片云始终在山上。实际上，不久之前这写进了雷普利（Ripley）的书《信不信由你》（*Ripley's Believe It or*

信念的旗帜：突出巴丹丛林

Not)。那片云从不离开,总是在那儿。"

后来,康纳会对那座山了如指掌。他还会深入了解那些矮小黑人。此外,他还会根据那些永不移动的云朵,做出他人生中最重要的决定之一。

第三章　惬意的生活
1941年11月27日—1941年12月7日

直到最近，马尼拉以南七英里的麦金利堡（Fort McKinley）都有一个习惯，即每天下午五点鸣礼炮。基地里的所有车辆都会闻声停车。军士们停下正在做的事情，面向48颗星的美国国旗行注目礼。军号奏响军歌"致星条旗"。随着国旗在热带和风中缓缓降下，所有军人都干净利索地向它行军礼。

这个仪式既是为了唤起爱国主义情怀，对各个岗位的军士也有另外一个非常重要的意思：鸡尾酒时间到了。

从许多方面看，被派往"东方之珠"菲律宾的美军士兵等于被派往伊甸园，到温柔乡里接受监禁。大量热血沸腾的青年军官和雄风不再的老兵来到这片热带土地上。老兵中很多都参加过二十多年前的一战，在这里打发时光等待退休。

但这是多么惬意的混吃等死的好地方啊！棕榈树在天空下摇曳，太阳从马尼拉湾落下时，天空的颜色从湛蓝到粉红再到黛墨，巴丹半岛山峦鲜明的剪影渐渐融入夜色之中。热带鸟类在树木之间欢飞雀跃。公路两旁，粉红色的绣球花给城市泼上重彩，椰子壳里绽放出朵朵白色的蝴蝶兰。

用康纳的话说，1901年美菲战争中建立的步兵前哨麦金利堡"是一个美丽的军事基地"。康纳所在的航空部队原本应该驻扎在马尼拉以北五十五英里外的斯多特森堡（Fort Stotsenburg），不过由于装备还没有运达，麦金利堡就成了第27大队的临时总部。在这个步兵前哨站干净整洁的阅兵场上，出巡的菲律宾精英侦察兵展示出来的严明纪律和庄重仪态，都让康纳叹为观止。他对20世纪20年代由

信念的旗帜：突出巴丹丛林

国会授权归属美军的这支部队评价道："他们的一切——着装、帐篷的搭建和野战装备都是一尘不染，完美无缺。每件事都井井有条。"

乔纳森·文怀特（Jonathan Wainwright）将军对第27大队的欢迎致辞略显古怪，他花了半个小时大谈特谈着装不干净不清爽不得体的后果。其实这是斥责美军士兵的着装不如菲律宾士兵正式，没有当兵的样子。接着，他又宣讲在热带地区的行为规范。一名士兵写道："对于岛屿防御以及我们应该如何参与，他只字未提。"致欢迎词的人是美军在菲律宾的指挥官，但他还有时间和精力在当地的马球比赛中做记分员。

康纳对麦金利堡的惊诧不仅于此。他看到所有的一层楼建筑四周都有宽阔的门廊，还拉上了纱帘阻隔蚊子的侵袭。电车可以带着乘客直达游泳池、保龄球馆和高尔夫球场。这里热得可以让植物迅速枯萎，因此遮阳的地方随处可见。同样充足的还有佣人。康纳与另外六人一起住在军官区，他写道："我们刚到，就被几家菲律宾人围住，向我们推介他们的女儿。她们被称为薰衣草。一周三到五个比索，五个比索相当于2.5美元。花这么点钱，就可以雇个姑娘为你洗衣服、擦鞋子、整理卧具，保证一切干净整洁。"

如果说美国人和菲律宾人之间有点像主仆关系，这是有历史渊源的。19世纪末，菲律宾革命者为求独立，与控制该国数个世纪的西班牙展开武装斗争。接着美国加入进来，表面上是为了保护菲律宾人民，解救他们于西班牙恶棍的奴役之中。然而，大多数历史学家对于美国在1898年美西战争中扮演的角色的评价都说，这更多是出于自私，是上帝所命扩张论（Manifest Destiny，19世纪的一种学说，认为美国有向整个北美洲扩张之权利与义务——译注）的国际化。菲律宾历史学家特奥多罗·安贡西罗（Teodoro Agoncillo）这样写道："美国介入这场争斗，不是作为朋友，而是戴着朋友面具的敌人。"

事实的确如此，美国联合菲律宾后，并没有发动一场对西班牙的传统战争，而是跟西班牙建立起合作关系，联合压制当地起义者。为期十周的美西战争结束

第一部分：伊甸园

后，两国都不承认菲律宾的独立。相反，在1898年签订的"巴黎条约"中，西班牙政府以两千万美元的价格割让菲律宾，使之成为美国的海外领地。

"没有一丝可靠证据表明目前的菲律宾人有自治能力。"美国总统西奥多·罗斯福（Theodore Roosevelt）曾这样说。他将菲律宾独立战士蔑称为"一群中国混血的乌合之众"，并称让他们自治"就像在阿帕奇（印第安部落——译注）保留区里让一位酋长自治一样荒唐"。

19世纪至20世纪之交美国在菲律宾的暴行，被湮没在更加体面的美国历史记录之中，世人大多对此一无所知。美军士兵基本重复了西班牙人对菲律宾人犯下的种种暴行：大规模的酷刑、集中营、屠杀手无寸铁的战俘和平民，而当初美国正是以惩治这些暴行为借口介入这场冲突的。根据詹姆斯·布拉德利（James Bradley）所著《帝国巡游》（*The Imperial Cruise*）提供的数据，在接下来的美菲战争中，超过三十万菲律宾人被美军士兵屠杀，其中多数是平民。这比美西战争的死亡人数多得多。

"射杀活人成了一种'热血沸腾的游戏'，猎兔子相形见绌。"第三炮兵团的安东尼·米奇阿（Anthony Michea）如是写道，"我们向他们发起冲锋，这样的屠戮前所未见。我们像杀兔子般把他们杀掉，成百上千，成千上万。每个人都疯了。"根据美国官方命令，战俘全部被杀掉，其中一些还遭受一种残酷的水刑。

一些美国人——特别是以威廉·詹宁斯·布莱恩（William Jennings Bryan）、马克·吐温（Mark Twain）为首的美国反帝国主义联盟（American Anti-Imperialist League）成员，激烈反对美国占领菲律宾。而罗斯福对这些暴行视而不见，反而美其名曰"美国士兵勇敢地战斗，这是用文明取代野蛮残暴和黑暗混乱的胜利"。他称之为"一场史上最荣耀的战争"。

在菲律宾政府十多年的不懈努力之下，美国国会于1933年通过了黑尔-修斯-卡汀法案（Hare-Hawes-Cutting Act），承诺十年之后让菲律宾独立。法案赋予美国在菲律宾拥有多座海陆军事基地以及对菲律宾出口商品设定配额和课以关税的权利。尽管如此，菲律宾终究获得了自治的机会，他们在与西班牙和美国的

信念的旗帜：突出巴丹丛林

战争中付出的巨大鲜血代价得到了补偿。

与此同时，少尉克雷·康纳这样的美军军官却在这里过着国王般的生活。任务很轻松，战争的威胁早已被忘却。几乎刚到下午，官兵们就已完成训练和工作任务，涌进附近的高尔夫球、网球、马球场以及海滩上，抑或到菲律宾人社区的娱乐场去了。

军官几乎每个晚上都可以不在岗。坐落在马尼拉湾东岸的陆军和海军俱乐部装潢得富丽堂皇，如同富豪出入的乡村俱乐部，众多身着白色军装的酒客正在里面小口啜饮。但这样的去处过于高雅，其他一些人就到市区的阿卡宫俱乐部或马尼拉酒店打发时光。如果有赌兴，还可以到贾·阿来俱乐部（Jai Alai Club）玩一把，这个俱乐部因"博彩、啤酒、美女和（最后）破产"而享有盛名。

刚到不久，康纳就从军用车队里搞到了一辆车，载着勒罗伊·柯瓦特和洛基·高斯沿着杜威大道（Dewey Doulevard）向北驶向市中心。康纳爱好历史，看着在1898年的美西战争中被击沉在马尼拉湾东侧，半埋在浅水泥沙中的西班牙战舰残体，他百感交集。在到马尼拉的路上，三人组探访了大熔炉圣塔安娜（Santa Anna），来自世界各地的美女热切地勾搭着前来这里的飞行员、炮兵、潜艇兵和海军陆战队士兵，并在酒吧音乐的节奏中将他们的钱卷走。

马尼拉市中心的东西合璧气息更浓，但缺乏交通标志和信号系统，显得更加杂乱。Carretelas——一种由小马拉着的马车啪嗒啪嗒地行驶在马路上，在以出租车和小汽车为主的洪流中左右躲闪。贩卖食物和生活器具的菲律宾小贩推着小推车，赶着马车，高呼"买买买"，各种刺耳的声音充斥在空气中。小孩子则凑上来乞讨，士兵们四处找寻酒吧和妓女。

尽管菲律宾的人口只有1700万，但马尼拉1941年的人口已达48.4万，大约是洛杉矶人口的四分之一，而且这个数字还在不断增大。尽管市中心简陋、贫穷、吵闹，这里也有富丽堂皇的富人区；现在已是旅游景点的"内城"，是西班牙人数百年前修建的，用来保护他们免受"野蛮土著"的攻击；巨大的相思树排列在塔夫特大街（Taft Avenue）两旁，有胡安·阿雷利亚诺（Juan Arellano）设计的马尼拉都市剧院以及高端回力球俱乐部。

由政府运营、去年才开张的回力球俱乐部是这个国家最引人注目的建筑：四层的楼房，闪亮的玻璃，特别显眼，圆柱形入口给人的速度感不但昭示着里面快节奏的游戏，也昭显了独立的菲律宾将拥有无限的可能性。事实上，这是由美国人威尔顿·贝克特（Welton Becket）设计的，洛杉矶飞机场和好莱坞众多银幕传奇人物的住宅也出自他的手笔。可惜这样一座优雅的建筑却成为追求享受的游乐场，1941年的这个秋天，许多美军士兵在此流连忘返。

楼里有回力球场。回力球是一种西班牙巴斯克地区流行的球类运动，球手身穿白色运动服，使用"cesta"对着墙壁击打橡胶球。"cesta"是一个由柳条编织的，修长的弧形勺子，用皮带绑在球手的右臂上。回力球比赛都被投下重注，这让康纳颇感新奇。穿着白外套的菲律宾男孩在博彩窗口之间来回穿梭，为赌客下注跑腿。当然，他们都期望得到小费，如果运气好，也许还能从某位赌客赢到的钱里分一杯羹。康纳、柯瓦特和高斯一边喝酒吃饭，一边也下了注。他们打量着奢华的房间，不由得感到一丝敬畏。这里离家很远，离战争也很远。

当然，他们已经在来这里的旅途中经历过所有的训练科目：夜里关上舷窗，甲板上禁止吸烟等，因为这些小错误都可能让敌人的侦察机飞行员发现他们的踪迹。"我们就当是再进行一遍演习，但都不把这些当回事儿。"康纳写道，"我们照章办事，但并没有考虑过订立这些规矩的原因。"在菲律宾部署军队只是以防万一，不是吗？

接着，康纳扫视一下酒吧，发现少了点什么。他已经看到了各种种族的女人，却没见到白种女人。美国女人，军官的妻子，她们去哪儿了？

"送回家了。"成为飞行员之前已经服役十年的高斯回答。

"送回家？为什么？"康纳问。

"战争，克雷。"高斯说，"战争。"

实际上，军官的妻子儿女早在五个月前的5月份就被送回国了。酒吧里，更多的酒被送上桌。夜更深了。回力球手腾空将球打在墙上，赌局还在继续，富有异国情调的女郎在房间里翩翩来去，如同热带的微风；这一切让康纳几乎忘记了迫近的危机，让军方需要将军官们的家眷送回国内的危机。

但只是几乎忘记。

1941年11月，美国陆军航空队中唯一做好战斗准备的俯冲轰炸机单位——第27轰炸机大队（轻型）转入新成立的美国陆军航空军（Army Air Forces，美国空军的前身——译注）。现在只差飞机了，据悉很快就会海运过来。27轰炸机大队的一些官兵认为，载有急需的俯冲轰炸机的货轮"梅格思号（Meigs）"只比"柯立芝号"晚几天，随时可能抵达马尼拉。与此同时，为了保持一个月没有飞行的飞行员们的战术技能，27大队从19轰炸机大队勉强借了四架老式B-18轰炸机进行训练。这些老古董似乎是用胶水和绳子绑着，才没有散架的。

美利坚合众国很晚才意识到，日本一直在筹备对她开战。她的注意力集中于肆虐欧洲和苏联的德国，忽略了一个比加州还小，且与中国打了十年却劳而无功的国家的威胁。简而言之，美军自信满满却毫无准备。虽然骑兵部队历史悠久、战功赫赫，但不得不承认，菲律宾侦察骑兵团仅仅是美国国防力量的沧海一粟，完全没法与日军的坦克抗衡。

在世界政治棋局中，日本必须控制菲律宾，因为荷属东印度群岛的油田就在菲律宾以南。1941年，日本90%的石油由荷属东印度和美国供应。日本战略制定者清楚，美国在菲律宾的存在威胁着日军侧翼，有碍他们向南征服盛产石油的东印度的计划。他们同样需要菲律宾成为新征服地与日本本土之间的海空走廊和补给站。当然，他们还清楚马尼拉是一座理想的深水良港。

1941年7月26日，罗斯福总统授权冻结日本在美国的资产，英国和荷兰也随之跟进，实行类似的制裁。美国的领袖们认为，包括石油禁运在内的众多措施，只会有两种结果：要么迫使日本放弃其在东南亚实行的攻击性战略，要么日本会为了石油而占领荷属东印度，当然这就意味着战争。面对制裁，日本毫不退缩。

第一部分：伊甸园

同一天，一位曾经担任过菲律宾军队指挥官的退役将军被重新起用，担任美军远东军（USAFFE）的指挥官，这完全不是巧合。他的名字叫道格拉斯·麦克阿瑟（Douglas MacArthur），西点军校的特等生，一战中在西线官至准将，七次荣获银星勋章，两次荣获杰出服役十字勋章。

自从第二次世界大战于1939年9月爆发，美国一直对参战犹豫不决。一战中美国子弟的巨大伤亡留下的阴影仍未散去。但美军的指挥官们却并不天真，对于菲律宾在对日作战中的战略价值，他们早已考量多年。如果开战，吕宋岛毫无疑问会首当其冲遭到攻击，它是最大的岛屿，还是首都马尼拉所在地。不过麦克阿瑟认为，战争爆发至少在五个月后，不会早于1942年4月。

麦克阿瑟希望能拒敌于海滩之上，而日军最有可能的登陆点，是马尼拉北面的林加延湾（Lingayen Gulf），这里有平缓的港口和海滩，而且到马尼拉的路途一马平川。不过，众高级将领不太赞同他的战略。相对于在林加延湾堵截敌军，其他人更推崇被称为"橙色战争计划（War Plan Orange）"的方案，即退守南部巴丹半岛的群山。在那里，美军能将南下的敌军拖住数月，等待驻泊在珍珠港的舰队送来援兵、武器、食物和装备。

麦克阿瑟四十五岁就成为美军最年轻的少将。如今，经过战争洗礼的他以六十一岁高龄再次应征入伍。在菲律宾，他指挥着13万部队，其中3.1万是美国陆军，余下的是菲律宾士兵。后者中有12000名菲律宾精英侦察兵，也就是康纳在麦金利堡看到的那些训练有素的战士，余下的九万到十万则属于菲律宾陆军。

这些士兵很多是在十一月底十二月初匆匆入伍的，很多人连枪都没开过，他们当兵之前只是些普普通通的农夫。他们缺乏训练，武器老旧，加上语言障碍，让训练难上加难。在1941年，不到三分之一的菲律宾士兵会说他们的美国军官使用的英语。此外，阻碍菲律宾士兵与美国军官的，还有美国人自觉高人一等的态度——至少第31步兵团从军将近二十年的中尉威廉·贾登尔（William Gardner Jr.）是这样写的：

战前，到东方的动机多为求利。来到菲律宾群岛（或是占领其他东方国家）

的美国人都会建立起堡垒，将自己与土著尽可能完全隔离开来。在马尼拉，他们是身在小池子里的"大鱼"。他们不停地对生活琐事发牢骚，指责那些"可悲的土著居民"。

对他们来说，理想的状态是有两个身着白衣打着赤脚的菲律宾人随时恭候着他们。有些甚至要有剪草童、私人司机和中国阿妈服侍。他们出入马球场、大学校园和瓦克瓦克乡村俱乐部（Wack Wack Country Club）。他们早上九点就聚在一起玩麻将，打高尔夫、网球或羽毛球，走到哪里白条打到哪里……

如果说这个经历过战争考验的贾登尔对他的军官同仁的批评太过激烈，那或许是因为他不是白人，看生活的视角不同，他是阿帕奇印第安人。

战争爆发初期居住在菲律宾的美国普通人对菲律宾人民也是知之甚少。他们对菲律宾人的了解只限于"那些菲佣令人讨厌的坏习惯"，除此以外，他们漠不关心。美国人有自己的陆军海军俱乐部、马尼拉马球俱乐部、麋鹿俱乐部以及其他各式各样的俱乐部。这些地方都禁止菲律宾人入内或成为会员。

这样的态度对于加强美菲军事联盟毫无帮助。有些人还认为，美国人的傲慢还表现在低估日军的军事实力上。"无论是华盛顿的文职'战士'，还是前线最低层的炊事兵和勤务兵，都理所当然地认为，美军装备的质量和性能都优于日军。"当时派驻在菲律宾的第45步兵团罗伯特·拉法姆（Robert Lapham）中尉如是写道，"他们认为美军士兵先天就更优秀，日本飞行员视力短浅且缺乏平衡感；来自于独裁社会的士兵都缺乏民主卫士那样敏捷灵活的头脑。有些神棍甚至宣称，洋基（Yankee，美国人的谑称——译注）永远拥有世上独一无二的特殊智慧。"对于这种傲慢的根源，罗伯特认为是所谓的"我们国家有一个缺点，那就是缺乏去了解其他民族的兴趣，其结果就是对他们的无知"。

"让那些斜眼（美国对以中国为首的东亚人的蔑称——译注）放马过来吧，

来多少我们收多少。"这话出自第31步兵师士兵里昂·贝克（Leon Beck），"他们不可能斗得过美国陆军。如果海军没让他们葬身鱼腹，我们也会。"

对于军官，特别是年纪稍长的军官来说，来菲律宾是一种优待，他们手下的士兵来此后，肩膀上的杠往往也会增加。来自印第安纳州的青年士兵艾德加·惠特科姆（Edgar Whitcomb）写道："美国人的优越感根深蒂固。我们从小就被灌输，美国的飞机、装备的质量以及美国人的素质，都是地球上最好的。"

一份1941年的美军报告显示，美军的应征者多是"教育水平低下的年轻人，为了这份微薄但稳定的薪水而入伍，比起竞争激烈的平民生活，军队里有规律的生活更有吸引力"。报告中还提及士兵讨厌他们的长官和死板的训练，而且没有团队精神，是一种道义力量让他们为了共同的目标走到一起。

尽管如此，身处菲律宾这个热带前哨的美军士兵的新生活仍然舒适惬意。对于自己在反坦克连队的生活，贝克是这样描述的："几乎是在天堂，每天都有仆童给我们整理床铺、洗衣和擦鞋。每个月还有人给我们修脚趾甲和手指甲……牛排飘香，啤酒畅饮，全连去海滩野餐。就像我说的，生活真是惬意。"部队里最接近战斗的活动就是互射图钉打发无聊时光，抑或是在内城里与菲律宾孩童一起玩弹弓。

"基地的节奏缓慢，"康纳回忆道，"虽然天气湿热，在这里还是不错。这是一种让人兴奋的新奇体验。部队里其乐融融。"

生活在这样的热带胜地，无知确实是福气。然而有些人说个别青年军官身在福中不知福。"有人指责这种懈怠扩散到了上层，包括麦克阿瑟本人。"25岁的中尉拉普汉姆（Lapham）写道，"但这样的论断很难评估。对于中层和底层军官来说，这样的说法是很不公正的……然而很不幸的是，对于上层，这样的说法不能不说有些道理。"

随着12月的日子一天天过去，康纳所在的27大队似乎没人再关心日本人或是那些未运到的轰炸机的问题。菲律宾时间12月8日，即夏威夷时间12月7日（菲律宾在国际日期变更线以西，所以早一天——译注），这些飞机还在五千英里

信念的旗帜：突出巴丹丛林

以外的夏威夷。在"朋沙科拉号（Pensacola）"军舰的护卫下，52架A-24俯冲轰炸机正从珍珠港来到菲律宾。必要的时候，这些飞机就是菲律宾的生命线。

然而，这条生命线还在八天航程之外。与此同时，军人们的心思也在别处。12月6日，康纳的哥们给他拍了一张照片。照片上，康纳正在麦金利堡的高尔夫球场上，准备用一号杆开球。多年以后，相册里面这张照片的标题很简单："打高尔夫的时间总是有的。"

第二部分
危 险

RESOLVE

第四章　失乐园
1941年12月8日—1941年12月23日

马尼拉南部，麦金利堡一条罩着纱帘的长廊上，康纳掀起蚊帐，侧身从床铺上滚下，走向浴室。数名军官正围坐在收音机旁听新闻。康纳有意无意地听了几句。昨晚，康纳、考瓦特和高斯像往常一样在回力球俱乐部喝酒，康纳的脑子现在还有些迷糊。他懒散地摇着毛巾，从众人一旁走过。直到淋浴的时候，他才意识到新闻蕴含的信息，仿佛哑火的鞭炮突然炸响。

"开玩笑！"他惊呼。

"不是的。"另一位军官回答，"珍珠港被炸了！"

康纳在回忆录中写道："我看着围坐在收音机旁的人的脸，似乎可以看出他们在想什么。恐惧，失措，真的要打仗了？能从菲律宾全身而退吗？这得是多久以后的事呀？大伙儿表情凝重，看不出太多感情，但你知道，大家的注意力已经完全集中到这件被称作战争的新事情上面来了。"

收音机里发出通知：所有陆军航空部队人员立即到所在单位报到。康纳像个消防员一般急急忙忙地穿好军装，收拾好衣物，最后还把杰科扔进包里。他奔向军官俱乐部，即空袭预警总部所在地。

在50乘100英尺的房间里，几十名军官装束的人员同蜂鸟一般往来穿梭着。康纳与其他人一起围在桌旁，上面铺着一幅林加延湾的地图。远东航空军（FEAF）的军官们坐在地图旁的小凳上，用木耙将模型飞机推来推去，进行推演。这意味着什么？说明北来的日军飞机已经飞过林加延湾，显然是直奔斯多特森堡、马尼拉，抑或同时两者。

越来越多的军人涌进总部，等待指令。戴维斯（Davies）上校一眼看到康纳，下令说："把航空队里所有的无线电设备都弄到靶场，就是射击区域那儿，建立一个通信联络站。三小时内必须开始运作。"

康纳勉强点点头，但戴维斯的话还没有说完，"召集你的下属，设立站点，打开无线电收发机！马上行动！"

康纳居然还腆着脸皮幼稚地质疑这个命令。"上校，你知道三个小时内不可能做到。"

戴维斯回答："也许确实不可能。"但他圆瞪的双眼表明：不管怎么样，现在就给我去做，立刻！话音未落，他已匆匆离开。

康纳下属的三十个士兵散布于基地各处，他更搞不清楚设备都在哪儿。他冲出房间，迎面碰见哥们柯瓦特和高斯。经过上级批准，他们俩和康纳一起开始寻找设备。康纳觉得，高斯简直就是上帝派来的救星，不仅经验丰富，性格顽强，而且非常了解无线电技术。此外，他不像康纳这个前啦啦队员那样文质彬彬，在指挥这些无头苍蝇一般的士兵时，他一点不忌讳使用污言秽语。

"滚出去，把那些该死的东西整理好！"他朝一队士兵吼道，"没搞清楚我们现在是在打仗吗？"

洛基出去找设备，康纳负责找人，柯瓦特去弄补给。康纳从高尔夫球场弄回几个正兴致勃勃挥杆的家伙，又从床上拉出一批。多数人对战争爆发一无所知，有些人还以为是开玩笑。然而一旦大伙儿凑齐了，康纳吃惊地发现，大家迅速各司其职，这很大程度上归功于洛基的领导才能。"他鼓舞了所有人。"康纳写道，"如果给他两个话筒和一卷电线，他就能让我们从美国打电话到澳大利亚。他简直无所不能。"

这样的创造力在他们俩的合作中很快发挥出巨大的作用。由于洛基的贡献，收发机开始工作的时间比预计的三小时提前了不少。

第二部分：危　险

数小时后，阳光照耀下的机群飞来，如天空中铺满铝箔，非常刺眼。康纳、洛基与众人一起站在开阔地上，数出飞机多达72架。事实上，他之所以花了好些时间数飞机，表明他太天真，但这种天真很快就将烟消云散。机群的嗡嗡声如同中提琴为制造悬念拉出的低音，充满了不祥的预示。但尽管已经听说了珍珠港事件，康纳对眼前的危机仍然反应迟钝。他后来写道："我想，这一定是海军战机出动了，完全没想到是日本人的飞机。"他不敢去想自己很快就要成为这些飞机的目标。如果那样想，相当于相信自己可能会死去。事情不可能一夜之间就从在高尔夫球场和回力球场寻欢作乐变成战死沙场吧？

然后，空气突然被撕裂了。他写道："我听到一阵尖啸，随着令人背脊发凉、肠胃翻滚的声音，炸弹开始落下来。"康纳猛地趴在地上。"我趴下之后，尝试用各种方法尽量用四周的尘土把自己盖住。但我没有任何动作，身内的压力把我压得没法动弹，一股巨大的力量似乎要爆发出来。"

天空发出爆裂的声响，如同干木材被拧断。大地随着落下炸弹的爆炸不停颤抖。康纳回忆道："接着，弹片嘶吼着四散开花，将屋顶撕得粉碎。据说，你是听不到落向你的那颗炸弹的声音的，但我每听到一颗炸弹落地，就会等待着下一颗。但我好像没有被击中。然后，轰炸结束了。"

康纳站起身，拍拍身上的尘土，扫视四周。大伙儿都在做同样的事。人人脸上的表情都相同：放松、快乐、庆幸还活着。"他们像孩子般跑来跑去，相互握手，拍着别人的背说：'天啦，我们躲过了这一劫，是吧？'接着，我们抬头目送日本飞机消失在远方。憎恶之情油然而生。"

日本人的空袭机群由252架飞机组成，从吕宋岛以北四百英里的福摩萨（台湾岛）起飞。美国陆军航空队在菲律宾的飞机总数只有来袭日机数量的一半，而且到了中午，其中五成已被炸毁，多数根本没来得及起飞。日本飞行员原本以为会在马尼拉以北的克拉克机场（Clark Field）遭遇激烈的空战，然而实际上，至少在最初的时候，他们发现美军飞机都一架挨着一架停在地面上，成为他们轻松瞄准的目标，因为基地的美军还在屋里吃午餐。在五天的时间里，克拉克机场至

信念的旗帜：突出巴丹丛林

少响起了35次防空警报。被炸弹直接命中的油库冒出墨黑的浓烟，扶摇直上，很远都能看见。到处都混乱不堪。

当美国飞行员终于驾机从克拉克以及其他基地起飞作战时，遇到各种各样的问题：虚警、通信系统故障，许多P-40战斗机甚至连氧气罐连接器都没装。与此同时，美军老式的三英寸（76mm）口径防空炮完全打不到从两万英尺的高空投弹的日本飞机。美军的P-40战斗机的机动性也完全不是日军零式战斗机的对手。

"我们完全被吓坏了，毫无还手之力。"第24驱逐飞行大队的列兵鲍勃·梅休（Bob Mailheau）说。

日军空袭两周后，四万三千人的日本陆军部队在马尼拉以北一百英里的林加延湾沿岸登陆，气势汹汹地向南前进。这一天是12月22日。虽然日军人数只有美菲联军的一半，但在中国战场磨砺出来的日军迅速将草草成军的菲律宾陆军击垮；接着，入侵者如同水过溃坝一般，冲破美军建立的防线。美军只有少数作战飞机可用来挑战日军的空中优势；而虽然曾经有消息说第27大队的A-24运抵马尼拉，但事实证明消息不属实。因此，战况呈现一边倒的局面：成千上万的日本部队骑着自行车从林加延湾向马尼拉前进。一天之内，麦克阿瑟放弃了他的"御敌于海滩之上"的作战计划，意识到美军唯一的希望与最初很多人建议的一样：执行"橙色战争计划"，退守巴丹半岛，拖住敌人，等待太平洋舰队的救援。在日军主力在林加延湾登陆的次日，另一支日军在马尼拉东南的阿蒂莫南（Atimonan）登陆，向马尼拉扑来，一路几乎未受任何抵抗。

在接下来的一周内，马尼拉城以及周边地区不间断遭到日军空袭。空袭警报时不时地拉响。平民们拿着手枪朝天空射击。曾经整洁的麦金利堡如今布满弹坑，马尼拉以北的克拉克飞机场受损更为严重。油库火光冲天，大多数建筑被毁，没有阵亡、转移或是受伤住进野战医院的士兵，都被安置在距离基地400米之外的地方。

第二部分：危　险

　　空袭期间，士兵们纷纷跳进散兵坑或者战壕里躲避，由于地面激烈震动，许多人都患了脑震荡。他们的脸庞被战火熏黑，被碎片刮伤，甚至有人因此失明。在受到首次攻击的中午，斯多特森堡的医务人员就向马尼拉的斯腾堡医院求援。然而局势越来越糟。到了周末，医院床位满员，伤者只能被安置在屋外草坪和网球场上的帆布帐篷里，这些地方曾经是这个天堂惬意生活的象征，如今却成为医务人员们全力拯救生命的场所。

　　虽然马尼拉以南的麦金利堡的设施受损不大，然而士气却遭受重创。本来就不多的飞机，现在全被日机炸成了一堆废铁。一位将军命令康纳将他的单位转移到尼尔森机场（Nielson）附近的林地里。这是一天之内他接到的第二项不可能完成的任务。不过他行了个军礼，转身就向外走。

　　他向下属的一名士兵说："带回五辆卡车，我们需要它们来转移这些设备。"

　　"但是如何……"

　　康纳打断他："我不管你如何去弄，反正给我弄回来，我们有任务，必须完成它。"

　　向尼尔森机场的转移是向险境的转移，入驻控制机场的塔楼尤其危险；日军的俯冲轰炸机已经轰炸过这个机场，而且还会接二连三地来袭。机场一片狼藉。飞机燃起熊熊大火。数百人倒在血泊中。康纳回忆道："我想不出还能有更危险的任务，这就像站在核爆中心点上。这里绝对是鬼子的攻击目标之一。"

　　不管怎样，指挥官们认为，康纳的通信队如果能利用塔台进行空地管制，同时接收北部发来的报告，将为美军带来情报优势。然而，康纳一行刚刚抵达，日机就俯冲下来，机枪吐出的子弹打在他们附近，激起烟尘。绝望之中，有些人慌忙寻找掩体，一头扎进一旁的污水沟里。空袭结束的时候，从头到脚挂满垃圾的一群人爆发出一阵少有的欢笑。

　　他们笑着，只为了不在绝望中陷得更深。出于同样的原因，他们对一个被称为"嗡嗡叫的瓦格纳（Buzz Wagner）"的家伙报以宗教般狂热的崇拜，因为他是

信念的旗帜:突出巴丹丛林

27大队唯一驾驶战机升空与日机对抗的人。康纳写道:"只要他驾机抵达尼尔森机场,起飞或降落的时候,我们都会向他挥手致意。我们会高呼:'继续飞翔!'(他)就是我们的空军。"这句玩笑话几乎就是现实。实际上,在数周的日军空袭期间,27大队只有寥寥数位飞行员得以升空作战。大多数飞行员都在地上挖战壕和散兵坑,学习如何做步兵。他们配发了一战时留下来,多年未开过一枪的30-06(7.62×63mm)步枪。

终于有一天,当一人空军瓦格纳正在空中向一群轰炸机开炮时,子弹击碎了他座机的风挡,碎裂的玻璃飞溅到他脸上。他勉强成功着陆,但他的脸就像拍烂的番茄,里面嵌满了玻璃。于是,第27大队的空中力量宣告终结。瓦格纳随后被送至澳大利亚疗养,从此脸上多了那些伤疤,没人再笑了。

轰炸日夜持续着,没人能睡好;热带的高温和日军的空袭没有止歇。士兵们利用攻击间隙在塔台里笨拙地摆弄无线电设备,接收和发射尽量多的信息。如果飞机的声音响起,他们就仓皇逃出来,跑到路对面的稻田水渠里躲避。

一名通信兵捎给康纳一则消息。斯多特森堡的航空队损失了大量B-17轰炸机,但是还有一架能用。那架飞机要尽可能装下更多的飞行员,并将他们送到澳大利亚,以便重整旗鼓。康纳的任务是负责调度,保证这架B-17能在尼尔森机场安全降落,并搭载飞行员顺利起飞。康纳登上塔楼。

四台发动机的巨兽——最后几架完好的B-17之一,按计划降落。很快,飞行员们熙熙攘攘地登机。无线电里传来声音刺耳的预警:日机正从北方来袭。康纳立即通知侧向停在距离塔楼三百码处的飞机。他刚刚与飞行员取得联系,无线电就中断了,康纳连告警的话都没来得及说。他一遍又一遍地尝试警告飞行员,但没有成功。

康纳与在场的人们只有一个选择。他们冲向跑道,挥舞双手大叫,但飞机的发动机旋转着,噪音掩盖了他们的所有努力。突然,日本的零式战斗机如同下坠的电梯,一头扎了下来。康纳一行连忙卧倒。敌机开火的声音从B-17的方向传来。飞机中弹,燃起熊熊大火。

第二部分：危　险

日机飞走后，康纳他们奔向B-17，查看是否有幸存者。飞机里面空空如也。飞行员们都已从康纳看不到的那边逃出，躲进附近的一栋建筑里，没有人伤亡。

"估计我们还没到离开菲律宾的时候。"一名飞行员对康纳说。

实际上，多数人再也没有机会离开了。最后，一架飞机终于成功地将27大队的23名飞行员送到了澳大利亚。由于菲律宾遭到攻击，运输船转航驶向澳大利亚，送来了期望已久的A-24轰炸机。但大多数没能搭上那架飞机的飞行员将永远没有机会离开地面了。相反，他们将被深埋在地下。

第五章　撤离马尼拉
1941年12月24日—1942年1月1日

　　1941年圣诞节的第二天，康纳和几个下属在一辆指挥车上，正在巴丹的一个美军机场上颠簸。山峦起伏的巴丹半岛位于马尼拉西面，如同一只直插大海的大拇指，是吕宋岛上48个省之一。

　　开车的康纳第一个发现情况，日军轰炸机正从空中俯冲下来，如同一群冲向海底猎物的鲨鱼。他一脚踩在刹车上，众人仓皇跳车、卧倒。其中一人跳车后撒腿就跑。"不要跑！"康纳大叫道。

　　但是，那人没有停下，继续向着跑道边沿的树林狂奔。康纳后来写道："一旦炸弹开始下落，你的吼声就听不到了，炸弹的尖啸湮没了所有的声响。紧接着，炸弹落地爆炸，大力摇晃震动。"

　　康纳闭上了眼睛。炸弹似乎落得越来越近。爆炸停止时，康纳想知道空袭是否已经结束。他写道："我睁开（眼睛），看到一枚50磅炸弹正好落在那小子奔跑的地方。炸弹爆炸，他消失在烟尘中，仿佛被整个吞噬了。轰炸结束后，日军战斗机又进行了数轮扫射，然后才离去。我们起身走到跑道边沿查看情况，那里没有留下他一丝一毫的痕迹。他直接被炸弹击中，已经灰飞烟灭。"

　　康纳蹒跚走开，突然双膝跪地，干呕起来。"怎么会到这个境地？"他写道，"一分钟前，他还是一个唱着歌、呼着气、活蹦乱跳的快乐小伙子；一分钟之后，什么都没了，彻底消失了。"

第二部分：危　险

随着日军在1941年的最后几天占领马尼拉，城内城外天壤之别：城内，两位圣诞老人沿着埃斯科塔河（Escolta River）两岸漫步，河边棕榈树随风摇曳；城外，出城的道路上挤满背井离乡的难民。城内，身着盛装的女郎来到棕榈树环抱、可以俯瞰马尼拉湾的马尼拉酒店参加舞会；城外，洛基·高斯正帮助一位名叫瑞塔·加西亚（Rita Garcia）的菲律宾姑娘去医院，她在空袭中受了伤。城内，有堂皇的回力球俱乐部；城外，垃圾满地，从东边潘达坎区（Pandacan）油库升起的烟柱染黑了天空。NBC（美国全国广播公司）前线记者博特·席勒（Bert Silen）评论道："让我们记住，我们永远不希望度过这样一个最黑暗最悲戚的平安夜。"

毫无疑问，康纳的境遇比任何住在酒店里的记者更糟。然而，在他发回家的电报里，却找不到关于战况的任何内容。他告诉新泽西的家人："感觉很好。圣诞快乐。"

1941年圣诞节——有人称之为"黑色圣诞节"——的前一天，所有美军受命撤离马尼拉。次日，麦克阿瑟宣布马尼拉为"不设防城市"，意味着美国已经放弃一切防御措施，日军可以不用轰炸或者发起其他方式的进攻就可大步入城。

圣诞节当天，麦克阿瑟偷偷走出他在马尼拉酒店的高级套房，被转移到一个相对安全的地点：扼守马尼拉湾入口的科雷希多岛上深埋地下的巨大隧洞中。

这是大多数美国人经历过的最热的圣诞节。马尼拉城里，炸弹纷纷落地，所有地区医院的病人们都躲在床下享用圣诞美食。似乎这还不够混乱一样，所有的美国护士正被疏散到巴丹半岛去；很快，她们就会成为美国历史上首批身处战区执行任务的军队护士。到了除夕夜，87名军队护士几乎全部离开了马尼拉；仅剩的几名也会在随后被转移到巴丹半岛。

日本人要么没收到麦克阿瑟"不设防城市"的宣言，要么对此置若罔闻。因为12月27日，日军从南北两个方向兵临城下，马尼拉的天空塞满轰炸机，试图摧毁内城的港口设施和建筑。与此同时，美军烧掉了城市附近所有机场的油料储备。一天之后，高斯在一堆被"敌人抛下的钢雨"砸成碎片的残骸中寻找信号电

信念的旗帜：突出巴丹丛林

器零件。

多年来，马尼拉一直是活力之都，还透着些许优雅。而如今，数千美国平民正在收拾细软，等待他们的将是一个临时集中营。趁火打劫的人如同暴风之后扫荡海滩的海鸥一般扫荡无人的商铺。水边散落着被击沉舰船的残骸。五层楼的马尼拉酒店顶楼曾是麦克阿瑟俯瞰海湾的地方，如今已经人去楼空。

试图前往港口的轿车和卡车挤满街道。随着日军穿过吕宋岛的中央平原一路南下，撤退开始，这与许多美军军官原本的预想不谋而合：在巴丹半岛收缩防守，以期进入僵持阶段，等待海军救援。随着计划的变更，混乱如波纹般扩散，让原本就散乱的美军更加涣散。港口在U形的马尼拉湾的底部，到处嘈杂混乱，士兵们涌上仍然漂浮的舰船，以求能被送过海湾，抵达对岸的巴丹。士兵"征用"了所有可以弄到的民用车辆。衣衫褴褛的北吕宋军团已经摧毁了184座桥梁，这可以拖延日军向南追击，但剩下的时间已经不多了。

即使说军纪没有在混乱中完全被遗忘，那至少也被懈怠了。康纳将在马尼拉酒店对面陆海军军官俱乐部的吧台边等待最新的命令。因为灯火管制，窗户都抹成黑色，房间里靠蜡烛照明，空气中满是卷烟、烟斗和雪茄排出的二手烟。上百人挤在屋里，有些人已经蓄起长须，所有人的纯棉制服早在热带的闷热中失去笔挺的神采。

康纳感受到酒吧的气氛大不如前，泛着淡淡的恐惧，平时兴高采烈、上来就吹五瓶啤酒的逞强被逆来顺受、疲惫和担心代替。康纳找到了他的指挥官，信号部队的纳西特尔·梅森（Lassiter Mason）上尉。康纳回忆道："他似乎很疲惫，我能感觉到他并没有惊慌失措，但的确忧心忡忡。"

梅森和康纳的许多上级一样，比康纳年长许多。他指示康纳带领下属到七号码头想办法横渡海湾抵达巴丹，不管是乘驳船、渡船还是海轮。他在吧台上铺开一张地图，向康纳指出他们的目的地："小碧瑶"（Little Baguio）。这地方小到地图上都没有标记，这名字是美国人取的，来自菲律宾夏都碧瑶，因为那里的风景

第二部分：危　险

唤起了美国人对凉爽青翠的记忆。

康纳仔细研究了地图上的巴丹半岛，三十英里长，二十英里宽，突入海中，将西面的中国南海和东面的马尼拉湾隔绝开来。南北走向的山脉矗立在巴丹半岛上，大多数地区都覆盖着茂密的丛林。小碧瑶距离半岛南端只有约四英里，距离科雷希多岛也不远。

凌晨两点，一支长长的车队从码头延伸出来，康纳和他的士兵们坐的卡车排在队尾。康纳下车跑到水边。难道死等是他们唯一的选择？他找到一名宪兵，打听是否有其他办法。宪兵让他回车上坐好，乖乖等候。这时，防空警报响了。

空袭！人们纷纷跳下卡车，四散逃入附近的建筑物里躲避。还有人缩进路边油桶堆的缝隙里。炸弹落下，击中车队和周边地域。混凝土、砖块和灰泥四散崩落。油桶倾倒，滚动起来。

"小心！"康纳大吼。

滚动的油桶撞倒康纳的几个士兵，最终将他们压扁。"我听到了他们绝望的呼救。"康纳写道，"他们的声音渐渐消沉下去。"

轰炸结束之后，天也亮起来，康纳并不想证明自己的勇气或能力，但他必须另找一条更为安全的路径抵达小碧瑶。因为他望见海湾里的船只燃起了熊熊大火。更远处，日本的零式机还在不停扫射驶往巴丹的船舶。他写道："找艘小船横穿马尼拉湾的主意实在愚不可及，简直就是送上门去做射击场里的鸭子。"

康纳驾驶卡车调头开回军官俱乐部，找到梅森上尉，告诉他道路堵塞而且危险。"有没有可能走陆路去巴丹？"

梅森再次铺开地图。"陆路路途遥远，而且日军正在逼近，风险更大，但的确是可以走的。"梅森回答，"如果你想，那就走陆路吧。"

康纳通知下属修改行动计划，然后命令他们散开，寻找一切可以找到的无主车辆。这是康纳第一次但不是最后一次声色俱厉地下达命令。士兵们带回了13辆车。康纳和高斯开着一辆1940款四门福特轿车，柯瓦特一辆类似的车。没有地

41

信念的旗帜：突出巴丹丛林

图，没有指向。康纳很快就发现，有许多其他部队也在走陆路，公路上车满为患。

夜幕降临了。道路上极端阻塞：平民徒步；士兵坐在形形色色的车上；为了抵达安全之所，牛车也在人流车流中徒劳地穿梭。母亲们抱着孩子；老人们挑着上下晃动的行李；年轻人都身着军装。与刚来吕宋时不同的是，没有人向他们亮出代表胜利的"V"字手势。

拥堵的道路上，嘈杂声也很大。儿童啼哭，女人们在人流中艰难地往前挤，大声呼唤着被人流卷走的孩子，然而似乎没人在意她们的处境。康纳后来写道："她们脸上的痛苦清晰可见。"

很快，康纳的13辆车已经超过逃难的人群。前面的路上全是满载士兵和菲律宾平民的大卡车。这样的车队成了零式飞行员的活靶子，这种长航程战斗机来回反复扫射，美军没有任何还手之力。但康纳让他指挥的车辆都熄了灯，顺着车流缓慢前进。

他们一行驶过圣·费尔南多（San Fernando），开始转向巴丹半岛方向。康纳和高斯的车后面的巴士司机不耐烦了，开始鸣笛闪灯。洛基大吼，要他熄灯停号。无果。

高斯威胁道："如果你不熄灯，我就开枪打灭它们。"

灯被关掉了。康纳对高斯刮目相看。高斯身高只有五英尺五英寸（约165厘米）但却是个乔治亚州的硬骨头，青少年的时候就不爱读书爱打拳。他在乔治亚大学读了一年就退学，加入海岸警卫队，光荣退伍之后，在一艘前往南美的油轮上工作过一段时间，然后就加入了美国陆军航空队。

几分钟后，后面的灯又亮了。高斯抄起他的勃朗宁自动步枪，下车走向巴士，扣了两下扳机，履行他的威胁。康纳对他更是钦佩有加。

黑暗中，逃难平民的黑影让康纳印象深刻。他写道："这样的撤退实在太糟糕了。人们饥病交加，日晒雨淋，许多人包袱太重，最后只得全部抛弃。"

不管怎样，近十万人成功到达巴丹，包括六万五千菲军、一万五千美军，余

第二部分：危　险

下的都是平民。士兵们挖掘出一条抵御逼近日军的防线。天亮的时候，康纳的车队到达半岛最南端，马里韦莱斯山脉（Mariveles Mountains）在这里潜入大海。一行人驶上一座木质的码头。向南，可以望见突兀在海面上，如同干草堆一般的科雷希多岛。岛屿上空，日军飞机俯冲投弹，然后拉起。岛上的防空炮开火还击，偶尔会有敌机被击中，冒着烟一头扎入大海。每到这时，康纳和手下士兵们都会发出一阵欢呼。

圣诞节这一天，唯一能让康纳想起家的，是遇到一位名叫艾德·维特科姆（Ed Whitcomb）的士兵。他是康纳的联络人，在卡布卡班机场（Cabcaban Field）建立了一个通信中心。该中心偶尔能联络上澳大利亚，不过通常只能联通菲律宾群岛南端的民答那峨岛（Mindanao）。维特科姆来自印第安纳的北弗农（North Vernon），距离康纳早年居住的印第安纳波利斯不远。他们俩一边安装调试故障频出的通信设备，一边聊天，一聊就是几个小时。康纳写道："我们的心灵好像是相通的。"

稍后，他们回到小碧瑶，将一个杂乱的大帐篷收拾干净。康纳和30位下属的圣诞节食谱很简单：坚硬无味的压缩饼干和水。从本质上来说，这就是监狱伙食。大家试着对此一笑了之。然而，在距离海岸四英里的小碧瑶啃了几天的压缩饼干后，康纳、洛基和柯瓦特一起讨论当前糟糕的状况。他们不但食物紧缺，甚至帐篷都不够。一群人挤在一个帐篷里。根据收音机的报道，日本人距离半岛北部还有一段距离。因此三人组决定冒险：在敌人到来前返回马尼拉，洗劫军需仓库，能拿什么拿什么。这或许是他们获得补给的唯一机会。柯瓦特带兵留守，洛基和康纳带了七个兵，乘一辆卡车出发。

这次道路空空如也，他们一路顺畅地进入马尼拉。在一个码头仓库，他们开始装载食物。在这个过程中，康纳和洛基在附近发现多辆被抛弃的卡车。他们几乎同时想到了同样的点子。很快，他们找了些菲律宾人做司机，然后将另外十辆卡车都塞满了食物。他们甚至在一家夜总会里找到一些私藏的无线电设备和零部件。

信念的旗帜：突出巴丹丛林

真是收获丰厚的一天啊！他们必须在天亮前一小时返回小碧瑶。他们沿着埃斯科塔街（Escolta）行驶时，康纳和洛基听到一位菲律宾姑娘的招呼。正是洛基几天前帮忙送到医院的姑娘瑞塔·加西亚。她再次对洛基的善行表示感谢，然后邀请他们参加新年聚会。

真是一个无厘头的邀请。现在晚上九点，日军已经逼近马尼拉。12月30日，南路日军已经抵达距离马尼拉仅五英里的地方。康纳和下属还要走一段漫长颠簸的路，才能抵达小碧瑶。可是……他们俩对加西亚微微一笑。

为什么不呢？

康纳和高斯走进天鹅绒铺墙的帝国大厅（Empire Room），成为宴会的两名不速之客。他们腰间挎着手枪，脸庞被腮须映黑，长期暴露在炎热天气中没洗过的长袖卡其衬衫和长裤满是褶皱。赴宴的菲律宾人不少，但不是人山人海，不过士兵却不多，有一位美国护士：海伦·萨默斯（Helen Summers）。不过乐队演奏着欢乐的乐曲，酒品消耗得很快，有几对舞伴在舞池中翩翩起舞。由于马尼拉多数的酒吧早就关门大吉，因此帝国大厅成了城里唯一还有酒的地方，如同即将烧坏的灯泡的最后一抹光芒。不过这是新年前夜。

稍早的时候，他们俩去瑞塔的住处逛了逛，那是一栋坐落在上流社区的西班牙风格大宅；他们后来还会遇到她，她还带来一位朋友。瑞塔的父亲已经放弃与日本人对抗。鉴于日本人在中国对成千上万的平民肆意屠杀、折磨和凌辱，瑞塔与母亲对日本人的到来感到非常害怕。而且已经有大量关于日军犯下暴行的消息从马尼拉以北的沦陷区传来。瑞塔恳求康纳和洛基将她的母亲和姐妹们带到更安全的巴丹去。他们俩交换了一下眼神。洛基说他们很想帮她，但这是不符合军纪的。因此，当他们在帝国大厅等待瑞塔的时候，心中不免有些惴惴。

屋外，黑暗已经降临马尼拉，了无生气。虽然帝国大厅里熙熙攘攘，但一切都已面目全非。再没有酒吧斗殴；再没有舞池里的摩肩接踵；再没有讨论军队动向的闪烁眼神和低声细语；再没有关于"第五纵队"间谍的窃窃私语。这些间谍是亲日的菲律宾人，他们使出浑身解数刺探美军情报。"第五纵队"这个提法来自西班牙内战中国民军将军埃米利奥·莫拉（Emilio Mola）1936年的一次广播讲话。他说进军马德里的四路纵队会得到"第五纵队"的支援，从内部推翻敌对政府。在一派香烟的烟霾中，康纳暂时对第五纵队一无所知，但他很快就会有切身之痛。

一位菲律宾侍者把盘子放在每位宾客面前。"你会为日本人提供同样良好的服务吗？"洛基半开玩笑地问。

"噢，那时我就不会在这里了。"菲律宾年轻人回答，"我做完今晚的事儿后，就会离开。我的枪就在我房间里，天亮我就去巴丹。"

洛基说："你待在这里或许更好，巴丹那儿看来也不会有野餐会什么的。要知道，你是不需要参战的。"

那位侍者大约只有五英尺（152厘米）高，但他昂然挺起胸。"长官，我的哥哥五天前战死在北吕宋。我父亲正拿着他的古董装备在山区打游击，我母亲和妹妹都在照顾伤员。我们，所有的人，都会死战到底。"

也许是为了让洛基也对他刮目相看，康纳决定跳出来做黑脸："但是，日本人宣传他们是来给你们自由的，他们或许对你们不坏。"

侍者反驳道："美国人已经许诺给我们自由了，而且我们想要的是美式自由。我们绝不会忘记美国人为我们做的事。我们永远憎恨日本鬼子。"

洛基·高斯不为所动。但康纳发现他听到这些字眼的时候，表情稍有变化。这位年轻人的豪气似乎鼓舞了他。

过了一会儿，瑞塔带着一位朋友抵达大厅，她美艳得不可方物：黑色长发勾勒出浮雕般的西班牙五官，眼光楚楚动人。她的深红色晚礼服上点缀着闪亮的小片，与当初被高斯从废墟中拖出时的灰头土脸判若两人。高斯述说着近期的事迹，带领车队，在敌人来之前摧毁无线电设备，诸如此类的。而她对此毫无概念。"但你是飞行员。"她说。

高斯回答："是的，一个没有飞机的飞行员。"

信念的旗帜：突出巴丹丛林

夜色渐深，美酒下肚，高斯、康纳与瑞塔和她的朋友一起跳舞。乐队正在演奏《美丽的蓝色多瑙河》(The Beautiful Blue Danube)。康纳遇到了27大队的两个熟人，伯特·班克（Bert Bank）和奥利·兰开斯特（Ollie Lancaster）。他还与萨默斯聊了聊，她是少数几个还没去巴丹的军队护士。她的男朋友是一位名叫阿诺德·本杰明（Arnold Benjamin）的中尉，当时正驻守在半岛某处，具体情况她也不清楚。他们希望能很快完婚。

夜半，1942年新年将至。身处帝国大厅的人们似乎在努力沿袭往昔新年的传统，然而发现今夕已经不同。康纳回忆道："你可以看出整个大厅都在愁云的笼罩中，充满不安与不确定性。"

他们距离故乡七千英里，身处未知领域的边缘。凌晨到了，却听不到欢声与祝语。康纳和高斯继续与朋友们饮酒作乐三个多小时，这时已经是老板请客。最后，康纳查看了一下他的宝路华手表，该走了。洛基表示赞同。两人向众人道别，带着瑞塔离开了。交响乐队正在演奏菲律宾国歌。洛基后来写道："我们是日军抵达这座闻名遐迩的酒店前最后离开的美国人。"

三人找到一辆洛奇开过的蓝色哈德逊汽车。他们点上烟，在黑暗中行驶在了无生机的街道上，瑞塔坐在他们两个男人中间。就在抵达瑞塔家之前，康纳感觉到瑞塔的双肩在轻轻耸动，注意到她的头也低下了。

康纳意识到，她正在不由自主地哭泣。

第六章　旗帜
1942年1月2日—1942年1月26日

　　克雷·康纳渐渐认识到，菲律宾侦察兵是"世上最优秀的士兵"，其中有一位令他印象特别深刻。他就是中士葛塔诺·巴托（Gaetano Bato）。太平洋战争爆发的时候，他已经在美军中服役23年。他是顽强的第26骑兵团的一员（该团主要由菲律宾人组成），他们受命保卫一个叫德墨提斯（Demortis）的村子。这个村子坐落在林加延湾，12月22日日军登陆的时候，这里首当其冲。

　　四万三千久经沙场的日军的进攻势如破竹，美军在北吕宋的驻军有两万八千人，但其中只有很少一部分受过战斗训练。第26团落在主力之后，为北吕宋军团断后。麦克阿瑟在巴丹半岛北端阿布凯（Abucay）到莫龙（Morong）一线建立了一条防线。"万岁！万岁！万岁！"（日军的冲锋口号）防线各处的骑兵纷纷倒下。战马也未能幸免。骑兵的队列逐渐稀疏，士气受挫，但他们坚持战斗。团掌旗手，军士莫久（Mojo）跨骑着战马飞奔，头上的美国国旗迎风招展。

　　1月16日，26团杀入苏比克湾畔被日军占领的莫龙镇。战斗持续四小时，最终日军被驱逐出镇。但莫久军士不幸被机枪击中，一头摔落，牺牲了。

　　当时巴托中士正好在场，他捡起军旗，一把塞入马鞍上的皮囊中。他发誓用生命去保卫这面旗帜，不计一切代价守护美国的荣誉，这是为了菲律宾，也是为了那些过去和未来将在他身边战斗的战友们。这是历史性的一天，是美国骑兵最后一次骑马作战（即使到了今天，美军仍有骑兵部队的番号，但其载具已经是直

信念的旗帜：突出巴丹丛林

升机以及各种装甲车辆，所以本处有此说法——译注）。在巴托中士未来的战友中，将有一位年轻的中尉，但他暂时还没有巴托这样的勇气，他当时身处20英里之外的小碧瑶。

这位中尉的名字正是克雷·康纳。

要想在巴丹半岛找块平地，就像在士兵中间找个不会抽烟的一般困难。半岛腹地的山脉起伏，峰峦林立，其间散布着崎岖的山坳、峡谷和悬崖，大多还覆盖着厚厚的热带雨林。北部三描礼士山（Zambales Mountains）的山脊绵延向南，一路抵达马里韦莱斯山（Mariveles），有些地方如同剑龙锯齿形的背脊。由于崎岖的地形和茂密的植被，这里许多地方几乎是无法到达。只有东部马尼拉湾的沿岸有些低地相对平缓。在大山的掩映之下，这些夹在山间的低地几不可见，因此飞行员鸟瞰的巴丹如同一顶女巫的尖帽，中间高耸，帽边狭窄。由于大山的阻隔，巴丹半岛上南北向的公路都是沿着马尼拉湾和中国南海的海边低地修建的。唯一的东西向道路从东面的皮拉尔（Pilar）到西面的巴加克（Bagac），一路蜿蜒曲折，从马里韦莱斯峰（Mount Mariveles）和纳提布峰（Mount Natib）之间穿过，将半岛一分为二。

巴丹的菲律宾人大多居住在低地，以耕种地主的土地为生。他们住在茅屋里，聚居在被称为"巴瑞奥斯"（Barrios，相当于美国的小镇——译注）的乡镇外围。菲律宾的省与美国的县相当；而巴丹是吕宋岛的48个省之一。

日本人在一百英里以北的林加延湾登陆已近一个月，他们一路南下，穿过吕宋岛的中央平原，攻破三描礼士省（Zambales）、打拉省（Tarlac）和邦板牙省（Pampanga），从东面近逼巴丹。与此同时，其他日军部队也在沿着从中国南海突兀而起，南北走向的三描礼士山脉的西峦，穿过崎岖茂密的丛林，从西面逼近巴丹。日军计划通过这样的两面发力，能从正面和侧面同时进攻巴丹半岛。

1942年1月26日，日军进一步向南推进，大体占据了巴丹半岛的北半部分，距离康纳指挥的通信部队仅十英里之遥。在横贯半岛东西的皮拉尔到巴加克公路

第二部分：危　险

一线，由于是无人区，暂时还算平静，鲜有交火。在数次往返前线和后方检查通信设备的过程中，康纳意识到了这一点。曾经茂密的热带森林已经被机枪打成遍地的树桩竹根。被炮火焚毁或是炸翻的卡车，冒着黑烟散落在道路两边。遍地尸骸，有些挂在铁丝网上，如同一个个稻草人。苍蝇大快朵颐，整个地区充满死亡的气息，列兵里昂·贝克（Leon Beck）看到了战争电影里从不会表现出来的场景。

在西北部，残破的雨林里到处都是马匹的残骸，有的是战死的，也有的是被饥肠辘辘的士兵屠杀吃掉的。曾在这里战斗的士兵和平民都已退入丛林深处，一方面是为了保命，另一方面也是为了不看到眼前的景象，以免精神崩溃。

空气中弥漫着令人窒息的寂静。康纳和下属在桑拿浴室一般闷热的丛林中一天天萎靡下去。温度有时会超过三位数（超过一百华氏度，约38℃——译注）。高温加快了雨林地面的腐烂过程，这个过程看不见却很容易闻到，仿佛是对霉菌、苍蝇、蚂蟥、跳蚤和蚊子发出的邀请。夜晚，人们又会蜷缩在帐篷里瑟瑟发抖，因为随着夜幕的降临，寒冷也悄然而至。

那不可逃脱的命运，如同丛林的湿气，时时包围着康纳和他的下属们。明天，后天，或是下个月就会到来。没人知道是什么时候。尽管每个人都在偷偷祈望有一支海军舰队会奇迹般地来拯救他们，但他们都清楚，日本人正在向他们逼近。让境况更加困难的是，他们缺乏作为步兵的战斗经验，面对一支正规军，他们已经处境不妙，难上加难的是，他们的敌人具有在中国多年和菲律宾数周积累的丰富作战经验。

高斯后来写道，上次去马尼拉补充食物和补给，让他们成为离开那座即将沦陷城市的最后一个车队。他们一路顺利，回到已经成为一个指挥站的小碧瑶。由于有了这些补给，这里在一段时间里相对繁荣。我们有了更多的食物，更多的设备，更多的帐篷。康纳写道："我们生活得像国王一般。"当然，随着消息的传播，越来越多人来到这里，乞求、租借，甚至偷窃他们能染指的一切物资。康纳小心守护着他们的存货。

信念的旗帜: 突出巴丹丛林

美军高层制订出计划，打算派一艘船驻泊在巴丹的海湾，然后将飞行员们送到澳大利亚去。数天以后，27大队的有些人看到了那艘船。它已经被日机的两枚炸弹直接命中，残骸孤独地躺在海湾里，只有桅杆的顶端露出海面。对美国人来说，这反映出一个糟糕的现实：他们不但不能守住巴丹，他们还无路可逃。

不到一周，洛基·高斯就被调离，受命奔赴北部前线，为炮兵、步兵和指挥中心建立无线电联系，并联通27大队坐落在马里韦莱斯峰东南侧山洞里面的临时总部。康纳目送他离开，心里想，老哥们还是那个样，又矮又壮，敦实得像颗钉子。洛基头上戴着军官帽，嘴里咬着雪茄。"好了，小子们，"他说，"保持开机状态，我会联络你们的。"

康纳的另一个哥们，跟康纳和威廉·斯特赖斯一起从乔治亚自驾到旧金山的勒罗伊·柯瓦特也接到命令离开。他受命带领一小队士兵携带无线电收发机驻守西面中国南海一侧的海滩，一旦发现日军登陆，立即告警。

柯瓦特与洛基恰恰相反。他沉默、清瘦，老老实实地戴着头盔，而不是军官帽。他出身军人世家，处处遵照条令。虽然他更喜欢洛基好莱坞式的颐指气使，但也尊重柯瓦特的作风。在马尼拉时，康纳有次逛街曾看到一顶老式的陆军宽边圆毡帽，帽顶的罗纹皱褶看上去像个榨汁器，是一战时期军人和国家公园巡警戴的帽子样式。

洛基不在了，柯瓦特也离开了，但康纳会将他们的风格融合为一体：洛基的胆大妄为和柯瓦特的审时度势，都会被康纳保留下来。现在，他取下军官帽，戴上他的新宽边毡帽，继续自己的任务。

第七章　开始结束
1942年1月27日—1942年3月30日

　　一切顺利，爱米米和你们。
　　　　——1942年3月4日康纳发回家的西联电报

　　到了二月中旬，即日军发起进攻两个多月之后，战争和配给减半（麦克阿瑟一月二日下的命令）已经将士兵们折磨得骨瘦如柴，面容憔悴，难以入眠。疟疾和猩红热肆虐。

　　虽然康纳的皮带向里面多扣了几个洞，他仍然很庆幸自己和下属待在离前线很远的地方，远离战斗。但是，他发现他们的食物消耗得远比预想的快。当他们受命转移到一座弹药货场，而且一旁的老房子里还有一座临时医院后，他们的境况逐渐恶化。重新安顿以后，吃饭的队伍里插进了其他单位的士兵，都想搞点吃的。几乎吕宋岛上的所有美军士兵都挤入一个只有罗德岛一半大的半岛上。而为他们储备的食物大部分都在仓皇撤离时被留在被日本人占领的马尼拉了。

　　康纳单位的无线电设备安置在一辆卡车的拖箱里，源源不断的消息从澳大利亚、中国和夏威夷传来，其中鲜有好消息。猴子在树冠上叽叽喳喳，似乎在抗议人类的打扰。天一亮，脚趾弯曲的壁虎就开始唧唧叫，在雨林里起到谷仓外公鸡的作用。临近的医院里，伤兵痛苦地呻吟，医生连等麻醉剂生效的时间都没有，急急忙忙地处理烧伤和弹片伤。这就是克雷·康纳听到的战争，尽管对他来说，战争仍然距离他还有一步之遥。

信念的旗帜：突出巴丹丛林

士兵一来到这里，就暗自畏惧盘桓在此的树蛇和巨蟒。更让他们头疼的是夜里活动的老鼠。有一次，康纳他们听到附近野战医院里传出尖叫声。有人还以为是日本人来了。后来他们才知道是一个护士被爬到脖子上的老鼠吓醒了。

不管怎样，康纳的境况还是比大多数人的稍好。他稳住自己的身心，告诉自己前线的弟兄们会有办法击退日军的。他后来写道："无知就是福。"一位菲律宾士兵自愿做木工，为克雷和室友梅森上尉做了一个军官小木屋。材料来自四英里外的马里韦莱斯镇一栋被炸塌的房子。他们没有经过军需官的允许就拿走了材料。康纳告诉军需官，梅森上尉命令他来清理废墟。当军需官前去核实的时候，他已经把建材拿走了。

另一次去马里韦莱斯时，康纳搭了一个红发士兵，名叫爱德华兹（Edwards），他周日上午常常搭便车去教堂礼拜。克雷长大后就没进过教堂，小时候去也是被父母强行带去的。

有一天，爱德华兹对康纳说："这个，我希望你能收下。"他递给康纳一本棕色书皮的袖珍本《新约全书》。"这是我父母在我离开家前送我的礼物。"

"我不想要你的书。"康纳回答。

"没事儿的。"爱德华兹说，"你需要它，收下吧。"

"我不需要。"

爱德华兹说："我希望你能收下，作为礼物。"

天啊，康纳心想，看来收下比拒绝更容易些。"好吧，如果你希望如此的话。"康纳回答说。

康纳的通信部队与前线的士兵不同，相对安全。他到处活动，调试无线电设备。马里韦莱斯镇一位干瘦的上校——一个隔离站的指挥官，让康纳对这个半岛的原住民有了更深的了解。他带康纳转了转这个前哨。这里原始、粗鄙。但康纳觉得，这里至少富有魅力。他写道："我从来没有体验过这样的生活，真让我心驰神往。"

第二部分：危　险

　　他结识了几位居住在巴丹南端的菲律宾人。男孩子们带着康纳一行去被他们称为"巨石"的科雷希多岛。他们一边用细长的桨划着独木舟，一边用结结巴巴的英语叫他们注意鲨鱼。中午，他观看了每日举行的斗鸡。然后，康纳着手自己的工作，从一个机场到另一个机场——巴丹、卡布卡班（Cabcaban）和马里韦莱斯——检查通信设备。空中力量薄弱：西南的马里韦莱斯有两架P-40战斗机；东南的卡布卡班也有两架；卡布卡班以东临近马尼拉湾海岸的巴丹机场只有一架。

　　有一次，数千增援的日军在巴丹半岛西海岸登陆。他们向内陆推进，然后埋伏起来，等待美军路过，然后开火。在这种小规模遭遇战中，他们频频得手；偶有失利时，他们也很少投降；即使被俘，他们也会拉响手雷，与敌人同归于尽。"为了帝国，更多的万岁，更多的自杀式攻击。"康纳写道，"惨烈的战争方式。"

　　在一个叫安格洛马（Agoloma）的小镇，康纳遇到一辆美军坦克，坦克内的景象令他胆寒。日本人屠杀了坦克乘员，把他们的尸体剖开，在他们体内塞上泥土，再把他们的头颅放在这堆遗骸之上。所以康纳最先看到的就是头颅。他写道："毛骨悚然。"

　　这些短途出差给康纳带来了些许的愉悦，也满足了他的好奇心，但同时也带来了许多的不安。他去过一家丛林医院（正式名称是"一号医院"）几次，在那里见到了一些他在马尼拉就认识的护士。野战医院规模不大，数百张铁架床和折叠床散布在雨林树冠之下，大多数都装有T形支架来撑起蚊帐。床上躺满了伤病的士兵，甚至有一些日本战俘。他们正受到疟疾、脚气和痢疾的折磨。有时候，微风拂过，你能闻到柴油的气味，因为一旁的柴油机正咔咔作响，给发电机和抽水机提供动力。那些士兵躺过的藤条担架已经被鲜血染过一遍又一遍。热浪中，伤者整齐紧密地排在一起，如同煎锅里的一条条鳟鱼。有些士兵的创伤已经从身体扩展到心灵。这样的士兵会被转移到所谓的"震惊帐篷"，里面到处都是目光呆滞的病人。康纳写道："可怜又可悲。"

　　护士们日夜不停地工作。战争已经爆发六周，已有超过一万名士兵受伤入住

信念的旗帜：突出巴丹丛林

巴丹的医疗站或是野战医院，有的康复，有的逝去。夜里，护士们拿着电筒，撩起蚊帐，依次查看病人的状况。为了让这些超负荷的姑娘们放松一下，康纳会利用检查柯瓦特上尉通信设备的机会，带几位去海滩走走。"我们从海边回来后，我会跟在她们身后看她们查验病患。"他写道，"我从来没病过一天，对生病完全没有概念。"康纳并不是一个同情心泛滥的人。"我没法对这些人正在遭受的痛苦感同身受。"

二月过去，三月到来，医院愈加爆满。越来越多的美军部队被日军从北部前线击溃，退到距离康纳的通信部队驻地附近的丛林里。越来越多的肚子需要填饱。罐头吃完了，后勤军官开始杀水牛，并开始在晚上偷偷杀掉骑兵的战马。芒果、香蕉和椰子树被扒得光秃秃的。有些士兵开始往自己那份米饭中加青草和树叶。

有一天，康纳自己也抱怨配给太差，通常他的士兵们才会这样做。"他们放些米，加水煮得像稀泥一样，然后加点马肉就让我们吃。"他写道。听到他的牢骚话，他的几个士兵对他说："如果你不喜欢，就给我们搞点好东西来。如果你觉得有问题，就去解决它。"为了增加说服力，他们一边说还一边挥舞着手枪。"他们把饥饿归咎于我。"康纳写道。

数周过去，气氛愈加紧张。众人的肚子也叫得更响了。一夜，梅森要去马里韦莱斯向指挥官们汇报情况，其中包括信号部队的斯宾塞·阿金斯（Spencer Akins）将军。他邀请康纳同行。路上，康纳给梅森讲述了他的手下对他的责难。稍后，康纳在军官们会面的帐篷外等候，里面的对话他听得清清楚楚。

美菲联军身处绝地，虽能困兽犹斗，然而不会再有舰队、食物和补给来巴丹支援他们。3月22日，麦克阿瑟逃到澳大利亚去了。康纳第一次面对这样的事实：他和战友们可能会成为战俘，或者和那辆坦克的乘员一样身首异处。

在回小碧瑶颠簸的路上，康纳向敬若父亲的梅森请教，询问他们可能的打算。

梅森回答："无论前面有什么，我们都得一天天向前走，这就是战士的道路。"

越想麦克阿瑟的离开，康纳就越愤怒。他说："看来他把我们抛弃了，如果他有权利离开，为什么我们就没有？"

梅森没有立即接话。"也许你没有看清楚大局。"他稍后回答，"也许你没有了解所有的事实。"

这些话让康纳一惊——自从在马尼拉酒吧里见面，接受他的命令，康纳就对梅森钦佩有加。

"中尉，"梅森继续说，"你下属的饥饿是你造成的吗？"

"当然不是。"康纳回答，"这个你很清楚。"

"但你还是受到了指责，对吗？"

"是的。"

"为什么你会受到指责，克雷？"梅森循循善诱。

"你知道为什么，因为他们不清楚，他们以为我多吃多占，但他们并不知道真相。"

"那么，"梅森回答，"你是被冤枉的。"

这些话语回荡在空中，如同无风日子里飘浮在空气中的灰尘。梅森没有必要再说一个字，康纳已经心有所悟。两人一路无话，卡车灯光明亮，在无边无际的黑夜中切出一条光路。

一天又一天，随着食物的减少，美国人的担忧与日俱增。流言在一号医院的病床间传递开来，说护士们会被转移到科雷希多岛上去。由于日本人在中国大陆以及北吕宋的斑斑劣迹罄竹难书，因此指挥官们不想让军中女性落到日本人手中。康纳的下属无聊、饥饿、恐慌，士气如同湿透的吊床——越来越低。恐惧主要来自士兵们意识到他们被夹在一块巨石（科雷希多岛）和一团硬物（帝国第14军团）之间，如同被夹在钳子中，无处可逃。

为了争夺食物，斗殴时有发生。有一次，日军零式机低空扫射，正在露天食

信念的旗帜：突出巴丹丛林

堂用餐的康纳像众人一样丢下食物，一头扎进散兵坑。他手下的一个列兵趁此机会顺走克雷的一些口粮。当康纳与他对质的时候，这个列兵勃然大怒。

"中尉，依我说，"列兵顶撞道，"如果你没种保护你的食物，一听到飞机发动机的声音就跳散兵坑，那你就不配拥有它。"

康纳无言以对。倒不是因为他笨口拙舌，而是，正如康纳后来写道的一样："他说得一针见血。"康纳不得不面对这样的事实：自从日军发动进攻，他更多的是站在旁观者而不是参与者的角度看问题。他安全地待在后方，充当军队版的杜克啦啦队员，而不是在前线挨枪子的战士。他是一个住在用偷来的材料定制的房间里，从礁石上跳水，在海里裸泳，带着护士兜风的中尉军官，而不是在北部前线裹在铁丝网中战死沙场的战士。他是几十个人的指挥官，负责通信联络，但说到无线电，他自己也承认，"我根本搞不清这些电子管的用处"。康纳的生活总带有一种优越感，这归咎于母亲的溺爱或是缺乏兄弟姐妹。然而现在，这个列兵的话揭开了他衣领上的军衔遮掩的真相——他是个懦夫。

众目睽睽之下，康纳的羞愧融化成愤怒和尴尬。面对他和这些士兵一样饥肠辘辘，军装下的身体一样干瘪孱弱的事实，他的情绪愈加激荡。当日机再次返回扫射的时候，那个顶撞他的列兵又趁乱捞走了他人的白糖。又一次扫射开始时，他丢下白糖，逃到一棵大树后面。康纳没有逃，他走过去，眼睛看着那个人，将糖一脚踩进沙土中。

康纳说："我发现你也不是铁种。"说罢，他转身走向无线电收发站。

或许是担心迫近的敌人，或许是羞愧于自己的怯懦，但不管是何原因，康纳开始带着他那把从来没开过一枪的点四五口径手枪，退入丛林更深处。时间已到1942年3月的最后几天。他开始寻找目标，然后掏枪射击。一次又一次，一天又一天，一周又一周，他对着树洞磨炼射击技巧。

与此同时，在一个无月的夜晚，康纳向梅森和下属叙述了他在安格洛马看到的情景：坦克里面的尸体。随后一晚上，大家都在讨论为什么麦克阿瑟会离开，

第二部分:危　险

日本人什么时候会来,以及他们会怎么样等等。关于日军虐待、断肢的暴行已经传得沸沸扬扬,焦虑侵蚀众人的内心,如同丛林的湿热侵蚀树木。士兵们变得焦躁不安,没人能在凌晨两点半以前入睡。

一颗子弹尖啸着从康纳的帐篷旁飞过,没有闭眼的他翻身下床,趴在地上。更多子弹划过夜空。他们最担心的事终于来了吗?"停火!"康纳大叫,"停火!"终于,子弹终于不再乱飞。

帐篷外响起一串脚步声。是日本兵吗?或是那个跟他对质的列兵?都不是,走进来的,是一脸惺忪的罗伯特·波波斯基中士。他是抱着枪睡觉的。一只从树上跌落的猴子将他惊醒,他本能地开了枪。猴子被打死了。

康纳摇摇头,叹口气。"把猴子拿到餐厅吧。"他说,"早饭需要它。"

日子一天天过去,康纳坚持每天到林子里练习手枪射击,驱动他的除了预期的战斗,还有一丝冒险的感觉。他写道:"我一边练习,一边想着我有一天需要这个保命,但我也觉得有些受我仰慕的西部老电影里英雄的影响。"那些老电影都是他成长过程中与母亲在新泽西的电影院里看的。"他们闪电般拔枪开火的能力令我钦佩不已。"不管是何动机,他的努力得到了回报。他发现,他的枪法越来越好,就像他的叔公扎克一样。据说扎克可以在松鼠发现他拔枪之前就一枪命中松鼠的眼睛。很快,康纳对于自己的自卫能力就信心满满了。一个即将投降的人,可能不会费心思去锤炼这项技能。

回到营地后,对日军必然到来的恐惧,如同桑拿屋里的热浪,无处不在。饥肠辘辘,漫无目的,以及对被俘的恐惧让他们心情沉重。一天早上,康纳醒得很早。像往常一样,他去拖车那儿检查接收机的情况。康纳手下最得力的一个士兵正坐在桌子前值班。一台无线电接收机里正传出公鸭叫一般的声音。康纳戳了戳士兵,提醒他回话。那位士兵毫无反应。康纳对他说了些话,他仍然毫无反应。康纳把手放在他眼前摇晃。那人的眼睛睁得大大的,直视着前方,他还活着,但似乎被某种未知的邪恶力量禁锢住了。

信念的旗帜:突出巴丹丛林

医生检查后,表示无能为力。那个士兵被带出去,安置在一棵棕榈树下,大家摘了些香蕉树叶给他垫背。他再也没有移动过,就那样弯着膝盖坐着,仿佛还在椅子上。即使众人在他眼前走来走去,看着他,他仍然一直呆视前方。天天如此。

一周后,当日本兵如同尖叫的蝗虫扑来的时候,他仍然以同样的姿势坐在同样的地点。

第八章　巴丹陷落
1942 年 4 月 3 日—1942 年 4 月 9 日

1942年3月31日
克雷·康纳夫人
北格罗夫街（North Grove Street）174号
新泽西州东奥兰治

亲爱的康纳夫人：

我收到并感谢您3月21日的来信。

如果我亲自见过您的儿子，克雷·克雷中尉，那么告诉您关于他的第一手信息，就是我的义务。然而不巧的是，我没有见过他，因此我只能向您报告说，我们的战士正在科雷希多和巴丹恪尽职守。美国向您，前线战士的母亲，表示最诚挚的感谢。

此致

敬礼！

弗朗西斯·B.赛尔（Francis B. Sayre）
美国驻菲律宾群岛高级代表

4月3日，巴丹堕入地狱。上百架日军飞机以及大量火炮重创美菲联军，将萨玛特峰（Mount Samat）变成了实实在在的炼狱。激战之后，"太阳"旗在山头升

信念的旗帜：突出巴丹丛林

起，标志着日本人控制了马里韦莱斯峰，也意味着美军在巴丹的防御体系濒临崩溃。事实也是如此，到了4月8日，美军的众多条防线已被撕开多个缺口。

为了躲避追兵，伤员和疲兵陆陆续续南逃，纷纷来到康纳所在的小碧瑶，先是数十人，接着数百人。他们已经遭受了太多苦难，全身浴血，步履蹒跚。有些人手无寸铁，他们的弹药早已打光。

与此同时，康纳的一个朋友受命参与行动，将航空部队最后四架飞机飞到附近的宿雾岛避难。康纳急急忙忙地丢给朋友四个字，让他用电报发回家："一切顺利。"

康纳受命去马里韦莱斯报到。刚到达这个巴丹最南端的城镇，他又听到熟悉的飞机轰鸣声。数秒之后，炸弹在他的周边爆炸。五名海军跳入一个巨大的散兵坑，就在他们工作的建筑外面。一颗炸弹落在附近，土坑被震塌，五人被活埋。康纳帮着将五人的尸体挖了出来。

然后，他与其他军官聚在一起，发出紧急简报。当日上午，乔纳森·温赖特（Jonathan Wainwright）将军命令三个步兵营——约三千人——转移到科雷希多岛上。此外，他还要求医疗部队也随之转移，包括所有的护士。其结果是，海港城镇马里韦莱斯一片混乱，空气中充满柴油废气和灰尘。卡车、巴士和轿车从北方滚滚而来，送来众多士兵和护士。平民乞求挤上船，孩子哇哇大哭。士兵们拖着包裹、设备和仅有的一点决心登船，黑色的火山灰海滩上堆满了设备。

这一切都是在令人不安的爆炸中进行的。爆炸声在马里韦莱斯垂直的岩壁上反复回荡，震耳欲聋。混乱中，一个身着军装的年轻护士啜泣起来，仿佛被外面的狂乱震慑了。她就是海伦·萨默斯，也就是康纳和洛基除新年前夜在帝国大厅里见过的姑娘。稍早前，在来马里韦莱斯的巴士上，另一位护士哈蒂·布兰特利（Hattie Brantley）走到萨默斯的座位边，告诉她一位随军牧师想见她。

"海伦，"牧师说，"我是随军牧师普利斯顿·泰勒（Preston Taylor），刚刚从萨玛特峰战场回来。"

"牧师，请问您有什么事吗？"萨默斯问道。

"我遇到一位年轻的中尉,名叫本杰明。"

她的眼光为之一亮。"是的,阿诺德·本杰明。"她说,"我们马上就要结婚了!"

"他死了,海伦。"

这消息如同手雷炸响。

"上帝啊,不会吧。"海伦惊呼。

泰勒向她微微一躬。

"就在昨天,萨玛特峰战场上。"

布兰特利将萨默斯揽入怀中。

牧师说:"他想把这个给你。"

他从口袋里掏出一块金表,一条钥匙链,以及一枚大学毕业戒指。

在那个马里韦莱斯港的混乱黄昏中,没有任何证据表明康纳看到了萨默斯。她随后登上了一艘鱼雷快艇,挂满泪痕的脸上勉强挤出一丝笑容。看着护士们上船,开始前往科雷希多的绝望航程,康纳心中骇然。他想:谁来照顾留下的人?他写道:"全完了,最高司令部已经意识到,崩溃就在几个小时后。"

在小碧瑶,梅森上尉命令康纳做好毁坏所有设备的准备。当最后的命令下达时,车辆、无线电设备,所有物资都要全部销毁。夜里,附近的弹药堆场被故意炸毁。爆炸的气流如此强烈,将康纳仰面推倒在地。小规模的销毁爆炸,如同鞭炮,在附近噼噼啪啪响了一夜。天空或明或暗,如同闪光灯。空气里全是火药味,没人能够入眠。

次日,4月9日,康纳刚准备出去找东西吃,就听到拖车里的接收机里有说话声。他立即听出是第27轰炸机大队军官伯特·班克上尉的声音。康纳后来写道:"他听起来像个疯子。"

"我们正在从前线撤离!"班克吼道,"日本人已经攻破我们的防线!东西干线公路上都是日本人,已经快到巴丹机场了。撤退!撤退!"

信念的旗帜：突出巴丹丛林

班克不停重复着这些话。康纳知道自己的预感没错。他奔向消息中心，梅森上尉和一位名叫葛雷格的上校在里面坐镇。

"我们怎么办？"康纳问。

梅森说："我们无能为力。"

那时，越来越多被日军追击的散兵逃了过来。数千士兵逃到了半岛的最南端——无路可逃了。康纳全力为这些战士搜集食物，安置休息地点。渐渐地，战况传来。大约数千名日军在美军防线上撕开了一个缺口，他们上好刺刀，眼光狂热。"万岁！万岁！万岁！"亢奋的日本兵愿为他们的天皇赴死。"他们成群结队地冲向铁丝网，"康纳写道，"以生命为代价，用自己的身体搭起人桥，直面机枪的扫射。后面的人踩着前面的尸体跨过障碍物。最后，鬼子嫌这些尸体挡路，就用坦克压过去，以便更多的人通过。"

日本人原计划50天拿下吕宋岛，而美菲联军已经抵抗四个月之久。"但现在已经没有任何东西可以支撑我们继续战斗。"康纳写道。没有弹药，没有力气，没有精神。

梅森上尉急急忙忙地撤销他的各种命令。最高指挥部暂时不想将所有设备销毁。康纳回忆道：他们打算留下车辆，用来"将我们运到战俘营，宝贵的无线电收发机则会用来将我们的状况报回国内。他们觉得将设备交给日本人会换来优待"。

不是所有人都想这样退让。一位名叫伯纳·安德森（Bernard Anderson）的上尉到处游说士兵跟他逃进丛林。安德森是一名预备役军官和飞行员，战前是民航飞行员，对吕宋岛了如指掌。他指出，日本人积聚在巴丹南北的干道，即马尼拉湾沿岸的低地。他打算向北逃入深山，避开沿海干道上向南挺进的日军。他的计划是联系上克劳德·索普（Claude Thorp）上校，因为上校在巴丹北部的三描礼士山区建立了一个"间谍站"，距离克拉克机场和斯多特森堡不远。

他的建议鲜有响应，年长的梅森上尉和葛雷格上校更是不感兴趣，他们可不想在布满敌人的复杂山区冒险。大家精疲力竭，腹中空空，垂头丧气。有人说投

第二部分：危 险

降是保命的唯一出路；因为据《日内瓦条约》，日本人有义务文明地对待战俘。然而那会持续多久？关押六到八个月？不算太糟。

但康纳却对安德森的主意颇有兴趣。对，就是那个康纳，宁愿开着敞篷车横穿美国而不愿像其他人那样坐火车，对粗犷放荡的洛基·高斯五体投地，而且刚被一个下属质疑过勇气。

军官会结束之后，他和安德森一起离开，提出一连串问题。安德森告诉他，1月，索普受麦克阿瑟之命，带着十个士兵潜过战线深入敌后。如果成功，他们将在三描礼士山区建立一个基地，那里居高临下，可以监控克拉克机场起降的飞机，日军主要的驻军点斯多特森堡也距机场不远。他们会组织游击队骚扰日本人，并为反攻做好准备。安德森急切地想成为他们的一员。

有些人说，没有菲律宾侦察兵，这个主意就是自杀。有些人在小碧瑶上个厕所都会迷路，更别说还有该死的敌人。他们如何能在崇山峻岭，陡峭如摩天大厦的丛林里活下来？且不说这些现实问题挫伤了康纳的冒险精神，他对梅森和葛雷格的尊敬，也让他觉得离开像是一种背叛。

大约正午刚过，少将爱德华·金（Edward King）与日军指挥官在巴丹城外的一栋建筑物里会面后，取下自己的点四五口径手枪，放在桌上。这是官方行为，代表美国投降。与此同时，康纳发现自己正在攀爬马里韦莱斯峰一侧的山峰，仿佛不由自主地在行动。他坐在一座小山上，仰望天空，看到了山上那些永不消散的云彩，正如当初"柯立芝号"进入马尼拉湾时那位中士所说的那样。就在康纳发呆的时候，在山风的吹拂下，白云变幻出各种形状。这样的奇景让康纳叹为观止，带着他远离战争、恐惧，以及……

咦！云朵似乎正在变幻成一个熟悉的形状：巴丹半岛。康纳如同在看一个松软的地图模型，云朵和地图一样，正为他指明方向。最后，云团从内向外散开，中间湛蓝的晴空中呈现出来的图案，仿佛就是巴丹半岛的北段。当然是三描礼士山——索普和下属落脚的地方。

克雷·康纳是个实用主义者，从来不会做超越理性的思考。需要钱，就去卖

信念的旗帜：突出巴丹丛林

牙膏；看到马尼拉湾中燃烧的船只，就绕道走陆路。"我从不靠预兆决定行动。"他自述道，但这次不同。冥冥之中，仿佛有什么东西，或是什么人在指引他。也许是上帝？他正在告诉我：出发！来这里！立刻！

康纳小跑着下了陡坡。他非常想逃走，但他首先得找到梅森上尉。他需要的不是许可，而是更深厚的东西：上尉的祝福。他在临时总部找到了梅森，虽然时值上午，热浪已经让上尉汗如雨下。远处时不时传来步枪声，偶尔还夹杂着机枪的嗒嗒声。

康纳带着一丝急切问道："如果我想跟随安德森上尉，可以吗？您会反对吗？"

如果风险不是这么大，康纳或许还会邀请他一同离开。

"不会。"梅森面色疲惫地说，"我不会反对的，现在大家都自顾不暇了。爱德华·金将军已经被鬼子俘虏。我们刚刚接到官方消息，从现在开始，你可以自由行动，不再受美利坚合众国陆军的指挥。"

听到这些话，康纳的冒险精神愈加雀跃。梅森低下头，把脸埋在双手中。

"我们战败了。"上尉说，"我们完了。"他抬起头，"但我要告诉你，克雷，我在巴丹很多年了，驻扎过很多地方。听我的建议，不要去。"

这如同打开了点唱机的开关。康纳连忙问道："您的意见是？"

梅森回答："你不知道山里有多险恶崎岖，马里韦莱斯山区那些火山口、峡谷以及丛林，是完全无法穿越的。你没法成功，永远不可能成功。"

康纳不想再听，但梅森还没说完。"前线布满地雷，鬼子也在那儿，到处都是，你活下来的机会只有百万分之一。"

"但是，我们已经看到日本人怎么对待我们的人。"康纳说，"还记得坦克里那些被砍下的头颅吗？他们会杀了我们的。"

"和大家一起被俘会更安全。"梅森说，"记住，人多就安全，他们不可能把我们杀光。"

虽然对梅森敬佩有加，康纳还是不能屈从于他的观点。马里韦莱斯山顶飘浮的云团似乎对他有更强更不可抗拒的吸引力。

安德森来了，他说："我找到了几个人，还搞到一些装备，我过来看看你们是不是也要走。"

康纳试图获得一些支持。"波波斯基，"他问手下的一名士兵，"你想走吗？"

中士摇摇头。他后来说："那时我觉得这不靠谱，即使有存活的可能，也是微乎其微。"康纳看向另一个人。"你愿意……"

"不。"

其他人要么低着头，要么看向别处。康纳的下属没有一个人愿意跟随。"他们并不信任我。"他后来写道，"我那时才23岁，我们要走向充满野猪野人和巨蟒的深山。他们凭什么不像其他一万五千人那样投降而是跟随我？"

安德森刚离开，众人就听到东方公路上传来坦克的轰鸣声，以及隐约的"万岁！"狂呼声。"天空中还有炸弹尖啸着落下，落在干枯的热带森林里，燃起巨大的火球，如同巨龙呼出的气息。成百的炮弹落地，爆炸声如同美国国庆节的烟火表演达到高潮。空气中硝烟弥漫，人们四散躲避。透过浓烟，康纳依稀看到，美菲军人正挥舞着任何有点白色的东西——撑在竹竿上的破布，T恤。不管是什么，意思都一样：我们投降了。士兵们疯狂地四处挖洞，将自己的戒指手表等埋掉。有什么用呢！有些更激愤的士兵直接将财物扔进茂密的丛林。他们清楚，他们再也不会回到这里——或者去任何地方。但不管怎样，绝不能让征服者占有他们的财产。

远处，机关枪声更加密集。日本兵的剪影从烟雾弥漫的丛林中显现出来，如同鬼魅。梅森靠着一棵树，手里挥舞着白色内衣。他即将成为美军历史上最惨重失败的一部分：七万五千名战士向敌人投降。康纳向导师点头致谢，梅森伸手和他相握："祝你好运，克雷。"

康纳冲进摇摇欲坠的临时总部，疯狂地往帆布军包中塞东西：七罐口粮、两双袜子、几块手帕、绷带、碘酒、一张毯子、一床蚊帐，当然还有他的杰科。他

信念的旗帜：突出巴丹丛林

把所有东西打包好，背在背上。

然后，康纳与安德森和其他五人会合。"出发。"安德森说。

他们磕磕绊绊地穿过树林，很快便开始攀爬马里韦莱斯峰东侧越来越陡的山坡。肾上腺素支撑着康纳前进。他的衣裤浸满汗水，如同为蚊子拉响就餐铃声。他走在最后，时而停下来喘口气，然后继续前进。没有人说话，只有穿过丛林的脚步声，沉重的喘气声，以及拨开草木的窸窣声。

夜里，七人在一座小山头宿营。他们想生火煮饭，但火焰会暴露行踪，让他们送命。康纳将蚊帐的四角绑在灌木上，展开行军毯，然后爬进去躺下，感觉又累又饿。这可不是大学兄弟会舒适的卧房，甚至连有菲律宾仆童服侍的破烂总部都比不上。但今晚，这里就是快乐甜蜜的家。

远处，投降后的宁静代替了往常炸弹的尖啸和机枪的怪叫。从某种程度上说，这种宁静比战争的喧嚣更可怕，防空洞中，人会不由自主地往坏处想。半夜，下起了雨。康纳写道："我醒了，带着一丝恐惧。"去乔治亚培训前，康纳甚至都没露营过。"我是纽约水泥岩壁后的居民。我一生的大部分时间，都居住在高层公寓里。可以想象我对枪或是其他关于战争的东西知之甚少。我的冒险就是在杜克大学里面开开敞篷车。"从本质上说，他就是日本人宣传的美国士兵的典型：毫无经验，缺乏勇气。"妈妈的宝贝"这样的说法并不是信口开河。如今，他要挑战一片丛林，被著名动物收藏家弗兰克·巴克称之为世界上最茂密的丛林。

如果说乘"柯立芝号"离开旧金山貌似从众，如果说离开马尼拉是为了逃离逼近的敌人，至少那还是集体行动。正如他的同胞们那天早些时候说过的一样，人多心有底。然而此时此地，康纳与六个陌生人躺在丛林里，其中一人的呼噜声如同电锯的噪音。生活中曾经富有吸引力的东西，现在都已淡去。康纳的挑战原本是远在天边的战争，看上去更多的是刺激而不是威胁；接着是在马尼拉，他至少知道了敌人是谁和在哪里。

如今，一切都变了：地形崎岖，人数稀少，任务艰巨，同伴陌生，补给寥寥。还有康纳的身份。严格地说，他不再受美国陆军的管辖。变化最大的是敌

第二部分:危 险

人,现在不光是穿着棕色军装手拿步枪的日本人,更具威胁的是未知的出路。

他闭上了眼睛。这是终将决定他命运的一天,充满疑惑的一天,做出决断的一天。从今天开始,他将踏上征途,去证明梅森的话是否有先见之明,或者康纳是否真是百万分之一的幸运儿。

第九章　深入荒野
1942年4月10日—1942年4月20日

1942年5月14日

克雷·康纳夫人

北格罗夫街（North Grove Street）174号

新泽西州东奥兰治

亲爱的康纳夫人：

感谢您5月9日的来信。我抱歉地通知您，我没有您儿子亨利·克雷·康纳中尉的任何消息。

此致

敬礼！

约翰·D.巴克利（John D. Bulkeley）

美国海军中尉

1930年，美国一家大型木材公司终止了在巴丹的伐木和采矿业务，不是因为险峻的地貌，茂密的丛林，也不是因为尼格利陀勇士的袭击，而是由于蚊子传播的疾病。登革热、痢疾、皮肤真菌感染——巴丹丛林是各种微生物繁衍的温床，它们的攻击轻则让人痛苦万分，重则夺人性命。不是蚊子携带的疟疾，就是苍蝇散播的痢疾——前一分钟，苍蝇还在露天粪坑大快朵颐，下一分钟，它趴在尸体上，接下来，它又出现在某个倒霉士兵的口粮上。

次日一早，康纳醒来就发现自己遭到了这样的攻击，至少有如此的迹象。随着太阳升起，七人小队启程出发，康纳的胃里翻江倒海。开始时，他还跟着领头的安德森，然而频繁的腹泻让他渐渐落在后面。生病已经令他够难受，他还得尽力跟上这些绝望的陌生人急匆匆的脚步。他的狼狈相已经给同伴留下不好的印象。大伙儿都忙着赶路，连嘲笑他的兴致都没有。康纳请求他们慢一点，但没人理他。他们还没有走上一天，梅森所说的"自顾不暇"就得到充分的体现。

夜幕降临时，康纳连罩上蚊帐的力气都没有了。其他人小声地吃食，交谈。康纳没有食欲，没有精力，跟他们也没有什么交情。他把自己的口粮分给大家。其他人高兴地接过盛满肉、豆子和土豆混合物的锡罐头。

安德森决定将七人分成三组，以加快行进速度。康纳与27轰炸机大队的另一个列兵厄尼斯特·凯利（Ernest Kelly）一组。道路崎岖，日晒雨淋，康纳唯一能依靠的是一个指南针。不过就康纳看来，这还不算太坏——凯利至少能忍受他这个一路走一路拉，不停拖后腿的家伙。

一整天的徒步让康纳的状况更加糟糕。这显然不是他原本以为的肠胃不适，而是痢疾。流汗越多，他就越口渴。越口渴，他就喝更多的溪水。喝下更多溪水，他的病情就更重。最后，凯利不得不抛下康纳，独自往前走，至少短时间内会这样。

康纳被独自留在吕宋岛的丛林里。

就是如此。一个新泽西小子，远离故土，知道如何在脖子上围着网球衫摆酷，却不知道如何打水手结。现在，他孤立无援。"我很害怕。"他写道。这本身并不可怕，一定的恐惧会让人谨慎行事。真正可能会让他陷入绝地的，是错误的想法。"不管是随队还是独行，人都会因为恐惧、绝望、孤独和无聊而产生情绪问题。"《美军求生手册》上如是说。"除了这些心理威胁以外，伤痛、疲劳、饥渴都会削弱你的求生欲望。如果没有做好心理准备克服这些困难，直面逆境，生

信念的旗帜：突出巴丹丛林

存的几率就会大幅降低。"

康纳坚持前进。每一天都如此漫长，夜里就更加难熬。食物吃完了，沉重的行囊让他的境况难上加难。他丢掉多余的袜子、药品、绷带、毯子和其他东西。他还用刀将蚊帐一分为二。最终，他只带走了蚊帐、一些小物件和杰科。不管是为求好运，还是习惯，或是对家乡的思念，他不能抛弃他的公仔猴子。

康纳意识到，地形就像梅森说的那样复杂险要，甚至更糟。似乎这还不算艰难，他还决定待在高处陡峭的地方，避免与可能追踪而来的日本兵照面。前路不仅难走，而且单调乏味，顺着一道海拔一千到三千英尺的山脊一直从南向北走。他穿过一条又一条溪流。没有道路，藤蔓纵横。在丛林植被中穿行和刷洗湿透的帆布一般费力。所有的悬崖都如"柯立芝号"的船舷一般光滑陡峭。

到了第三天，康纳的食物已经吃完。在低海拔地带，他决定喝水牛脚印里积聚的雨水。与此同时，缓慢的进度让他走入险境：夜幕已经降临，他却还在一道剃刀般险峻的山脊上，附近没有水源，但他却不得不停止前进，因为他已精疲力尽，无力继续前行。夜里无月，在伸手不见五指的黑夜里，康纳四肢着地，像蛇一般往前爬。他感觉自己就在悬崖边沿，他解下背包带，摸到一个感觉像是枯木的东西，将带子从树洞中穿过，然后紧紧绑在自己身上，立刻呼呼大睡。次日一早，他醒来，四下查看，发现自己睡在悬崖边的一棵大树上，下面就是深渊，大约五百英尺深。他小心翼翼地挪回到实地上。

接着，他看到峡谷里升起炊烟。有人在下面生火。康纳估摸是一队美国人。他找到一段没那么陡峭的山坡，走了下去。很快，康纳就发现那是安德森他们，凯利也在。

"嘿，我来了！"康纳向他们大叫，然后快步上前。

"听着，康纳，林子里有很多鬼子。"安德森低声怒吼道，"你每次这样大呼小叫，都等于要我们陪葬。你给我听好，下次再这样，你就自己走吧。"

这顿责骂让康纳很伤心，同时也提醒了他，地形并不是他唯一的威胁。他糟糕的身体状况也令人担心，第四天才有所好转。虽然安德森语气生硬，但说得没

第二部分：危　险

错。他必须更加小心日本兵，否则至少会和低地中成千上万的美军士兵一样成为阶下囚。

一个同伴和康纳分享了自己的早餐。凯利表示愿意重新跟康纳一组。总之，这次短暂的会面重新点燃了康纳的斗志，不过在随后的行进中，康纳还是不能像凯利那般在丛林里行进自如。另外两组遥遥领先，凯利和康纳沿着他们的路线前进，翻山越岭，不停向前。连日来的终日跋涉，已经让他们疲惫不堪；与此同时，他们还得留神敌人的动静，乱窜的鬣蜥不止一次让他们虚惊一场。不仅如此，在山坡上每踏出一脚，都得倍加小心。康纳写道："每一步，都可能是我们跨出的最后一步。脚边的崖壁都是数百英尺深。"

那天下午，他们抵达一处制高点，向东可以俯瞰整个马尼拉湾。通常说，终于能看清楚前景令人振奋，但这个实实在在的前景却是让人丧气：整整四天，他们才走出十几英里，而且前路也不是坦途。凯利勉强通过了一片陡峭的岩石碎屑堆积面——下面就是峡谷。但康纳通过的时候，岩石堆塌了下去，小规模的山崩裹挟着康纳慢慢下滑。"（凯利）呆呆地看着我。"康纳写道，"我看出他想伸手帮我，但那于事无补。"康纳唯一的希望，就是抓紧岩石片，像玻璃上的吸盘一般慢慢滑下去，转危为安。

他就是如此做的。不过，当他们俩在那条峡谷底部的一条溪流边会合的时候，康纳对凯利说他再也无法忍受。他的四肢伤痕累累，他的胃每几分钟就抽搐一次，如同刀割般难受。那一天，他们一共走了不到一英里。"不要再翻山了。"康纳说。

凯利表示同意。这是康纳离开小碧瑶之后，第一次有人赞同他的观点。但是，当他们俩尝试绕过一座山的时候，第一次遭遇日军巡逻队。康纳从没与敌人如此近距离地接触过，恐惧在他血管里涌动。康纳估计对方大约有三十人，一边叽里咕噜地说话，一边呈纵队穿过丛林。如果有人向凯利和康纳所在的方向瞟一眼，他们就可能被发现。

当夜，他们第一次同意生一堆火，热热口粮。凯利生火，康纳去附近的溪边

信念的旗帜：突出巴丹丛林

取水。几分钟后，凯利也向溪边走来。就在那时，康纳看到一支十人的日军巡逻小队正在下游过河。他没法向凯利示警，只能希望凯里别说话或是发出任何不必要的声音。凯利没说话，也没有发出声响。他也看到了日军，吓得呆立在那里。

一个下午，就有两次近距离接触。那天是1942年4月16日，两人已经在丛林里走了一周。他们发现自己来到了曾经的前线交战区，横贯东西的皮拉尔-巴加克公路边。数周前，康纳曾来过这里，看到的是另一番景象。眼前的情景惨不忍睹：渺无人烟，反复的交火已经毁灭了一切；尸体与丛林地表的植物交织在一起；废弃的战壕静如鬼魅；这里，一具扭曲的美军士兵尸体挂在被打断的芒果树上；那里，另两具尸体躺在一条壕沟里，四周都是罐头、无线电设备碎片和文件等杂物。秃鹫啄食着尸体，巨大的马尼克尼克树（Maniknik tree）守护着修罗场死一般的宁静。

支撑康纳继续前进的，是坚定的信念。他坚信麦克阿瑟很快会带人杀回来，或许就在三周后。

两人穿过被重炮削顶的棕榈树林，一路搜索美军曾经战斗过的壕沟，寻找任何有用的东西，特别是食物和弹药。他们甚至硬着头皮掏死人的包。"臭不可闻。"康纳写道。但是，战争这个地狱是他们必须适应的。他们没有选择，当时是白天，这个时候通过这里，要么被杀，要么被俘。所以，他们等到夜晚降临之后才出发，行进中仍然数次与日军车队和士兵擦肩而过。

他们希望最终能与索普上校的人取得联系。据说他们就在巴丹省北部，或是三描礼士或者邦板牙省南部活动。穿过公路后，他们到达日军的战壕。"从上到下都污秽不堪。"康纳写道。日军士兵不光在里面睡觉吃饭和作战，还在里面排泄。两人在壕沟中找到几袋米，但已有如云的蚊虫盘旋其上。康纳胃中翻江倒海。他和凯利互望一眼，没有言语，继续北上。但这次，他们的脚步更快了，远处偶尔传来一阵枪声。

康纳一夜未眠，精神紊乱。次日一早，他们继续前进。康纳再次拖后腿，刚

第二部分：危　险

开始十码，接着百码，后来四分之一英里。他隔一会儿就看不到凯利的背影了，因为他不得不停下来，抱着竹子喘气。他写道："这个念头在我脑中萦绕：'我必须继续走，我必须走下去，否则就会死。'"

他觉得按照这个速度，他死于饥饿疾病和疲劳的可能，远大于死在日本人手中的几率。"我在杜克大学没有学到一点儿现在急需的丛林知识。"他写道。

最后，他终于追上等候他多时的同伴。他们一起吃干粮。之后，在天还没暗下来时，康纳拿出了爱德华兹给他的《新约全书》。很神奇，里面的文字抚慰了康纳的心灵。"我在其中找到了平静。"他写道。

不过，他没有多少冥想的空闲。两人跋涉向北，相对平缓的低地又变成早先几日的高山深沟。低地不能走，他们只好翻山越岭。清晨的凉爽被午后的酷热代替，干爽的衬衫被汗水浸湿。最终，他们遇到一条河流，然后心惊胆战地顺流而下；凯利指出，顺着河流向下，总能到达有人烟的地方，但对他们而言，人烟可能就是日军。

次日一早，康纳和凯利进入了起伏的丘陵地带。那里成片的果园，到处都是果树。康纳饥饿难耐，原本150磅的体格，如今估计不足100磅。可是，树上已经没有香蕉和番石榴，早被士兵们摘光了。很快，康纳和凯利走到一户菲律宾人的房子前，这家人很友好，而且会说英语。菲律宾人好奇地问他们俩是不是从"死亡行军"中逃出来的。

"不是。"康纳答道，"'死亡行军'是什么？"

菲律宾人告诉他们，数天前，成千上万的美菲战俘沿着巴丹的老国道向北行走。他们在阿布凯镇看到了他们。战俘在背后刺刀的威胁下在烈日中艰难地前进。数千人死于刺刀、饥饿和虐待。"他们被迫在炎热的公路上走一整天，没有水喝。"康纳写道，"夜里，他们被塞进狭小的铁丝网围圈，不得不互相靠着入眠。那些走不动的，会被机枪打成碎片留在路边喂狗。"

莫龙陷落后，巴托中士逃了。他把破烂的美国国旗放在包里，向高山地区进发。高处水源稀少，经过几天的疲劳和饥渴折磨，巴托翻越了三描礼士山脉，现

信念的旗帜：突出巴丹丛林

在距离康纳只有几天的脚程。他巧妙地躲开了日军的包围圈，步行四十多英里，最终回到坐落在巴丹半岛以北的低地，距离斯多特森堡也不远的萨班巴托（Sapang Bato）小镇，与家人团聚。他保护旗帜的事迹令妻子动容。她毫不犹豫地将旗帜塞进枕头套，放入衣柜。

很快，日本兵端着枪对小镇进行扫荡。巴托与数千美国和菲律宾人一同被捕。他们被强行带到附近已被日军占领的菲律宾陆军奥唐纳军营。几十年来，这里不过是个偏僻的军事据点。如今，这里却成为臭名昭著的死亡行军的最终目的地。

第十章　内部的敌人
1942年4月21日—1942年9月

距巴丹陷落后逃入丛林：两周至五个月

1942年8月30日
护士营
长岛，迈克尔机场

亲爱的康纳夫人：

我只见过您儿子一面，因此对他知之甚少。

首先，虽然电报是从宿雾岛发回国的，但这并不意味着他在那里。宿雾是我们唯一可以发电报的地方，航空队的军官们有时会飞到宿雾去取奎宁，因此康纳可能只是托人在宿雾发个消息回家。

我是通过一个女友在巴丹认识克雷·康纳的。

如果没记错，那是1941年的最后一夜。虽然战前我并不认识他，但他看起来是个非常乐观的人。我不记得此后再见过他。

抱歉我不能给您更多的帮助。

此致

敬礼！

海伦·L.萨默斯

康纳正在一道陡峭的山脊上跋涉时，突然看到地上有一个盖着植被的掩体，

信念的旗帜：突出巴丹丛林

这个狙击位让他又惊又怕。他曾见过在他认为不可能凿动的岩壁上凿出的落脚点。看到这个在如此危险的高处挖掘出的迫击炮炮位，他感觉不可思议。显然，在美军投降前，日本人曾利用这些山地对美军阵地发起攻击。更明显的是，他们战技超群，战法灵活。"每次看到他们留下来的痕迹，我都感到一阵惧意，不由得加快脚步。"康纳写道。

4月21日，就是在这样的惊惧中，康纳被一根树藤绊住，摔进一个小坑中。当他站起来时，发现一个年轻的菲律宾人正在端详着他。那人没穿鞋，也没有上衣，背上背着个麻布袋，头上戴着草帽，脸上满是笑容。他友好地伸出一只手。

"你病了。"他用蹩脚的英语说，"你最好跟我走。"

他的名字叫马加里托·席尔瓦（Margarito Silva）。康纳叫上附近的凯利，接受了他的邀请。毕竟，这个年轻人没想要他的命，不然他刚才已经把克雷杀了。"我那儿已经有好几个美国人了，我养着他们。"马加里托用蹩脚的英语说，"我刚刚去了低地，带来了食物，欢迎你们加入。"

对于骨瘦如柴、两周没吃过饱饭的人来说，这个邀请无法拒绝。康纳和凯利跟在菲律宾年轻人身后，沿着小路走到奥拉尼河（Orani River）附近。马加里托轻松地过了河，让虚弱的康纳惊诧不已。在一堵灌木墙后面，散布着五座茅草小屋，掩映在森林绿荫之中。马加里托说他恨日本人，为了躲避他们带来的杀戮、动乱和虐待，他们逃到这里，建起了这些茅屋。

这里将成为康纳和凯利在巴丹的"地下铁路"的第一站。有两个美国人已经在这里。除了安德森一行之外，他们是康纳和凯利离开小碧瑶后见到的第一批美国人。他们一个来自宾夕法尼亚州高尔顿（Galton），28岁，名叫雷·斯古雷特勒尔（Ray Schletterer）；另一位来自路易斯安那州巴克艾（Buckeye），25岁，名叫海登·"拉里"·劳伦斯（Hayden "Larry" Lawrence）。他们都来自第17坦克炮兵连。

四人有共同的经历：从旧金山起航到这里，日军的进攻，逃脱。康纳的不同之处是，他已经疲惫不堪，还生着病。席尔瓦给了他一点儿米和糖，领着他进了

第二部分：危　险

一间茅屋，康纳沉沉睡去。他已经在丛林里跋涉了两周，从没睡过一个好觉。"自从逃离大部队，这是我第一次感到一丝安稳。"他写道。

数小时后，他被林子里传来的声响惊醒。众多的脚步声，沉重的呼吸声，越来越近，越来越近。康纳掏出手枪，接着看到两个人：一个身高体壮的年轻人，汗流浃背，背上背着一个全身浴血的人。美国人。康纳用尽全力帮忙将那半昏迷的人安置好，接着伸出一只手。

"我叫克雷·康纳。"他说。

"弗兰克·古维。"新来的人自我介绍道，"还有一个，我去去就回。"

康纳查看伤者。"他虚弱不堪，说着胡话，已经神志不清。"康纳回忆道，"当他能开口说话时，说的都是鬼子如何虐待他。"他从死亡行军的队伍中脱逃，正好遇到古维。显然，这个叫古维的小子救了两个人的性命。

当古维再次带着一个奄奄一息的美国人返回的时候，康纳终于能和他搭上话了。古维也是第17坦克炮兵连的。他从西弗吉尼亚州的红龙市（Red Dragon）高中退学后，跟着祖籍匈牙利的父亲一起做煤矿工。小伙子高大强壮，似乎可以一掌拍翻一头水牛。他身高六英尺二英寸（188厘米），体重185磅（84千克），很讨人喜欢。如果说康纳喜欢动脑，那么古维就是喜欢动手的那种人。不过虽然他们个性不同，但很快就会成为至交。

随后又有几个美国人到达这个临时营地：乔治亚州的皮尔斯·韦德（Pierce Wade）和印第安纳州加里（Gary）的艾迪·凯斯（Eddie Keith Jr.），都是六英尺五英寸的高个儿。他们跟之前的人一样，也来自第17坦克炮兵连。此外还有来自得克萨斯州斯威特沃特（Sweetwater）的吉姆·博伊德（Jim Boyd），以及逃脱死亡行军的士兵埃尔文·英格拉姆（Alvin Ingram）。这些新来的美国人都是被一个叫吉米·埃斯皮诺（Jimmy Sepino）的菲律宾人搭救的。埃尔文·英格拉姆神情憔悴，声音沙哑，缄默无言，眼中空洞无物，死死盯着远方，正是所谓的"一千码的凝视"（惊吓造成的）。即使睡在一旁的火堆爆个火花，他也会像只被吓到的猫那样

信念的旗帜：突出巴丹丛林

仓皇逃窜。没人知道古维带回来的第一个人叫什么名字。

随后的数天中，这个小营地带来的慰藉和鼓舞，都被残酷的现实取代：这里太小了，养不起这么多人。康纳意识到，劳伦斯对所有戴着军官肩章的人都充满敌意。这对康纳可不是好事情，因为他是这些人中唯一的军官。

凯利独自离开了。接着，古维、皮尔斯、凯斯、英格拉姆和古维带回来的另一个人也垂头丧气地走了。由于身体过于虚弱，康纳无法前行。一天又一天，劳伦斯不停地抱怨军官的所作所为，喃喃地说他们如何在投降前囤积食物。这不是康纳第一次听说这样的事了。有一天，他无意中听到劳伦斯对斯古雷特勒尔说："康纳是个孬种"，并扬言要杀了康纳。

康纳虚弱、饥饿，而且不得不面对越来越清楚的现实——自己得了疟疾。但是，他也受够了。他在茅屋里打开枪套的固定扣，抽出枪来，确认子弹已经上了膛，然后把枪放回枪套，把枪带扣在腰上，并将枪套固定在大腿一侧。之后，他虚张声势地走出茅屋，如同巴丹版本的好莱坞西部英雄，"拔枪如闪电开火如流星"。然而，这位英雄却病体恹恹，几乎都站立不稳。

"你是在说我吗？"他盯着劳伦斯乱糟糟的红头发问道。

"是的。"

"那你打算怎么做？"康纳问。

"杀了你。"

康纳心中一紧，以为自己会吓得尿裤子，但是他不能退缩。

"那你最好快点动手。"

两人对峙着。最后，劳伦斯站起来，走开了。康纳转向剩下的几个人。"你们也是这样看待军官的吗？也是这样看待我的吗？"

没人答话，康纳却得到了答案。他慢慢地点了点头，然后拿上自己的行头离开了。他宁愿独自进入巴丹的丛林，也不愿与这些不信任他，他也不信任的人待在一起。他攀上一座小山，然后躺下。尽管下午很热，可一阵寒意钳住了他。很快，埃斯皮诺向他走来，提议跟他一同去北方。

第二部分：危　险

"不行。"康纳回答，"吉米，我想我做不到了。我现在很疼，全身发冷，我也不清楚——也许是中暑了。"

埃斯皮诺离开了。康纳再次孤身一人。

死亡行军或许已经结束，但这条血腥的路遗留下来的，是横行的疾病。日本人炸毁了低地的堤坝和河堤，到处都是死水洼。向南的季风穿过吕宋岛的中段，吹来如云的蚊子，随之而来的是疟疾等疾病。数千难民挤在没有遮掩，而且通常没有食物的难民营里。一肚子病菌的蚊子从一人跳到另一个人，然后乘着上升的热气流飘向山区，向克雷·康纳扑来。

1942年5月1日，康纳在一个叫塔拉（Tala）的村子栖身。这里在一座大山的山脚，地处巴丹半岛顶部，距离马尼拉湾海边五英里。这里的一对菲律宾兄弟，弗朗西斯科（Francisco）和阿加多（Agado），邀请疟疾复发的康纳留宿。现在，死亡和疾病每天都在攫取人命。菲律宾人告诉康纳，那个逃脱死亡行军的无名士兵已经死了。弗朗西斯科和他的两个孩子都得了疟疾，躺在病床上。

阿加多为病人们带来水和食物，但康纳却再次难以咽下任何食物。他对阿加多的帮助非常感谢，但实在受不了身处阿加多的房间。由于疟疾，弗朗西斯科抖得越来越厉害，他四岁的儿子终日说着胡话，显然得了脑中风。"Eyoko，eyoko.（我不喜欢这样，我不喜欢这样。）"他不停地重复着。这样的喋喋不休简直让康纳无法入眠；疟疾或许是他遇到的最大挑战，然而这只是众多问题中的一个，此外还有疲劳、痢疾、湿热的气候和饥饿。

最后，康纳在地上的泥土中给阿加多画了一幅图——康纳不会说当地的塔加拉语（Tagalog）——他试图表达的是：我需要独自待着。阿加多示意康纳跟他走。他带着康纳走上一条小路，路的尽头有一间小茅屋。"这里。"阿加多说。然后，他拍了拍康纳的肩膀，离开了。康纳吃力地把他的蚊帐绑在茅屋的四根柱子上。这样简单的事儿也让他精疲力尽。然后，他到附近的小溪喝了一肚子水，装满自己的水壶，回到小屋，解下枪带，用枪套做枕头沉沉睡去。夜里他醒了，躺

信念的旗帜：突出巴丹丛林

在月光下，想想该怎么做，或者能做什么。第二天早上，他发烧了，打算去溪边降降温，然而他却站立不稳，甚至抬头都很困难。现在的他已是皮包骨头，皮肤薄得像层玻璃纸。他估计自己只有72磅重。他回忆道："我完了。"

康纳头脑中一片乱麻，宛如丛林里盘根错节的树根。家里的美食，"柯立芝号"上的航行，以及梅森那似乎要成真的预言不停闪现：你永远没法成功。接着，画面又突然闪回到杜克大学的林荫大道。

他后来写道："我不敢相信一个地球上竟然存在如此不同的世界，而且相距那么遥远。杜克的生活充满自由、快乐和生机；这里却封闭落后，疾病肆虐，恶臭糜烂，死亡随行。我几乎无法相信这样两种情形会同时存在。"

康纳制止自己继续臆想。他意识到，自己不过是在自怨自艾。灌木丛中一阵窸窣之后，康纳看到"阿加多那美丽友善的脸庞"。虽然由于常年咀嚼槟榔，阿加多满口黑牙，但康纳却觉得他非常可爱。虽然他想独自清静，但这样离群索居也让他有被人遗忘的感觉。现在，阿加多正用结结巴巴的英语结合手势告诉康纳，受苦的人不是他一个。在附近的萨马尔（Samal）镇，三千人中的三分之二已经死于疾病。康纳写道："这些人已经被战争锻炼得如钢铁一般坚强。"

阿加多看着康纳，似乎在说："我们一起承受吧，来。"他清楚康纳没法独自在山区存活，但他没有直说，而是让康纳自己意识到这一点。阿加多摘下康纳的蚊帐，收拾好他的其他行装，搂着克雷，慢慢走回村子。阿加多把康纳带到一个竹子做的耳室里。之后的大多数时间里，就像康纳希望的那样，阿加多及家人都不来打扰他，但他们会给他带来水和香蕉。康纳就像丛林里的烂叶一样躺着。阿加多的妻子玛利亚（Maria）让他盖着毯子，自己则拿着他的衣服到河边清洗，数小时后带回清爽干燥的衣裤。这是个很小的友善举动，但干净的衣物让康纳的精神为之一振。然而到了中午，寒意再次袭来，肌肉紧缩，汗如雨下。康纳再次陷入昏迷。醒来的时候，他用模糊的双眼瞥见一个从来没见过的人。他后来才知道，这是尼格利陀人。皮肤黝黑，身材短小，举止神秘，腰间缠着一块布。小黑人是受弗朗西斯科和阿加多的邀请而来的。

第二部分:危　险

　　他蹲在康纳身前,嘴里念念有词。接着,他熬了一种被叫作迪塔(Dita)的植物,然后喂给克雷喝。康纳已经没有什么顾忌,所以一饮而尽。小个子离开前,留下一些草药。接下来的两天内,康纳喝了不少这种苦涩的液体。到了第三天,康纳醒来时,发现自己不再一会儿冷一会儿热,发烧和寒意都消失了。

　　力气回来了,一同到来的,还有一种新的视野。村子还是那个肮脏败落的小村子,他也还是那个虚弱不堪的克雷。但是现在,由于某些原因,康纳不再觉得这里是令人厌恶的地方,而是必需之地,不是地狱,而是避难所。"现在看着那些小孩子,是件令人愉快的事儿。"他写道。

　　不管怎样,他活下来了。这都得感谢那突然出现又突然消失的尼格利陀人。

　　数周的健康之后,疟疾再次复发。寒战、高烧交替折磨着康纳。如今,塔拉如同丛林里的医院,康纳似乎成了这里永远的病人。一天,天色渐晚,一名上校跌跌撞撞地到达营地。他的状态令人侧目,衣衫褴褛,饥肠辘辘。为避免被俘,他一直在海拔最高的地区活动,然而由于火柴耗尽,无法生火,他不得不下山来。塔拉的其他人也好不到哪里去,其中一个是来自肯塔基州的哈利·波特(Harry Porter),高高瘦瘦,跟克雷的祖父是同乡。由于肯塔基的渊源,他们有很多共同的话题。此外,他们都是在日军到来前逃入深山的,也都饱受着疟疾的折磨。

　　虽然波特的脸刮得干干净净,但那消瘦得骷髅一般的脸庞让他看起来老了四倍。康纳估摸着他那高瘦的身躯只有110到115磅。不多,但也比康纳多了20到25磅。

　　康纳邀请波特到他的耳室中栖身。他说那里虽然没有什么东西,但可以挡挡夜里的风寒。波特高兴地接受了。为了保暖,他们用粗布袋作被子。"我们骨瘦如柴。每一夜,大腿、手肘、背部和肩部的骨头,都硌着我们的皮肉,让我们难以入睡。"康纳后来写道,"睡在坚硬的竹床上如同受刑,每过几分钟,我们就得换个睡姿,以便换个部位继续受刑。"

信念的旗帜：突出巴丹丛林

一个会说英语的菲律宾年轻人提议由他去低地购买药品。于是，康纳和波特与他做了个交易。然而，当菲律宾人带回药品时，他却拒绝送还零钱。此外，他还想要康纳的宝路华表。这个表是康纳父母给的。由于太瘦，康纳只能把表戴在大臂上，它才不至于滑落下来。

"不行，我不会给你的。"康纳说。

"先生，你或许会的。"菲律宾人说，"这表对你没有用处，因为你马上就要死了。"

这完全是虚张声势，因为他知道康纳和波特都无力坐起来，即使他们想追他，也走不动跑不起。康纳先看看那男孩，又把目光转向波特，以引开男孩的注意力。电光石火之间，康纳拔出枪。男孩眼中充满惧意。康纳要回了零钱和药品阿涤平（Atabrine，一种预防或治疗疟疾的药品——译注）。投降前，康纳就是靠这个免受疟疾的侵扰。他留下四片，把另外四片给了波特。

大约一周后，康纳找到玛利亚和阿加多。他感觉良好，可以试着走路了。因此，他希望他们能帮忙找些竹棍做拐杖。起初，康纳蹒跚向前，几乎摔倒，但他慢慢找到了平衡。十天的时间内，他坚持每天练习。有时候，走后又归来的埃斯皮诺会在一旁帮他。每一天，他都能走得更远。他最大的担心不是会跌倒，而是他的裤子会滑落——他瘦得皮包骨头。

但他终于感到了快乐。这是很久以来第一次。他的胃口也恢复了，他开始跟弗朗西斯科学习塔加拉语，菲律宾人的疟疾也快好了。玛利亚拿来铅笔和纸张帮助他们。康纳开始盘算如何离开这个糟糕的地方，考虑是否有逃到澳大利亚去的可能性。到了6月1日，他已经能用菲律宾人的语言告诉他们自己是饥饿、困顿还是舒服等等。

"（自从逃入丛林，）我第一次有空想想下一步的打算。"他写道，"要想活下来，必须自己为自己做好安排。"他们铺开菲律宾地图研究，阅读吉米能为他们找到的所有书籍。"《圣经》也成为我们讨论的严肃话题。"康纳写道，"我读了八遍，遇到了许多疑问，需要权威来解答。"

第二部分：危　险

与死亡擦身而过，让他渴望追求更深的人生目标。"我不会再像某些捣蛋大学生那般毫无顾忌地追求个人快乐与自我满足了。"他在一篇日记中写道，"但我深深地希望找到我在世界上存在的价值，做有利于他人的事。我知道，如果我能达成这个目标，我就不会畏惧生命旅程的终点，而是释然安详地走向永恒。"

6月10日，塔拉开始下雨。这时距离逃亡已有两个月。泥土变成了泥浆，植被似乎一夜之间长高了许多。菲律宾人对此兴高采烈，因为这洗净了村子，也催生了各种果实。到了7月，雨有增无减，同样增加的还有康纳的胃口。食物也更好了，有了鸡蛋和烤土豆。康纳的体重直线飙升，不得不做起体操来维持体重。之前因为消瘦的身体而取下的杜克毕业纪念戒指和手表，如今又能戴上了。他第一次在塔拉找到了生活的韵律，开始有了愿景，有了目标，渴望挑战。其中一项挑战并不轻松：照顾健康日益恶化的波特。

康纳开始写日记，写下自逃出马尼拉到巴丹日子中的点点滴滴。弗朗西斯科答应康纳帮他保存这些日记，直到战争结束。因为转移的时候是没法携带这些日记的，但康纳知道，转移是无法避免的。此外，他还坚持每天早晚阅读《新约全书》。他发现，书中的文字令他发生了很多有趣的变化，对恐惧的感受尤其明显。他写道："完全没有了，我对死亡的恐惧全都没有了。"

一个，两个，三个，其他"迷失的"美国人也纷纷来到这个营地，其中有康纳认识的古维、波伊德、韦德和英格拉姆，也有他不认识的，如温尼耶特（Vinnette）上尉和杰瑞·邓拉普（Jerry Dunlap）。他们看上去状态都不错。菲律宾人天刚刚亮就起床煮饭，并用烤过的大米磨成粉，泡成类似咖啡的饮料，然后把食物放在香蕉叶上给士兵们吃。当地的原住民还会给他们带来其他食物：野猪、鱼、番石榴和香蕉。

作为回报，士兵们则帮着村民们干活。和善的古维从溪边挑回清水，如果村民需要，就用椰子壳盛来喝。韦德则帮忙做饭、收割和碾米。其他人也轮流使用木槌，对着用树干雕成的巨大杯状管子舂米。康纳写道："大家几乎都成了当地人，相处和睦。"

康纳跟古维和邓拉普性情相投。21岁的邓拉普来自爱荷华州的温斯罗普（Winthrop），已经蓄起了一点山羊胡子。康纳8月才满24。邓拉普干净、整洁、有礼貌，但他也像其他人一样，饱受着如吸血虫般难以根除的热带疾病的折磨。与此同时，康纳得了急性登革热。很快，他就只得躺下，头疼、发烧，伴随着肌肉和关节疼痛。他的体重再次下降，精神也随之沉沦，几乎不可能睡着。生活变得单调乏味，他只能仰卧着，任由汗水往下淌。韦德每天都会来照顾他，带些汤给他。九天之后，他终于好些了。

7月15日，康纳被一个菲律宾人唤醒，这人跟杰瑞·邓拉普住一屋。"康纳中尉，"那人说，"我的朋友杰瑞死了。"康纳扣上枪带，跟着那人前往查看。"（杰瑞）平躺在毯子上，就像他昨晚躺下的时候那样。"康纳写道，"他面容安详，一切痛苦都消失了。"

康纳他们在一个能俯瞰马尼拉湾的山坡上挖了一个坟墓。众人抬着邓拉普的遗体，来到他的安息之地。这是这群人第一次聚在一起参加葬礼。也是康纳第一次参加葬礼。不久前，这个孩子的双手还握着敞篷车的方向盘，呼啸着横穿美国。现在，这双手上沾满了为朋友挖掘坟墓留下的泥巴。没人知道在葬礼上应该怎么做，康纳也是如此。不过，他从口袋里掏出《新约全书》，随便翻到一页，开始读起来。"所有的美国人都站在那儿，低头看着邓拉普。"他后来写道，"然后，他们转身离开。我留下来，看着他被泥土渐渐掩埋。"

吉米·埃斯皮诺到更远的低地寻找食物去了，那里更平，更适合农耕，食物相对充足些。他问康纳是否愿意与他同行。康纳拒绝了，邓拉普的死对他打击很大，他感到心中郁郁，需要思考和写作来发泄，而且他还要照顾日渐病重的波特。波特要康纳给他读《圣经》。"他觉得这些话很重要，这让我觉得有意思。"康纳写道，"其中的一段我记得特别清楚，那是使徒书（epistle）中圣徒保罗对罗马人的训诫，在第十章第九行：'你若口里认耶稣为主，心里相信他从死里复生，你就必得救。'他喜欢听我念这句话。他还喜欢里面的寓言，耶稣宽恕了犯下罪恶的人。"数天之后的7月27日，阿加多唤醒康纳，告诉他波特死了。"我立刻起身，跑到主屋，看到波特的眼睛还睁着。"康纳写道，"他的嘴半张着，头发散乱，身体蜷缩，双拳紧握。"

康纳向阿加多询问哪里能找到厚木板。阿加多迅速指令男孩子们去找，男孩很快就送来数块3×1.5英尺的木板。康纳拿着木槌和凿子，在上面刻下两位士兵的姓名、家乡、士兵序列号以及生卒年月。这是为波特和邓拉普做的墓碑。

众人再次站在山丘上。康纳再次阅读第十章第九行劝诫罗马人的诗句。他写道："我们抬头望向天际，我也再次查看众人的表情，我们都在想，谁会是下一个。"

第三部分
目　标

RESOLVE

第十一章　反抗
1942年9月

距巴丹陷落后逃入丛林：第六个月

这栋房子坐落在马尼拉湾西北侧内陆棕榈环绕的萨马尔镇，房主是吉米·埃斯皮诺的舅舅巴勃罗·阿基诺（Pablo Aquino）。萨马尔镇是巴丹半岛上老国道沿线十数个城镇之一。由于是从南至北的死亡行军过程中的休息点，这些城镇现在已经臭名昭著。但是，尽管五个月前日军对美菲战俘的残暴行径在尘埃中留下了死亡的气息，现在这个9月的夜晚，萨马尔镇却荡漾着希望，不过细若游丝。菲律宾守卫关上玻璃窗和竹挡板。房子内一共有十五人，其中两人是美国人。他们正激烈争论着，却又压低音量，不敢声张。在被日本人占据的菲律宾，反抗的苗头只能在暗中偷偷发芽。康纳认定它或茁壮成长。他和弗兰克·古维打算从这里开始他们的抗日计划。

邓拉普和波特死后，康纳与日俱增地感到，自己缺失的不仅是朋友，还有生活目标。除了阅读、研究地图、学习塔加拉语外，他们还应该做点什么。"我需要更多。"康纳写道。需要行动，组建一支游击队似乎正是行动。

温尼耶特上尉在他们中军衔最高，但他疾病缠身，无法参与谋划。因此，当埃斯皮诺提及他的舅舅巴勃罗·阿基诺是镇上附近的政治领袖，并且是铁杆亲美派时，康纳抓住了这个机会。他估摸也许他能将菲律宾青年和幸存下来的美国士兵组织起来，展开抗日斗争。

埃斯皮诺先与舅舅取得联系，定下了会面的时间和地点。之后，他骄傲地领着两个美国人下了山，穿过番石榴和香蕉树林，走过稻田，步入低地的城镇。一

信念的旗帜:突出巴丹丛林

路上，他都警惕地扫视四周，以防有敌人。快到萨马尔时，康纳骑着一头水牛过河。这时，他发现骑在另一头牛上的古维笑了，这是数月来的第一次。他也笑起来。

"您去哪儿了，先生？"菲律宾孩子围上来，骄傲地用他们知之甚少的英语问道，"您要去做什么，先生？"康纳意识到，这些问题很重要。他之前在哪里？数周疾病缠身，他已记不起多少过往的事情。他要去哪里？就现在来看，他只知道，他要去的地方比他去过的地方更重要。

巴勃罗阔气的豪宅距离巴丹老路不远。就在这门前，七万战俘在日军的胁迫下，走往北方的圣费尔南多，再从那里乘火车去往各大战俘营。如今，镇上每家每户的门前，都有一面纸质或是破布制成的白底红日旗。每面旗子的两面，都写上了住户全家人的姓名，当然是用日语写的，有青壮年的家庭更是受到密切注意。

日本人知道游击活动此起彼伏，也清楚菲律宾人正组织起来反对他们，而这样的组织常常是在康纳这样逃脱了死亡行军的美军军官的领导下展开的。在巴丹以北的三描礼士省，有一个被称为法索斯（Fassoths）的营地，有近一百名美军士兵。为了应对四起的烽烟，日军开始了闪击扫荡。他们会突然召集一个村镇的所有居民到屋外，然后依次点名验明身份。如果一个年轻人不在家，不管他是因为去山里打猎了，或是去马尼拉购买必需品，鬼子都会把家里余下的人杀光，男女老少，一个不留。接着，鬼子会烧掉房子，作为对背叛日本帝国行为的警示。自然的，许多萨马尔的居民被震慑住了。因此，与康纳和古维会面的人们不免有些畏缩和担心。但他们有胆量来，这也是良好的开端。

康纳和古维气宇轩昂，俨然反攻美军的先锋。但实际上，关于反攻的只言片语，他们都是从克劳德·索普上校的营地听来的。康纳提出一套开展抗日游击战的方案，美国人、菲律宾人联合起来，在暗地里开始反击。先建立一套联络系统，刺探情报，破坏设施。然后在敌人数量少、地点偏远、成功率高的地方发起进攻。当然，他们的主要任务还是活着，并且维护平民对美军的信心，直到麦克

第三部分：目　标

阿瑟带着人杀回吕宋岛，无论那会是何年何月。

在夹杂着英语和塔加拉语的讨论中，他们研究了如何伪造点名册：将参加游击队的年轻人从名单上抹去，躲过日本人的随机抽查；还讨论了如何与亲美的镇长和警察局局长合作，伪造他们那儿的记录；当然也探讨了如何扩大他们的影子军团。虽然他们的行动暂时没有得到美国军方的支持，然而他们终究会成为菲律宾群岛到处都已打响的游击战的一部分，勉强算是美国远东军的附属部队。

菲律宾人有枪。大战之后，他们捡来了不少枪支，埋在地下。康纳要他们给枪上油，把枪包裹在防水布里，以防生锈。菲律宾人听从建议。阿基诺盼咐手下照办。他说："当美军反攻的时候，我们会准备充分，胜利将属于我们。我们会人强马壮，对着敌人的背后展开我们的复仇。但是请注意，在这之前，如果我们找日本人的麻烦，只能收获自己人的尸体。"

日本兵钟爱刺刀；30式刺刀有20英寸（约50厘米）长，其中带刃的部分就有15英寸（38厘米），安装在127厘米长的三八式步枪上，比日本兵的身高还要高。如果日本人怀疑某人背叛了他们，他们会啸叫着冲到其吊脚屋下，隔着竹子地板向上突刺，不管上面有什么或是谁，都无法幸免，包括老人和小孩。而且为了防止相互示警，他们会同时对多家展开进攻。如果说刺刀使得人心惶惶，那么日军对幸存者的暴行，更是加深了他们复仇的决心。

当菲律宾守卫从竹子墙壁的缝隙向外查看是否有日军巡逻队的时候，康纳听着控诉，了解到什么样的人间惨剧正在发生。尽管他刚满24岁，而大家却都指望着他。他是这一群士兵中军衔最高者，大家需要主心骨，他责无旁贷。

夜里稍晚，屋后守卫外墙的一个守卫将手指放在嘴前，向尘土飞扬的街道偏偏头：一支日军巡逻队正在路过。屋内的人们的心都提到了嗓子眼。康纳和古维沿着梯子爬到二层的阁楼里。危险过去之后，他们意识到是时候结束会面了。与众人握手后，埃斯皮诺、康纳和古维潜入夜色之中，去距离镇子一英里外的一户人家留宿。"我和弗兰克讨论了这次冒险的收获。"康纳写道，"我们很庆幸我们

信念的旗帜：突出巴丹丛林

去了小镇，这给了我们新的希望，新的生活和新的目标。"

他们即将成为游击队员。游击战（Guerrillas）这个词来自西班牙语，本意是"小战争"，词源是单词guerra（战争）。这是一种由处在某一阵营，为了某种目的的非正规军向正规军发起作战的战争形态。具体到现在，就是向日军发起作战。一小队装备低下的乌合之众向数量庞大、设施齐备、装备精良的正规军发起战争。在美军战术准则中，是找不到这样的战术的，这甚至被认为是可耻的。然而，正是一群从印第安人那儿学会这种技巧的美国人，打响了莱克星顿（Lexington，美国独立战争的开始——译注）的第一枪。如果被俘，游击队员是不受日内瓦公约保护的；不过反正日本人也对此公约视若罔闻。实际上，从本质上来说，游击队员是战中的自由猎手，不是为国而战，而是为理念而战，为自由而战。

次日，就在康纳和古维离开萨马尔的时候，突然传来枪声。康纳吓得不轻，如同被毒蛇咬到。丛林里钻出101个人，不多不少。原来是"哈克巴拉哈普（Hukbalahap）"的成员。他们的指挥官走上前来。他和大多数菲律宾人一样，个子不高，只有五英尺五英寸（165厘米），体重165磅（75千克），但他体格壮硕，黑色直发梳理得整整齐齐，头上戴着一顶崭新的草帽，身着穿着干净的卡其色军装，两侧大腿各挂了一支手枪。在他的腰带上，排满了点四五（11.43毫米）口径的子弹，如同蛋糕边沿的褶皱花纹一般。他向康纳伸出一只手，用字正腔圆的英语说道："我叫朱利安·帕拉德（Julian Palad）。"

康纳回礼，并迅速打量帕拉德。他气宇轩昂，神定气闲，言辞犀利直率，语出惊人，仿佛是菲律宾版本的庞丘·维拉（Pancho Villa，墨西哥1910—1917年革命时北方农民军领袖——译注），一个骄横的无船海盗，仿佛是直接从好莱坞的大银幕里走出来的。康纳立即对他有了好感。

据帕拉德说，他是带着人来这里为一个简称"哈克"的组织收集武器的。他解释说，他们的组织类似于美国远东军，只是有个更本土的菲律宾名字："哈克巴拉哈普",意为"抗日人民军"。他说取个不同于USAFFE的名字,是因为日本人已经非常清楚前者,新名称可以迷惑敌人。

他问康纳和他召集起来的人是否可以帮助他收集武器,康纳邀请哈克游击队来到弗朗西斯科和阿加多所在的塔拉。帕拉德的手下四散去寻找食物和过夜的地方,他则和康纳进行了数小时的谈话。突然,一个村民闯进来,要求跟康纳单独谈谈。原来是帕拉德的一个手下抢走了一个村民的猎枪。康纳返回后,质问帕拉德他的人是否做出了这样的事——抢夺当地人的武器。

"为什么不呢?"帕拉德回答,"每一杆枪我们都需要。"

康纳说:"那支猎枪对你的人没有任何用处。你从哪里去搞到那种弹药?"

康纳是站在一个叫拉里的美国人的角度说这话的。他听说拉里有各种各样的猎枪,而且这个拉里不是别人,正是数周前顶撞过他的路易斯安那列兵海登·"拉里"劳伦斯。"这些枪都是土枪。"康纳说,"你把它们拿去,弹药打完了怎么办?"

"丢掉。"帕拉德若无其事地说。

康纳的不满升级为愤怒。"你不能这样做!村民需要枪打猎,这是他们的生计。他们用枪在林子里设下陷阱,然后触发枪机。有时,他们要在林子里两三周才有可能打到只野猪什么的。你不能夺走这些枪,不然他就没法获取猎物了。"

帕拉德眯起眼睛,问道:"你为什么关心他们?"

"因为他们照顾我。"康纳回答,"我要你叫你的人把枪还给村民。"

帕拉德不情愿地照做了。

对于游击战,克雷·康纳学到的第一课,就是你永远无法确认谁是敌人谁是朋友。在这方面,军装的颜色样式没什么帮助。这引出一些更深层次不易觉察的问题。就在康纳和帕拉德一同就餐的时候,有消息传来,说"拉里"又在制造麻烦,他躲到一座高约五百英尺的山上的林子里,叫嚷着无论任何人靠近,他都会开枪。

虽然很需要枪支,但帕拉德也明确表示他不会去惹这个疯子。"你认为我是疯子吗？"他对康纳说，"我不会惹困兽或者被逼入绝境的人。"

康纳想，帕拉德是个聪明人。帕拉德告诉康纳，他毕业于马尼拉的法学院，战前在打拉省担任警察局局长。他曾经从政，而且赚了不少钱。他散发出来的魄力，让康纳既惊叹又忧虑。

"要不我们别去理会那家伙，休息休息？"帕拉德说，"我们明天离开这里吧，我的人在这里要染上疟疾的。你会喜欢我的家乡邦板牙省的。那里食物充足，民风淳朴，跟这里完全不同。你可以学我们的邦板牙方言，我来教你。"

康纳还在担心劳伦斯，如果这家伙不学点跨文化交际，恐怕早晚要送命。康纳爬上那座植被茂密的山丘。那时正值正午，菲律宾人纷纷停止吃饭，凑过来看热闹。

"康纳，你再敢走一步，"劳伦斯叫嚷着，"我就把你打成碎片！"

康纳没有停步。

"想死我就送你一程！"劳伦斯尖叫道。

康纳还是没有停步，他一直走到劳伦斯从落叶中挖出来的洞边。

"你就不能让我自己待着吗？"劳伦斯对康纳说。

"我确实想让你自己待着，但不能这样。那些人希望与你为友，他们的组织是抗日的，因此我们要全力帮助他们。"

接着康纳又说了一些话，其态度与自美西战争以来，几乎每个踏上菲律宾土地的美国人都带有的"我们是来拯救你"的傲慢截然相反。"我们更需要他们的帮助，而不是反过来。"康纳说，"现在，给我滚出来，然后去做我们该做的事。"

劳伦斯一动不动。

"快点！"康纳命令，"我们走！"

片刻之后，康纳听到窸窣的声响。他转身开始下山，劳伦斯跟在他身后。

康纳回到村里准备过夜。他把枪带卸下，放在一边。稍晚，他和帕拉德在月光下聊天时，帕拉德拿起枪带套在自己的腰上，刚好合身。

"这枪真棒。"帕拉德说，"你用了多久了？"

第三部分：目　标

"有些时日了。这把枪和1941年我刚到菲律宾时配发的枪是一个型号。"

"柯尔特左轮我很熟。"帕拉德说。

"不错。"康纳回答。

接着，话题从枪械转移到低地菲律宾人的生活。正在成长的游击力量，以及菲律宾人民对占据他们国土长达十个月的日本人的憎恨。康纳写道："他告诉我说，日本人会从城镇中带走年轻的姑娘，数月之后才把她们放回来，那时她们已经怀有身孕。这居然还是一项荣誉，日本人说这有益于菲律宾人，通过和日本帝国混血，提升他们的人种素质。接着，她们会收到一封据称是来自天皇的信函，说天皇陛下对她们生育了一个日本孩子感到骄傲。可是，菲律宾人不觉得这是骄傲，而是耻辱。他们对日本人恨之入骨。"

次日一早，帕拉德将自己的人和征召的数十名村民聚集到一起，准备向北行动。然而，早上在丛林里行军并不明智，因为到处都是露水。他们休息等候的时候，问了许多康纳他们无法回答的问题。他们问美军什么时候反攻？美军是不是击败了南部岛屿的日军？菲律宾以外的战况如何？有些人使用自制收音机在低地地区收听到了旧金山KGEI电台的只言片语，但总体而言，没有很多人关注吕宋岛，这地方处于自生自灭的状态。因此，他们的问题没有现成的答案。

康纳唯一的问题是：朱利安·帕拉德可信吗？

帕拉德再次拿起康纳的手枪，放进自己的枪套。

"你准备好了吗？"他问。

"是的。"康纳回答，"但把枪还给我。"

帕拉德油滑的政客本性立即展现出来。他毫不犹豫地回答："噢，这枪我要了，我需要它。"

"你已经有一支枪了，你有柯尔特的左轮。"

帕拉德回答："我知道，但我需要三把枪，三把看起来更威猛。你这枪很适合我，所以我要了。"

康纳从后门走了出去。有些帕拉德的手下在河边洗脸喝水。趁他们没注意，

信念的旗帜:突出巴丹丛林

康纳抄起一把靠在棕榈树上的勃朗宁自动步枪。回来的路上，他将枪支模式调成了"自动"（连发模式）。

他从背后走近帕拉德，缓缓地将枪口抵在他背上。帕拉德猛地转过身，把手举了起来。当他看到是康纳时，紧张地干笑两声，又把手放了下来。

"你怎么了？"帕拉德问。

"没啥，我只是觉得，关于我的枪，你犯了一个错误。"帕拉德的表情从好玩滑向恐惧，"现在，你给我把枪解下来，递给我。"康纳命令道，"然后一切都会很美好。"

"如果不给，你会杀了我，是吗？"帕拉德问。

"毋庸置疑。"康纳回答，"那是我保命的家伙，你别想带着它离开这里。"

康纳原以为帕拉德会屈服，但他低估了对方。

"你不需要枪！"那家伙说，"跟我在一起很安全。"

"解下来，给我！"康纳命令道。

帕拉德照做。康纳套上腰带，把枪套固定在自己的大腿一侧。然后，他把上了膛的步枪递给帕拉德，转身就走。

帕拉德疑惑不解地摇摇头。"康纳，"他说，"你是个疯子。"

康纳停下脚步，转过身。"你怎么知道的？"

"我可以立刻杀了你，不费吹灰之力。"他说，"没有人能阻止我。"

"你不会杀我的。"康纳说，"如果我不相信菲律宾人，如果我不相信你是朋友，我就活不过这场该死的战争。"

就在康纳收拾自己行装的时候，帕拉德走进来，嘲笑他那身褴褛褪色的军装。接着，他又去翻找自己的行李，拿出一套崭新的蓝色制服递给康纳。"试试看喜不喜欢。"

康纳依言换衣。很合身。他微笑着向帕拉德表示感谢。康纳后来写道："我看得出，我们会成为好朋友的。"

第十二章　蛰伏
1942年10月

距巴丹陷落后逃入丛林：第七个月

福楼拜（Flaubert）、梭罗（Thoreau）、爱默生（Emerson）、史蒂文森（Stevenson）……康纳扫视着富豪家的藏书，不敢相信自己的好运气。一排又一排，都是他在杜克大学读的那种经典。还有莎士比亚全集，美国小说集、诗集。康纳和古维跟着帕拉德向北走了十五英里，到达一个叫皮欧（Pio）的镇子。身处地狱六个月后，他们仿佛进了天堂。

康纳回忆道："这里太适合我了。我们可以待在这里，直到战争结束。我会把这些书统统读完。弗兰克也赞同。我们已经很久没补充过精神食粮，早就求书若渴了。"

带他们来到这座房子的向导说，房子的主人去了马尼拉，这是大多数富人的选择，因为害怕被哈克杀掉。康纳刚刚得知，哈克不只抗日，还有共产主义背景，企图在政治上控制吕宋全岛。他们很乐意将战争和革命合二为一。向导还告诉他们，日本巡逻队加强了巡查，因此他们不能出门四处游荡，食物会由他送来。这个安排非常理想。一些菲律宾人轮流为康纳和古维带来食物，帕拉德和手下则每日飘忽不定。

两人每天读书，甚至秉烛夜读。这些文字让他们想起了远离吕宋岛茂密丛林的文明世界。他们在辞章和故事的海洋中畅游，在世界顶尖作家的灵感中徜徉。由于危险而不能出去招兵买马的内疚感，也在阅读中慢慢消失。但事实即将证明，这是他们沉入水中之前吸的最后一口气，因为送饭的菲律宾人告诉康纳和古

信念的旗帜：突出巴丹丛林

维，日本人已经知道他们在皮奥，是时候转移了。

虽然康纳希望我行我素，但他的去向不可避免地或引起日本人的注意。实际上，他的自由不比一条被拴住的狗更多。因此，他必须活得小心翼翼，不去他想去的地方，而是安全的地方。那栋豪宅算是个例外。

这次跋涉似乎更加容易了。尽管康纳和帕拉德翻山越岭，才到达一个新的地区，但康纳惊奇地发现，他不再感觉困难重重。他又一次恢复了健康。他还学会了新技能，有了敏锐的眼光和自信。他甚至还教了帕拉德几项登山窍门，只有这样，康纳才感觉心安理得，因为帕拉德让他全面地了解了游击战术。

在迪纳卢皮汉（Dinalupihan）以西一个被称作"崎岖小道"的地区，帕拉德领着康纳抵达约翰·布恩（John Boone）中校的营地。中校绰号"丹尼尔"（Daniel，布恩·丹尼尔是美国历史上著名的拓荒者——译注）。他与克劳德·索普上校一样，据说是受麦克阿瑟亲命，在巴丹陷落之前深入敌后建立"间谍前哨"的。如今索普下落不明，据说10月底被日本人俘虏了。不过在这里，布恩和一位贝尔（Bell）上尉，看起来干得不错。他们住在舒适的房子里，有足够的菲律宾人帮助他们收集食物。他们俩的胡须都精心修剪过。

布恩身高有五英尺八英寸（172厘米），如同运动员一般强壮。他留着八字胡，穿着一件做工粗糙的衣服。他曾经是加利福尼亚州的职业高尔夫球运动员，战争即将爆发时才入伍。贝尔也很英俊，金色的卷发，个子比波恩略高，不过沉默寡言。

两人介绍了他们是如何组建和运作游击队的，还介绍了未来的打算。这样的组织已经如雨后春笋般在吕宋全岛涌现。五英里以北的法索斯营地，是战前就在菲律宾安家娶妻生子的兄弟俩组建的。战争爆发时，他们深入山区，建立了一个避难所，收容了一百多个逃离死亡行军的美国士兵。

听到这些，康纳希望立刻去看看，布恩打消了他的念头。现在时机不好，那个营地食物短缺，并定期遭到日军扫荡，他们的内部也闹得很僵。此外，帕拉德也反对，没有帕拉德和布恩的人的保护，康纳也没胆独自前往。康纳回忆道：

第三部分：目　标

"我决定紧紧跟着帕拉德。"

　　反抗者们聚在一起，谈到了菲律宾人民对游击运动的强力支持，还提及可以指派康纳指挥一支分队。据贝尔说，他和布恩具有巴丹和周边省份的军事管辖权，因此可以委任康纳全权负责某个区域。

　　最后，当帕拉德不在的时候，康纳才向布恩询问哈克游击队的情况。得到的答案让他深感不安。康纳后来写道："他告诉我说，哈克是个非常棘手的问题，他们已成气候，有六七百支步枪，组建了五六个，甚至七个101连——一个指挥官、一百个战士的队伍。他们现在在吕宋四处串联，试图建立自己的政治势力。布恩还说，虽然没有确凿的证据，但他觉得他们居心叵测。我却想：'确实有可能，但对我而言，这有什么不同吗？'他们并不让我担心，因为毕竟跟我们是盟友。"至少表面上是如此。

　　布恩告诉康纳，从哈克那儿确实能学到关于地形的宝贵知识，但他提醒康纳："不管怎样，不要相信他们。只要条件合适，他们就会杀了你的。他们或许对你敬佩有加，但也可能立即翻脸把你干掉。"

　　每个哈克队员都带着日本人发的良民证，当然全是伪造的。一个负责印刷这些证件的人是哈克成员，他偷偷多印了几百张。当日本人来做人口普查的时候，这些哈克队员都不在家，所以点名册上根本就没有他们的名字。使用化名的人比比皆是。当一个哈克队员对美国人进行自我介绍的时候，他可能是"韦斯普奇（Vespucci，航海家，美洲的命名人——译注）"、"麦哲伦（Megellan）"甚至是"克里斯多夫·哥伦布（Christopher Columbus）"。他们大多单身，与他们的领导不同的是，他们几乎不关心政治，一心只想杀鬼子。

　　坦率地说，康纳对于布恩的观点不以为然，认为其中带有个人恩怨。"我并不认为他对哈克有多了解，特别是对帕拉德。我相信帕拉德，我觉得自己已经考验过他好几次。"

　　1942年秋，在吕宋岛的丛林里，这些正在成长的抗日队伍的相互信任非常重要，没有信任，很难存活。但如果你看错人，那你必死无疑。

信念的旗帜：突出巴丹丛林

康纳和古维躲过一次台风后，转移到迪纳卢皮汉东北的邦板牙省，与帕拉德一行进入低地的平原。他们没有发起进攻，但四处建立联络。这个机会非常难得，可以提高他们的语言能力和对地理地貌的了解。不过，康纳发现帕拉德有时候对平民并不和善。跟哈克打交道，老百姓都是要吃亏的。路上遇到一个穿了双好鞋的人，帕拉德会逼迫人家把鞋脱下来，给自己的手下。其他的衣物也是如此，只要他觉得有必要。

康纳对此表示反对。帕拉德反驳道："事情就是这样的，他们也觉得理所当然。"不管怎样，康纳还是不喜欢。"但是，"他写道，"这又不是我的国家。"

在低地，他们一般走稻田。水和鞋子都是双脚前进的阻碍。康纳和古维受够了，丢掉GI军靴，开始光着脚走路。如果在路上，康纳还是会穿着菲律宾本地的鞋子；古维就一直光着脚了，就算是被路上的石子和稻田里的铁丝网划伤脚和膝盖造成感染，他也没再穿过。

低地的环境让康纳神清气爽，感觉类似于那十天的阅读体验，几乎让他忘记了战争。在这里，一个叫莫碧坦（Mobitang）的菲律宾姑娘和她的老母亲让康纳、古维一行在她们家留宿，并把他们奉为贵宾，用美食招待他们。村子里，种田的摆弄作物，开店的打扫门廊，休息的时候就斗鸡下注。康纳开始学习邦板牙的方言、文化和习惯。从物质上来说，这些人拥有的很少。然而，他写道："他们看起来无忧无虑。他们像大多数农民一样，都很穷，但他们安贫快乐。他们享受天伦之乐，而且有一种因为依靠土地为生的安全感。"

他们住的都是吊脚楼，以此躲避雨季暴涨的洪水。每一天，每家都会有人拿着六英寸粗细，里面打通的竹管去打水。然后竖着靠在茅屋上。这就是他们一天吃喝洗用的水源了。进入房间前，菲律宾人会用一个杯子或是椰子壳舀水洗脚。他们洗衣服——包括美国人的衣服，都是先放在水里涤洗，然后对着树干搓，接着拿着棍子打，最后再放入河水中清洗。

一个镇子有数百座茅屋，有几家富裕的家族会有木质框架房，上面顶着镀锡铁板的屋顶，与茅屋形成鲜明对比。没人开车，出行要么走路，要么骑牛，骑牛的一般都是小孩子。

康纳喜欢这些孩子。他们教他塔加拉语的民谣，包括"Paru Paru Bukid"（蝴蝶之歌），还教他塔加拉语。他们一同准备并表演戏剧。"我们一同唱歌，一起在田里干活。他们帮我洗衣服，给我带来食物，邀请我参加他们的聚会，夜里一起聊天。我喜欢他们的生活，我觉得他们也喜欢跟我在一起。"

尽管菲律宾底层的歌谣抚慰了康纳的心灵，但他身处的背景却相当险恶。他毕竟有任务在身——虽然这不是所有逃入丛林的美国人都有这样的觉悟。有些人很乐意待在那里消磨时间，等待战争结束；古维曾这样描述一个人，"自私，凶恶，胆战心惊，只求活命"。那人还是个上校，靠一个仆童侍奉活着。康纳却要去求人情，筹捐款，拉关系。经过在各个村镇两周的募捐，他带着收集来的小面额钞票回到营地，总额约50比索。有钱人都跑到马尼拉去了，活动的经费只能来自普通农民。

一日又一日，用康纳自己的话说，他成了"职业乞丐"，只求能让他的人吃饱活下来。从一个村落到另一个，他扛着粗麻袋走15到20英里。人们会给他鸡肉、鱼、大米、糖、盐、鸡蛋、香蕉，甚至他们私藏的美国罐头。到了农场，他会收到红薯、龚都果（Gondo，一种小浆果——译注）、茄子、利马豆（lima bean）——一切当季的蔬菜水果。

"只要我来了，每个村民都会知道，他们会向我打招呼，准备好物品。每一次，我都不会空手而归。"康纳写道，"我会停下来，给地里的妇女搭把手；我会跟孩子们骑会儿牛；我会和村子里的老人闲聊；我会与小伙子一同扶犁；我会坐下来与他们聊天；我会在他们看斗鸡时加油助威；我也会下注助兴；我还会帮斗败的一方吃掉他的鸡……"

六个月来，吕宋的政治和军事如同一炉铁水，波谲云诡。众多饱受欺凌的农民，一群耀武扬威的日本兵，一队衣衫褴褛，死里逃生，腰上挂着手枪，一心组建游击队却收效甚微的美国兵。菲律宾人民倾向于支持美国兵。除此之外，还有

信念的旗帜：突出巴丹丛林

"第五纵队"：菲律宾间谍。在康纳一方的眼中，他们做着恶魔的工作，帮日本人为虎作伥。最后还有哈克，没人知道他们站哪边，但都对他们心怀恐惧。

总之，吕宋岛一片混乱，而且语言众多：塔加拉语、潘邦亚话、英语、尼格利陀语……但这只是康纳面对的小麻烦。

"在吕宋，暴力就是法律。"艾尔弗雷德·布鲁斯（Alfred Bruce）中士说，"谁的枪多，谁的权力就大。"

对于没枪的人来说，这可不是什么好事。"穷人们被反复洗劫。"布鲁斯说，"不光被强盗洗劫，还被日本兵以及菲律宾伪军洗劫。他们组成扫荡队，到屋里见到什么就拿什么。如果遭到任何反抗或者抱怨，他们就会称村民是游击队，对他们大打出手。"

康纳偶尔会碰到其他美国人。在一个叫德洛瑞丝（Delores）的村子，他碰到了27轰炸机大队飞行员鲍勃·雷瑞尔（Bob Leyrer），以及来自路易斯安那的雷蒙德·赫伯特（Raymond Herbert）。在这样的不期而遇中，相互的问题总是这样：谁死了？谁还活着？你去哪儿了？你怎么去的？你要去哪儿？谁在帮忙？谁在作对？谁可靠？谁不可靠？后来，康纳意识到，最常见的问题是关于帕拉德以及哈克的。美国人不信任他们。哈克或许是抗日的，然而很多美国游击队都开始相信，他们同时也是反美的。

但康纳不愿意相信。帕拉德的胆大妄为让他印象深刻，从某种程度上看到了他自己的影子，或者至少是他潜意识中树立的自我形象：既有逐门推销的坚持，又有杜克兄弟会员的恣睢，还有洛基·高斯那种好莱坞西部英雄的洒脱。"这些美国人总自以为是，以为比我更了解哈克。"然而，康纳还是无法彻底摒弃那些美国人众口铄金的观点。因此，他还是选择了屈从。当帕拉德和手下准备再次转移的时候，康纳告诉他自己要留下，之后再会合，不是永别，只是暂时分开，帕拉德没有异议。"我们友好地道别。"康纳写道。

虽然康纳正在菲律宾流亡，不过目前还过得挺舒服，其他美国人也是如此。他们食物充足，还有莫碧坦为他们做饭。他们还可以搞到药品遏制感染和疾病的

第三部分：目　标

恶化。康纳写道："大家都很满足。"

夜里，他们会聚在一起回忆故乡。矿工之子古维会喃喃诉说母亲的菜肴，煤矿如何噬人性命，给人伤痛。赫伯特会吹嘘他打遍路易斯安娜河上下游无敌手，最后打出路易斯安那州立大学的奖学金。雷瑞尔会聊聊自己的家乡威斯康辛州，说他从小的梦想就是在天上翱翔。一个叫强尼·约翰斯（Johnny Johns）的士兵则回忆那些被他抛下的姑娘。

约翰斯和赫伯特像习惯抬杠的兄弟，什么都要争个高低。约翰斯会威胁要揍赫伯特，后者则不停提醒前者："那你怎么还没打呀？"小伙儿们精神高涨，聒噪不休，但这对士气没有坏处。"雷（雷蒙德的昵称）只有一米六五高，却像钉子一般强悍，"康纳写道，"强尼又高又瘦，他们就像马特和杰夫（Mutt and Jeff, 漫画人物——译注）双簧组。"

一天夜里，康纳正在想凑点钱补偿莫碧坦对他们的帮助，突然发现自己在做一件很久没做过的事儿：吹口哨。明月高挂，万物俱籁，他正走在村落附近的大道上。"我唯一想的是，"他写道，"在静夜里的自由自在。"

然而，一声枪响打破了宁静。他爬到附近的水沟里，趴了令人煎熬的一分钟，心脏跳得如同发动的汽车。最后，他起身继续走路，小心翼翼地四处张望。他没敢再吹口哨。不过，他琢磨着也许是谁擦枪的时候走了火，在枪比蚊子还多的菲律宾，这并不是不可能。

嗖，又一颗子弹打在他脚边。康纳拔腿就逃。他知道答案了：有人要杀他。

第十三章　新的敌人
`1942年11月`

距巴丹陷落后逃入丛林：第八个月

乔治亚州，温德尔（Winder）
1942年11月7日

亲爱的汉普顿先生（Mr. Hampton），

　　我和克雷是好朋友。我们一起去菲律宾，一同在日军入城的前夜在马尼拉酒店跳舞。巴丹战役中，我和他恪尽职守。巴丹陷落的时候，克雷还活着。我相信他已经成了俘虏，现在应该在马尼拉以北吕宋岛的某个战俘营里。请尝试通过红十字会联系他。

　　此致
敬礼！

陆军航空队上尉
达蒙·J.高斯

　　克雷·康纳渴望学习一切。认识布鲁斯后，他了解到的是菲律宾人对美国人有多好。布鲁斯隶属于第31步兵团，他跟康纳一样，宁愿逃入丛林也不投降。此刻，布鲁斯和康纳正坐在一户菲律宾人家的前屋，吃着鸡肉、米饭和红薯。布鲁斯让康纳看看旁屋的人吃的是什么，康纳揭开布帘子，往里望了望，锅里煮着死耗子。

第三部分：目　标

"你怎能不全心全意帮助做出这样牺牲的人们？"康纳写道。没能够守护好这些民众的美国人吃得如同王者，与此同时，他们却吃着老鼠。康纳掏出了兜里所有的钱，虽然不多，但可以聊表心意。

稍后，就在德洛瑞丝，康纳召集大家商量。太多的美国人聚在一个地方了。根据从菲律宾人那儿得到的情报，日本人已经点名要他的人头。一群美国人在河边洗衣服的时候，公路上突然开来一辆日军坦克，他们好不容易才逃脱。是时候转移了。

康纳、古维、赫伯特和约翰斯往东，去往地处吕宋中部圆锥形的阿拉亚特峰（Mount Arayat）。但是，计划赶不上变化。在路上，约翰斯建议去往一个叫巴库洛尔（Bacolor）的城镇。在他逃脱死亡行军的时候，是那里的一位护士救了他。他告诉康纳："也许她能帮助我们筹集一些资金。"

菲律宾人告诉他们说，镇上驻守着20个日本兵。不过巴库洛尔地方大，敌军的数量相对较少。康纳觉得还算安全。于是，他打算与约翰斯进去，并安排古维和赫伯特在附近一个叫普龙·三托（Pulong Santol）的村子等候。如果五六天之后，他们还没有返回，古维和赫伯特就离开。

康纳和约翰斯在康纳最爱的时间——日落时分入城。"在菲律宾，我喜欢看日落。"他写道，"柔光温暖，映衬着饭锅下面燃烧的竹柴。对于我而言，这代表着快乐人民的简单生活。夜里，孩子们的声音似乎更加清晰可辨，他们总是欢声笑语，不管你走到哪里，都能听到他们唱的'玛利亚·伊莱恩（Maria Ellaine）'。"

菲律宾人在前开路，如果发现日本巡逻队，他们就低声说："delicato（危险）"。在他们的帮助下，康纳和约翰斯从镇西来到护士居住的镇东。这位护士在四十英里以南的马尼拉工作，去一趟或许数日不归。她答应去找她认识的富人募捐。然而，当她两天之后返回的时候，却一分钱都没筹到。富人们以为她是日本人派来的密探，给钱就会被杀。这表明在日本人的淫威之下，人们的行为越来越多地受到恐惧的影响。

信念的旗帜：突出巴丹丛林

当康纳看到巴库洛尔教区教堂的时候，他顿时目瞪口呆。教堂矗立在集市后面，如同一个大写的字母"I"立在一片低矮的民舍中间。这座哥特式的天主教堂已经有一百多年的历史，是一个庞然大物，身处茅屋包围之地，如同皮欧那些精美的书籍一般突兀。康纳无法抗拒进去的诱惑。反复阅读《新约全书》，让他积累了许多关于上帝的问题，萦绕于心。好不容易才找到一个答疑之地。

"我们去教堂吧。"他对约翰斯说，"怎么样？我好久没去过了。"

"我没意见。"约翰斯回答。

教堂被一圈带尖的铁栅栏包围着。康纳敲了敲门，没有回应；再敲，还是没有回应，接着敲，最终，一个菲律宾牧师走过来，并立刻将手指放在嘴唇上。康纳小声地对他说他们想进去。"我们想祈祷。"他说。牧师连连摇头，不行不行不行，不可能。"very delicato.（非常危险。）"他说，"Japons, Japons.（日本人，日本人。）"

康纳回答："听着，我们要进去，去拿钥匙来，我们要进去祈祷。"

最后，牧师屈服了，拿出钥匙，不情愿地领着两人穿过庭院，让他们进入教堂。地面铺着石板，穹顶很高，相对四周竹子做墙香蕉叶做瓦的茅屋，这里的雕刻装饰堪称精美。万籁寂静。康纳沿着过道向前走，全然没在意这座建筑里还有约翰斯、牧师或是其他什么人。他跪下祈祷。

突然，高处传来令人战栗的异响：梁上的蝙蝠扇着翅膀四下乱飞。三人抬起头，然后相互对视。当一切恢复宁静的时候，康纳交叉十指，低下头颅。他写道："我感谢上帝的照应，并为我的朋友、家人祈祷，为菲律宾民众祈祷，祈求战争快点结束。那种感觉很好。"

他还想向牧师请教一些他读《新约全书》时发现的问题，但牧师只求他俩快点离去。康纳坚持己见。康纳写道："他很诧异我会对这些事儿如此上心。"牧师带着他们到了教区办公室的接待室，然后迅速关上所有的窗户。几个菲律宾人也加入进来，仿佛凭空组织起来一堂周日的布道课。但康纳意识到那位牧师只是在走形式。他心不在焉，他的目光从康纳身上飘到窗户再飘到大门。突然，大门洞

第三部分：目　标

开。"该死！"——两个日本兵出现了。两把步枪正对着他们。

　　康纳拔枪就射，一个鬼子中弹倒下，撞在门上，另一人从窗户跳了出去。康纳和屋内的其他人如同弹片四散逃开。他冲过庭院，看到约翰斯正穿过竹篱追杀逃兵，却一头撞在铁丝网上，然后如同弹弓发射的石弹般被弹回，仰面倒地。楼上窗口射下的子弹在他四周激起沙尘。康纳开火还击，然后翻过一道栅栏，在枪林弹雨中冲过一片墓地，躲在一个墓碑后喘着粗气。显然，他和约翰斯被跟踪了。就在他们祈祷的时候，日本人设下了伏击圈。但是，约翰斯到哪儿去了？

　　现在，机枪火力对准了康纳。黑暗中，曳光弹的轨迹让康纳至少知道敌人在哪儿。他回击，却发现双方火力悬殊太大。他别无选择，只能逃跑。他穿过一条泥泞的水渠，接着踏进稻田，最后踏上竹桥，跨过一道运河。在桥上时，更多的枪火照亮了夜晚。"我能听到自己的心跳。"他写道，"就像在一个空旷的房子里用铁锤敲打一大块铁皮一样……我确信敌人都听得到。"

　　尽管康纳侥幸逃脱了巴库洛尔的近距离遭遇——他很快得知，约翰斯也逃脱了——但这不是胜利而是个噩兆。接下来的数月里，这个区域的日本兵像尸体上的苍蝇一样多。此外，康纳第一次知道自己脖子上的人头有了价格：300比索，大约150美元。与此同时，受到威胁的菲律宾人越来越不愿意帮助美国人了。他们被夹在美国和日本之间，恰如政治谚语"象群起舞，小鸡遭殃"的现实体现。他们的太多亲朋都被地板下冒出的刺刀吓坏了。康纳写道："一次又一次，日本人会戳到无人生还为止，只剩不停从地板上滴落下来的鲜血。接着，为了更具戏剧效果以及'教育意义'，他们会将房子一把火烧掉。睡觉都成了恐怖的事。"

　　此外，日本人还对他们认定的通敌平民施以酷刑。这样的暴行与日本宣传的"亚洲人的亚洲"格格不入，他们这个论调的主旨是，小个子黑皮肤的菲律宾人应该与日本大哥联合，而不是与丑陋的美国人为伍。而且，日本人想当然地认为，菲律宾人渴望成为日本领导的亚洲的一分子。但事实并非如此，菲律宾人渴望的是能自由地管理自己的国家。他们对这个"天鹅绒手套"方案不感兴趣，特

信念的旗帜：突出巴丹丛林

别是这双手套里面的双手正掐紧他们的脖子。为应对日本的暴行，一些菲律宾人会在口中含着玻璃片或在兜里揣着刀片，如果被捕，他们会用这些东西扎向敌人的双眼。这充分证明菲律宾人民不是待踩的小鸡，而是活生生的人。

随着1942年接近尾声，在吕宋岛的丛林里，人与野兽的界限越来越模糊……

第十四章　信任与欺骗
1942年11月10日—1942年12月23日
距巴丹陷落后逃入丛林：八到九个月

1943年越来越近，康纳他们却感到遗憾越来越深，希望越来越渺茫。四个月前他在萨马尔兴致勃勃地高谈阔论的游击运动，如今如同过载的轰炸机，无法起飞，美好的愿景已被痛苦的现实彻底粉碎。缺人，少枪，组织混乱，势力庞杂。日本兵在几乎所有方面都占据优势，美国方面甚至没有一个一致的目标。有的想继续抗日，有的则满足于蛰伏，等着美国大军回来拯救他们。一些吓破了胆的美国士兵不仅人逃到深山，他们被战争扭曲的心灵也已经敌我不分。康纳还听说，一个被称作"提巴克-提巴克（Tibuc-Tibuc）"的被俘美军士兵已被日本人释放，条件是为他们充当间谍。据说这样的人不止一个。

"我们是一群吓坏了的乌合之众。"康纳写道，"我们像耗子一样被捕杀，而不是作为美国军人。"与此同时，对于太平洋舰队是否会抵达、下锚，成千上万的士兵是否会登陆前来拯救他们的愿望，已经变成不切实际的空想，为了活下去而自欺欺人的借口。

康纳与其他人不同，他唯一的慰藉就是自己仍然活着。根据几个月来的各种信息，他估计，大约有300多美国人或者躲过了四月的投降，或者从随后的死亡行军途中逃离出来，现在可能还有一半幸存。疾病夺去了几十人，被日本人杀掉的更多，还有少数绝望的人已经自我了断。倒不是说包括康纳在内的许多其他人没有考虑过，或是以后也不会考虑这种选择。

在这样绝望的处境之中，最困难的是，作为美国士兵，你无法分辨敌友。这

信念的旗帜：突出巴丹丛林

可不是美国人习惯的战线分明的传统战争。在杜克大学的体育课上，一个班会直接被分成两队。一队套蓝色背心，另一队着白色T恤。如果玩躲避球，那么蓝队向白队扔球，白队反过来扔就行了。而在吕宋，没人知道其他人是哪方的，他们的目标是什么，或者身旁的人（可能衣服都是一个颜色的）能否被信任。正如老话所说，混乱是战争中心中窜出的第一缕杂草。而在吕宋，这草的生长速度如雨后竹笋一般快。

邦板牙及其周边省份的政治和军事形势如同吕宋的丛林，各派势力关系错综复杂。民族自决主义者（Nationalist）希望维持现存政府的连续性，因此他们希望按照美国承诺的时间表，最终实现菲律宾的独立。社会主义者（Socialist）希望革命，废除地主土地所有制，进行土地改革，解放农民，立刻准备从美国手中独立。

当日本人杀来时，掌权的民族自决主义者成了日本人拉拢的对象。城镇和村社的官员们被允许保留官职，维护既有的法律和秩序，然而究其根本，他们成了日本人的傀儡，在公众眼里，他们就是一群卖国贼，不管这种说法是否公正。"哈克"——抗日人民军开始用枪杆子获取权力。

他们从日本人和美国人那里收集武器。到1942年4月美军投降时，几乎所有菲律宾成年人都有了武器和派系，虽然他们的立场各不相同。对于包括康纳在内的美国兵而言，现在的问题是要像康纳当年在杜克那样，认清谁穿蓝色谁穿白色。这包括分清美国人中间的敌友。

原本就相当混乱的军事形势之上，还有哈克游击队与美国远东军的分歧，虽然理论上他们都是抗日的。但事实也是如此吗？从战术上看，两者完全不在一个层面。巴丹北部索普上校的队伍并不大，但他们的行动都是针对日军的重要战略目标，包括摧毁军事设施、通讯网络和交通枢纽。与此相反，哈克则倾向于小型的突袭，对日军的占领地位影响有限，却容易打动菲律宾百姓，使他们考虑加入哈克的队伍。

另一个不同进一步加深了两支貌合神离的队伍的分歧。作为游击队，美国人需要从头做起，不光要收拢散兵，组建作战单位，还要组织菲律宾支持者，帮助他们隐藏和提供食物。没有群众的支持，游击行动无法开展。

而哈克的本质就是"来自于群众"，因此没有这方面的问题。表面上看，解决问题的方法很简单：美国远东军和抗日人民军（哈克）合并。哈克能从美军那儿学会战斗技巧，美国人则从哈克那儿学到关于这个国家的知识并得到群众的支持。虽然并不是每个人都赞同索普上校的观点，但他坚信政治不能和战争搅在一起。一支强有力的游击队必须是一支只为胜利而战的军事组织，而不是拥兵自重的政治派系。哈克视自己的武器为宝，他们的领袖却并不打算放弃他们的政治主张，尽管他们和美国人打交道时不会大肆宣扬。合作很快陷入僵局。康纳写道："在乡间的社区里，你要么支持哈克，要么就得死。"

在这原本就云谲波诡的地面上，除了五花八门的方言，还有乱上加乱支持日本人的第五纵队——或称为"加纳普（Ganap）"。这是一支由日裔菲律宾人组成的队伍。除了支持"大东亚共荣"战线外，他们谁都不支持。他们的主要任务是刺探情报或者散布假情报。在这乱世之中，为了自己的利益，许多失意的政治领袖、野心勃勃的枭雄或是肆虐已久的土匪占山为王。从本质上讲，他们都是独立的势力，利用国家的混乱谋自己的利益。围绕在鱼龙混杂人群周边的，则是一群骑墙派，看谁占上风就倒向谁。

鉴于这些原因，一支游击队可能由美国远东军、哈克、加纳普和土匪组成，都为了各自不同的目的相互窥探，外加一旁看上去人畜无害却四处嚼舌头的两面派，权力的平衡非常脆弱。就一个白人而言，最有可能是报效祖国的美国战士，但也可能是假扮美国人的德国人，日本人派来的，还有可能是提巴克-提巴克，也就是叛徒。

康纳写道："一切都是一团糟。"问题不光在美国士兵外部，也在内部。

康纳来到了十英里以北的法索斯营地，他对建立起这个营地的比尔（Bill）和马丁（Martin）兄弟敬佩有加。当时有超过70人在此居住，法索斯的关系户能保

信念的旗帜：突出巴丹丛林

证向他们提供稳定的食物和药品供应。但是，随着时间的推移，分歧还是像疟疾一样侵蚀着这个营地。而在康纳看来，这些分歧的本质还是恐惧。

他写道："大多数人都有惨痛的经历，这让他们精神紧张，知道鬼子就在附近徘徊，更是让他们无法放松。"此外，很多人都在遭受疾病的折磨。尽管他们不用与康纳已经习惯了的蟑螂、蝙蝠和老鼠为伍，食物也比很多地方的都要好，但仍然粗糙，难以下咽。

"这些人受到惊吓、饥肠辘辘、发着高烧，经不起哪怕一丁点刺激。"他写道，"而最大的刺激则是关于军衔的。"官兵的冲突已经常态化；如果你几乎一无所有——在游击队就是如此，你更会拼命维护自己仅有的东西。

缺乏交流让情况进一步恶化。八月底，索普上校因为收到的一封信而大发雷霆。这封信是由一个菲律宾人捎来的，写信的人是格莱斯·美林（Gyles Merrill）上校，他在信中暗示说，拥有吕宋游击行动最高指挥权的人不是索普，而是他。后来，美林得知索普的确有麦克阿瑟的亲自授权，才放弃了争权，索普也才平静下来。

在这样的混乱中，一个人要想活下去，模棱两可或许是更明智的选择。然而，作为游击队领袖，这样做却几乎不可能，索普付出了惨痛的代价才明白这一点。据说，索普已经被俘，可能是被一个加纳普出卖的。那个人正是伪装成亲美菲律宾人打入美国远东军内部的。现在，美林成了吕宋游击队的领袖。

一个名叫拉尔夫·麦奎尔（Ralph McGuire）的上尉从俘虏索普的那次扫荡中幸免。他是一位爆破专家。在接下来的四个月里，他策划了多起针对日军桥梁、车队和无线电台的爆炸袭击。然而，最终他也因叛徒出卖被俘。为了警告那些还在活动的美国游击队员对抗日本帝国的下场，他们在中国南海边的城镇博托兰（Botolan）集市的一棵树上挂了一个人头，麦奎尔上尉的头。

如今，日本人在夜里发起袭击。康纳和手下的古维、约翰斯以及赫伯特决定逃往更北边地处林加延湾腹地的菩提小道（Balete Pass）。康纳估计那里的土著或

第三部分：目标

许会友好些。根据地图，那里地形复杂，布满高山深谷和悬崖峭壁，但这样的地形能有效阻挡追兵。

走到第五天，他们抵达马巴拉卡特（Mabalacat）地区。这里几乎是马尼拉和林加延湾的中点，斯多特森堡就在一旁——大约两万日本兵盘踞于此。在这里，康纳再次遇见了吉米·埃斯皮诺的舅舅，也就是他在萨马尔见过的巴勃罗·阿基诺。战前，阿基诺在菲律宾政坛左右逢源。但他的哥哥贝尼尼奥·阿基诺（Benigno Aquino）则是日本帝国的代言人，实际上他当时还作为特使待在日本。虽然哥哥站在日本人一边，但巴勃罗却支持游击反抗。此刻，他正在去一个哈克营地的路上。

阿基诺对康纳一行很是照顾，给他们食物，并警告他们不能继续北上，因为驻扎在甲万那端（Cnabatuan）的日军会扑向他们。

当康纳问起朱利安·帕拉德的去向时，巴勃罗非常诧异康纳还不知道情况。

他说："帕拉德已经死了，被哈克自己的'审查委员会'杀了。"听上去，帕拉德显然背叛了组织，投靠了日本人。但康纳根本无法相信。他相信自己对好人的直觉。帕拉德确实自大狂妄，对支持他的菲律宾人民缺乏尊重，但康纳绝不相信他会是个叛徒。这个消息让他震惊。还有谁可能被诬赖？

巴勃罗·阿基诺说："跟我们走吧。"

哈克们要去东南十五英里的卡那巴（Canaba）沼泽区域，有一个哈克军事委员会的会议要在那里举行。他们向康纳一行保证路上会很安全，会有可口的食物，还能欣赏阿拉亚特峰的美景。据阿基诺说，这一路都是乘船通过沼泽地，因此很轻松。康纳一伙聚在一起商量了一下，然后同意随行。

实际上，此行并不像阿基诺承诺的那样舒适。首先食物并不好，此外道路难行，一路上菲律宾居民对他们也出人意料地冷淡。康纳写道："人们都生活在恐惧之中，我们能看出和感觉到他们受制于哈克，虽然他们想表达友好，却不敢和我们说话和打交道。"

在小镇马加朗（Magalang）以南，康纳、古维、赫伯特和约翰斯被带到一间小屋落脚。康纳看到田野那边的远处有一间有农舍，房前有守卫。他和手下拉好蚊帐铺好毯子，然后聊了一会儿。康纳估计他们会被询问，因为哈克应该对他们所了解的日军动向感兴趣，但没人前来。

康纳的疑惑更深了。随着尔虞我诈的范围越来越大，他对什么都不放心。他溜过田野，来到农舍旁，要求见阿基诺。屋内挤了五十人，都坐在地板上，上膛的武器就在身旁。康纳扫视一周，想从众人的脸上看出他们的意图。

"你是拉姆齐（Ramsey）的朋友？"一个人问道。

"你是说第26骑兵团的拉姆齐中尉吗？"康纳没有见过艾德·拉姆齐（Ed Ramsey），但听说过他的大名。拉姆齐虽然傲慢自负，但是个忠肝义胆的人。

"这就是他所谓的名字。"康纳皱皱眉头。那个哈克继续说："但他不是一个真正的美国人。他是假冒的，是个德国人，日本人的盟友。他来菲律宾假扮美国人，然后搜集游击队的行动情报，然后报告给日本人。"

"你有什么证据吗？"康纳反问。

"我们有权威的证据。"那个哈克回答，"我们发现了他的真实身份，我们知道他就是个叛徒。"

康纳觉得这太荒谬了。"你错了。"康纳回答，"拉姆齐不是德国间谍。"

康纳发现这激怒了众人。

那个哈克说："如果你这样认为，这样为他辩护，那你肯定也是德国卧底！"

这些话如同背后刺来的匕首。关于哈克，索普和其他人已经警告过康纳，但他第一次实实在在地感觉到自己穿着白T恤，哈克穿着对立面的蓝色。不过，他现在身处五十人的包围之中，这可不是翻脸的好时机，更何况卡那巴沼泽四周都是日本人。康纳和他的人如果擅自行动，只有死路一条。这是关于游击战的另一个恼人的讽刺：有时你需要敌人的保护。

次日，康纳几人乘独木舟随着哈克来到一座荒岛上。游击队把这里当作休整地，有众多竹屋供他们休息。哈克要他们四人自己露营。到了岛上的第二天，他们才得到食物——一个哈克士兵丢了几条生鱼给他们。又过了一天，几个衣着光鲜，显然受过高等教育的菲律宾人抵达小岛，径直朝康纳四人走来。

康纳总是尽量地对哈克们表示友好，这毕竟是他们的国家，况且美军和哈克现在有共同的目标：阻止日本人控制这里。但是，现在他已经忍无可忍。他在心里对自己说：要么离开，要么死在这里。

很快，康纳就发现，这些衣着光鲜的人像那天农舍里的人一样，怀疑他是间谍。他们大谈特谈哈克对康纳的支持，又说如果康纳对拉姆齐很了解，那他也一定是个叛徒。还说康纳跟朱利安·帕拉德交情不错，而后者是日本人的奸细。这些都说明了什么？

"即使队伍里有叛徒，那也不是我，不是拉姆齐，也不是帕拉德。"康纳说，"那肯定就是你。"

对方回答："我们不是来找你麻烦的，我们只是想弄清你的真实身份。"

康纳回答："你很了解我的情况。现在，我们只想向你要一样东西：离开这里的交通工具。"

对方告诉康纳那是不可能的。又过了一天，大约有一百名哈克在此集结，军事委员会又开了一天会。他们在会上放出风来：这四个美国人都是叛徒，证据确凿。此外，他们还称康纳他们组织游击分队的尝试是个彻底的失败。为什么？因为他们连自己都没法组织起来。美国人打游击完全就是个笑柄。如果把一伙儿美国人聚起来，不出一周，他们就会为衔职扯皮，为谁干活多谁偷懒喋喋不休。

但他们四人有办法摆脱这些烂事儿，办法就是加入哈克。然后，康纳四人都会被任命为上校，成为一个有目标的游击组织的一分子。

康纳受够了。那天夜里，月亮初升时，趁着守卫打盹，康纳带着古维、赫伯特和约翰斯摸到水边。一个人的剪影浮现出来。是一个菲律宾侦察兵，他了解事情的经过，而且和康纳一样，清楚他们的唯一出路就是逃跑。夜光下，侦察兵划着船，带着四人离开。他们穿过一个叫鱼池（Fish Ponds）的水域，划入一条河中。每当要从桥下经过的时候，侦察兵都会叫康纳他们趴在船底，避免被日本哨兵发现。约翰斯吓坏了，他跳下船，游到河边，消失在夜色中。在一个码头，当

信念的旗帜：突出巴丹丛林

地的菲律宾人告诉他们到处都是日本人，他们不能久留。但他们还是给了美国人香烟、香蕉和一罐猪肉炖豆子罐头。

天亮的时候，他们又向北行进几英里，抵达一个叫米纳兰（Minalan）的镇子。小河两岸都挤满了小屋。在安静的清晨，康纳看到几十位菲律宾人在欢迎他们。他疑惑地想：他们怎么这么快就知道美国人来了？菲律宾民众挥舞着，微笑着。当独木舟靠岸的时候，每个人都收到一个装满食物的篮子。

太阳升起来了，大家情绪高涨。这里的人们听了旧金山 KGEI 电台的广播，说是美国人要反攻了。"我们备受鼓舞。"康纳写道，"虽然一夜未眠，倍感疲惫，虽然由于没能到达北部的目的很受挫，但我们感觉好多了。这些菲律宾人重塑了我对菲律宾人民的信心。"

不过这信心还得接受更多的考验。

第十五章　希望与背叛
1942年12月24日—1943年2月8日
距巴丹陷落后逃入丛林：九到十个月

1943年1月1日

达蒙·J.高斯上尉

乔治亚州，温德尔

亲爱的高斯上尉，

　　通过勒罗伊·柯瓦特的母亲以及杜威·汉普顿先生，我们得知您熟识我们的儿子克雷·克雷。由于您已经写信提及了他的情况，我决定不再占用您更多的时间，因为我估计您已经疲于应付公众关于他们在菲律宾亲属情况的询问了。然而随着时间的推移，我们在菲律宾的战士之命运愈发扑朔迷离，我自然而然地想到向您寻求帮助，因为目前来看，您是这个国家唯一一位与我儿子在菲律宾共事过的人。在此，希望您能提供一些有关他的精神和身体状况的确切信息，至少请提供您最后一次见到他时的信息。

　　如果你了解他的话，你就会知道，监禁和束缚是他最不能承受之事。因此，我对关押他造成的精神伤害的担心，远远超过对他身体伤害的忧虑。虎口脱险的人们都提及了鬼子们世间罕有的残酷和无情，因此大多数人都认为，被俘几乎就等同于死亡。如果这是事实，我们希望克雷能以最慈悲的方式结束生命。那些没有亲人在那儿的人可以轻轻松松说："如果他被俘了，那他还是安全的。"这不过是空话，只能让有亲人在那儿的人更加痛苦。

我们唯一的安慰是克雷天生开朗，有勇气，有适应任何情况的能力。这些品质或许能支撑他承受重获自由路上的一切艰难险阻。我们知道他不是那么容易屈服的。

对于您能幸运地回国，我们感到由衷的高兴。作为美国最优秀的儿女，您实至名归。祝您好运。如果有空回信，我在这里提前表示感谢。

此致

敬礼！

老克雷·康纳夫人

在圣巴西利欧（San Basilio），当地居民想方设法让康纳、古维和赫伯特过上了一个快乐的圣诞节。他们在稻田里搭起一个临时的小屋，把美国人藏了起来。在平安夜，他们带来了康纳他们很久没吃过的鸡肉、米饭、猪肉，以及各种香甜的饮料。

圣诞节当天，村民们专门安排人放哨，让康纳他们安心地观看节日表演：孩子们的戏剧和歌舞。已经成为密友的康纳和古维用塔加拉语演唱的歌曲"*Paru Paru Bukid*（《蝴蝶之歌》）"让全村人听得目瞪口呆。"再唱一首！再唱一首！"气氛异常热烈。康纳和古维也融入其中。

"我们非常愉快。"康纳写道，"我们甚至忘记了鬼子的存在，忘记了战争还在继续。"

虽然新的一年到来了，康纳却不能把战争抛在脑后。他决心去更多的地方，希望能找到一块没有日本人和哈克骚扰的地盘，然后建立自己的游击队。"圣诞节的第二天，"他写道，"标志着我漫无目的晃荡的结束。"

确实如此，康纳决心踏上西行的漫漫征程，翻越三描礼士山脉，前往中国南海边的莫龙镇。他估计那里的日军相对更少，可以尝试取得当地人的支持，进行游击活动。自从与列兵厄尼斯特·凯利在丛林中攀岩翻山开始，康纳就对山区深恶痛绝。然而他清楚日本人也是如此，因此在山区组织游击队，要比在低地平原容易不少。

启程前，康纳先去了趟塔拉。弗朗西斯科向康纳展示了如何安全保存康纳的日记：将日记放入一个防水的竹管，然后埋入地下。克雷和数月前一样，提醒弗朗西斯科他会在战后回来取日记。小镇已经物是人非。弗朗西斯科和玛利亚患中风的小儿子死了。弗朗西斯科的兄弟阿加多去低地务农了。日军巡逻愈加频繁，如同阵风突然来袭，搜查、威胁、折磨和杀戮。之前康纳认识的美国人：斯古雷特勒尔、劳伦斯、凯斯和博伊德，已全部逃入丛林更深处。

游击战的矛盾之处在于：一方面，你需要将人聚在一起战斗；另一方面，部队越大，需要的食物越多，灵活度越低。此外，人数越多，越容易吸引敌人的注意，帮助他们的菲律宾村民的危险也越大。因此，虽然村民们很高兴再次见到康纳和古维，但并不希望他们久留。

让康纳吃惊的是，古维希望留下来，尽管没人对此表示欢迎。因此，只剩下康纳和雷·赫伯特前往莫龙了。"我很失望。"康纳写道，"但我也没有办法。我们都互不统属，因此都是自己决定自己的行动，于是我们握手道别。我与雷一同离开。"

他们俩的向导是一个尼格利陀人，与在塔拉配药水治好康纳疟疾的人来自同一个部落。他的个子矮小，皮肤深棕，光着脚，只在腰间围了根布条。他的头发黝黑卷曲，眼神锐利。他的指甲磨得很光滑，显然是经常挖土的缘故。他背上背着弓和一囊箭。这个小黑人还总是欢天喜地，富有感染力。康纳得知，他的部落曾经统治整个巴丹，后来被赶入丛林深处，他们却也觉得没什么不好，因为他们对于融入哪怕最简单的菲律宾主流文化也毫无兴趣。

他会突然钻入密林，然后手捧一大把树莓返回。他就在康纳和赫伯特前面几英尺带路，然而他们却几乎看不见他。他的深色皮肤让他掩映在丛林的阴影中，无影无踪，如同中了魔法。他会突然消失，当康纳和赫伯特开始担心的时候，他又突然出现，挥着手招呼他们前进。这让康纳入迷，尼格利陀人都令他着迷。他写道："我对他们充满好奇，我想知道他们的一切。"

当夜，向导将他们领到纳提布峰西面的一个尼格利陀人的聚居点。康纳的好奇心压过了他的恐惧。"这些人依靠剥'wauki'为生。"他写道，"那是一种长在地表和地面下，有食指粗细的长藤。树皮被剥成五十码乘三十码的方块。他们先砍下侧枝，留下一根光洁的长藤，然后用利刀将其从中割开。"他们使用这些细条编织藤椅和桌子，然后和山脚下的菲律宾人换红薯或大米。"他们让我惊叹。"康纳说道。尼格利陀人让康纳尝试一下。看到他手忙脚乱地处理藤条，笑声四起。康纳唯一的安慰是他没有把自己的指头切掉。

这些原始人几乎不着片缕，甚至女人也是如此。他们吃植物的叶片和根茎，在竹框架上搭上香蕉树叶，建成小帐篷遮风避雨，睡在火堆旁。康纳和赫伯特在河里洗了澡，神清气爽，也照他们的样子躺在火堆旁。

"他们很快就入睡了，半夜又起来添柴赶走蚊子和丛林里的其他东西。"他写道，"他们一边伸出手脚烤着火，一边聊上一个小时，然后接着睡。我们也起身加入他们。我觉得这是一晚上最有趣的部分。万籁寂静，如同另外一个世界，他们很快乐，欢笑不止……我们参与其中，谈论不同的话题，试图弄明白他们的生活方式：他们的兴趣、宗教和信仰。"

看着马里韦莱斯峰上的层云，康纳感觉到与尼格利陀人相处的另一种预感。"我知道有白人因为闯入尼格利陀人的地盘而被杀。"他写道，"但我心里知道，我有一天会成为他们的一员，他们会把我当成兄弟。"

虽然这些人和唱歌跳舞的兄弟会小子相比，差别大到如同天外来客，但次日离开时，康纳还是感觉有些不舍。他写道："我觉得那些小孩子看到我们走了很难过。"

奇怪的是，康纳也觉得难过。

到了1943年初，麦克阿瑟返回的传言如同冒着泡沫的海浪一轮又一轮，突然激起的希望和沉闷依旧的日子交替出现。康纳觉得短期内这不可能，但希望毕竟是希望，不管有没有依据，至少比没有强。

但是，当他在一个叫奥隆阿波（Olongapo）的地方眺望苏比克湾时，心中仍然急不可耐。大海如此诱人，没有日本人，没有哈克，没有疾病和腐烂的尸体，没有利益交织的政治丛林去斡旋。他想去中国，去澳大利亚。为什么不呢？乘船逃出生天，这种半疯狂的事儿正是好哥们洛基·高斯的风格。

当康纳在莫龙附近的一个海边小镇遇到一个船工时，这个思维的火花变成了熊熊大火。这个菲律宾人的风格狂野。"计划可以被称为'鲁滨孙·克鲁梭（Robinson Crusoe）行动'。"康纳写道。不管多疯狂，这总算是个办法。作为一个计划，这似乎也要比穿越复杂的丛林要容易：那里疾病横行，地形复杂，自然条件已够艰苦，盘根错节的社会、政治和军事因素，也让生存难上加难。两人一船，乘风划向自由。"我认为我们能搞到一条船，然后驶入中国南海。"他写道，"也许我们最终能抵达中国。这看上去太过疯狂，但至少比我们现在的处境要好。"

后来，康纳和赫伯特受邀来到一菲律宾人家中做客。这里可以俯瞰奥隆阿波海湾。主人的家并不豪华，木结构的房屋，里面有床和柳条编制的家具以及两张摇椅。康纳和赫伯特坐在摇椅上，手里拿着冷饮。相较他们之前九个月的生活，这里简直就是佛罗里达珊瑚群岛上的度假胜地。他们听着海浪的起落，椰子树叶的摇曳，望着迷人的海湾和远处碧蓝的海水。"这里是个好地方，有着极致景色。"康纳写道，"我和雷终于放松下来，我们开始倾诉心中的一切。"他们的经历，去过的地方，未来的打算。

他进入丛林已经快一年了。没有投降而是进入丛林，这是个正确的决定吗？大约只有三百人做出了这样的决定，其中大约有一半已经死了，康纳记得梅森上尉预测的生还率是"百万分之一"。就目前已经发生的情况来看，康纳觉得梅森证明了他的先见之明。

"游击战士的生活总是精疲力尽的：生理上、精神上还有神经上——孤独，危险，万事都难。"这是"扬克"·利维（"Yank" Levy）在《游击战》（*Guerrilla*

信念的旗帜：突出巴丹丛林

Warfare）一书中提到的。"游击队员有时必须独自行动，必须隐藏在阴影之中，有时又必须在光天化日之下承受巨大的风险。"

从内心深处，康纳知道乘船离开是个不切实际的幻想，只是将一系列问题换成另一系列问题。他们会缺乏食物和饮水，无法辨别航向，也没有力气划船。此外，过往的日军舰船上的炮手也会乐意对他们这两只瓮中之鳖扣动扳机。

噢！太阳滑入了中国南海。康纳望着逐渐暗淡的地平线，仿佛放弃了去往彼岸中国的想法。

康纳和赫伯特开始与当地人接触，组建游击力量。每天晚上七点，当落日余晖洒满沙滩、茅屋和丛林的时候，当地人会前来报到。"每个晚上，"康纳写道，"（当地领袖）就会带来新人让我们训练。我们让他们宣誓，给他们下命令，分派任务。如果他们没有枪，就让他们自己到巴丹去找。然后，我们教他们如何使用以及藏匿这些武器。他们会在日常工作中为我们搜集情报，因为他们有些人在城镇和军营里为日本人干活。我们一点一点地收集到关于日本人行动的情报。"

康纳的游击行动终于开始有了起色。很快，康纳就对日本人了若指掌：他们有多少卡车、步枪和士兵；他们物资储备在哪里；他们行动的方式和时间。"我们指挥手下破坏桥梁、道路，并安排好人手，一旦美军登陆，我们就切断敌人的退路。"康纳写道。

与此同时，几乎每天，菲律宾的信使都会带来巴丹及其他地区游击活动的信息。在有一天的消息中，提到了拉姆齐中尉——那位被哈克称为德国人的拉姆齐。他正在来见康纳的路上。次日，他抵达了。

拉姆齐带来了许多消息，包括美军的战报——他们确实正在向菲律宾前进。不过康纳仍然将信将疑。他已经有近一年没有看见过美军的飞机。如果美军真的正在杀回来，那么对日军的轰炸不应该已经开始了吗？"不过不管是真是假，"康纳写道，"听到这样的消息总是好的。"

康纳告诉拉姆齐哈克指控他是德国间谍，也指控他自己是间谍的事。拉姆齐

第三部分：目　标

之前并不知道康纳跟哈克的纠葛，但他告诉康纳他曾经被哈克抓住过，而且确信他们想杀掉他，不过他逃脱了。康纳觉得不可思议，好奇哈克怎么会像变色龙一般改变自己的立场，一会儿支持美国，一会儿似乎又开始反对美国。

拉姆齐做出了解释。他以一个低地镇长路易斯·塔鲁克（Luis Taruc）为例，说明那个人是如何利用美国人来获取权力的。1941年12月日本人到来的时候，塔鲁克向索普上校宣誓效忠。他表面上将菲律宾人的怒火都导向了日本人。然而实际上，塔鲁克就是为了给自己贴上一个"挺美抗日"的标签，这样便可以吸引菲律宾年轻人加入他的部队，让其他镇长和警察局长帮他手下的人逃脱日军的普查。

他的目的达到了。然后，这个变色龙开始变色。他的游击队领袖建议把部队的名称改成抗日人民军（Hukbalahap），即哈克，因为这个名称比USAFFE（美国远东军）这个对当地人毫无意义的缩写更能吸引群众的支持。

拉姆齐所说印证了康纳的猜想，他终于明白为什么他和手下总会在遇到哈克一两天之后遭到日本人的袭击。与此同时，两面三刀的哈克还在百姓面前把自己装扮成最忠诚的爱国者。与拉姆齐分别之后，康纳意识到，在吕宋逗留的时间渐长，越难分辨敌我。

半夜，海滩上似乎传来异响。康纳一跃而起，穿上衣服，扣好手枪，循着声响跑了过去。拉姆齐已经出发前往布恩的营地，赫伯特还在呼呼大睡。一群人刚刚撑着独木舟踏上海滩。康纳隐蔽起来，观察到底是敌是友。很快，康纳发现虽然那些人蹑手蹑脚，但其中有一个美国人，显然是在菲律宾人的帮助下刚刚从日本人手中逃脱。

"我走向前，与他们在海滩上照面。他看着我，吓坏了。"康纳回忆道，"我握了握他的手，自报姓名。"

那人有橄榄色的皮肤，漆黑的头发，深邃的双眼，然而却像只被追捕的猎物，瑟瑟发抖，精疲力尽，神情紧张。他嘟囔着说自己的名字是弗莱德（Fred），

信念的旗帜：突出巴丹丛林

并且四下张望,显然仍然担心有追兵。"他一直在发抖,无法放松。看上去,他曾经被殴打关押,然后才逃脱的。"康纳写道,"我看出他不信任我,仿佛我不是他的朋友。这让我很疑惑。"

康纳把他带到一间屋子里。看到康纳的手枪,那人问他是否还另有一把。康纳回答没有。

"我能向你买吗?"

这时,与他同来的菲律宾人靠近了。看到他们,那人匆匆跑到小屋的另外一角。康纳觉得他生病了,或许精神上有问题。后来,那人冷静下来,开始讲述他的故事。他确实是美国人,但有墨西哥血统。他来自新泽西的纽华克(Newark)——康纳的地盘,是跟随陆军航空部队一个追击大队来到菲律宾的。他从死亡行军中逃脱,后又被逮捕、殴打,最后被带到马尼拉湾附近的阿布凯战俘营。后来,他利用开卡车的机会逃离。

康纳向他询问战俘营的其他美国人的情况。他提到了许多人,其中有些康纳也认识。据他说,有些已经死了,剩下的也离死不远。回到所住的房子后,康纳给他安排了一个房间休息。这时,一直在睡觉的赫伯特醒了。

康纳觉得弗莱德很可能是日本人派来的德国间谍。"但是,"康纳回忆道,"弗莱德是个美国人,这点确凿无疑。他了解美国的城市,特别是纽华克区域。我消除了他是间谍的疑虑,相信他真的是从战俘营里逃出来的。"

接下来的几天里,这位新来的人开始放松下来,与康纳和赫伯特相处愉快,脸上也有了笑容。他会说西班牙语,会说笑话,尤其喜欢拳击,时不时就跟赫伯特玩上一两手。

到了现在,康纳等人已经生存了十个月。然而,就在2月10日晚,康纳手下的一个菲律宾游击队员把康纳从睡梦中摇醒。"长官,你必须马上离开。"他说。"日本人来了!"夜色中,三个美国人跌跌撞撞地向丛林中奔逃,一路狼狈。枪声从他们身后传来,他们藏身的村子正冒出浓烟。

短暂停下喘口气的时候,康纳意识到,幸亏他们在奥隆阿波建立的游击组织救了他们的命。如果不是这样,他们三人要么死在睡梦中,要么被俘遭受折磨。他们身后的烟柱和枪声却表明菲律宾人并没有这么幸运。但如果他们没有逃离,只会有同样的下场。

三人继续东逃。最后,他们找到了崎岖小道。这是三描礼士山区唯一东西方向的通道,道路通向东面的巴纳巴(Banaba)。康纳和赫伯特的情况还好,但刚到中午,弗莱德就不行了。他向前栽倒在地上。康纳对这种状况已经司空见惯,知道他应该是得了某种丛林病。他们现在是在尼格利陀人的地盘,康纳找到两个愿意帮忙的土著。弗莱德没法走动,康纳决定把他丢给这两个尼格利陀人,自己和赫伯特则继续逃跑,引开日本人。之后,他们会找人回来帮助弗莱德。

很快,他们抵达布恩中校的一个前哨。康纳叫人捎信给布恩的总部,说有个人需要帮助。次日,布恩和拉姆齐一同到来。他们询问康纳是否确认那人叫弗莱德。得到肯定回答后,他们要求康纳描述他的长相。"身高182厘米,体重175磅,黑色卷发,眼眶深陷,骨瘦如柴,神情紧张,皮肤是橄榄色。"

拉姆齐和布恩互望了一眼。拉姆齐说:"是提巴克-提巴克。"

康纳不由得眉头一皱。"你的意思是,他就是那个美国叛徒?"

"是的。"布恩回答,"是被日本人释放出来刺探美国人活动的叛徒之一。"

康纳大怒。

当他们三人抵达的时候,那两个尼格利陀人说那个人早走了,他们当然也没有试图拦着他。他毕竟也是个美国人,为什么要阻拦他呢?拉姆齐告诉康纳,那个叛徒已经害死了不少美国士兵。

"我听得越多,就越生气。"康纳写道。他在奥隆阿波组织和训练的人可能大部分都死在日军的那次突袭中了。显然,日本人是在"弗莱德"的带领下来到美国游击队的隐藏地的。

康纳意识到,你能逃脱敌人,却不能逃脱内疚。"我告诉(拉姆齐和布恩)我会在Z字小路埋伏,因为叛徒可能会带着日本人前来,我会在这儿等着要他们

信念的旗帜：突出巴丹丛林

的命。"康纳写道，"我要报仇。"

　　康纳在那里等了一周，但提巴克-提巴克没有出现。康纳返回布恩的营地，仿佛自己是手上沾满鲜血的凶手——害死许多菲律宾游击队员的凶手。他估计他们都死了，都是因为他放松了警惕。康纳不喜欢失败，尤其不喜欢自己造成的失败。

　　在北部平原上的奥唐纳集中营，已经大约有比死亡行军多一倍的美国人死去。这个营地是一个充满疾病、酷刑和绝望的深渊。然而幸运却向巴托中士展开了笑颜。在1942年8月至1943年1月间，日本人释放了奥唐纳集中营所有的菲律宾战俘，当然是还活着的，大概是原本五万人的一半。释放的前提是他们签署一份誓言，绝不再违反日本政府的法律。巴托中士签署了，尽管他另有效忠对象。

　　他回到已被疟疾和痢疾肆虐得满目疮痍的家乡萨班巴托。很快，巴托也被疾病侵袭，在死亡边缘徘徊。几天，几周，数月，他的妻子全力照顾他，渐渐帮他恢复健康。病愈之后，他询问起他从莫龙带回的宝贵物件。她把他带到家里的储物箱旁，拿出放在里面的枕头套。

　　军旗还在里面。

第十六章　猎物
1943年2月—1943年3月

距巴丹陷落后逃入丛林：十到十一个月

康纳第一次遇到鲍勃·迈尔修（Bob Mailheau）的时候，鲍勃的头正被一把手枪顶着。康纳之所以知道这点，是因为拿手枪的人正是他。

那时康纳正在低地招兵买马，准备重整旗鼓。其他游击队的业绩不比他在奥隆阿波的好多少，都是从欣欣向荣开始——招募到相当规模的部队，最后却仓皇逃窜，一败涂地。

赫伯特决定与一名也叫布恩的下士以及威廉·加德纳（William Gardner）结伴前往别处。谁又能责怪他呢？康纳也没有证明自己就有好运气。不过性格活泼的强尼·约翰斯愿意与康纳一组，陪伴着他度过疟疾复发的日日夜夜。

很快，布恩和拉姆齐回来了。过了几天，康纳偶然遇到过的艾尔弗雷德·布鲁斯领着一个叫汤米·马斯格罗夫（Tommy Musgrove）的士兵跌跌撞撞地来到他们的营地。据估计，驻扎在当地的日军人数已经从20人上升到70人。2月22日，大约五百名日本兵将北迪纳卢皮汉低地地区的游击队都赶跑了。康纳他们的小茅屋被付之一炬，他们差点没能脱险。布恩的营地被围攻。在法索斯营地，十数名美国人被俘，全被带往战俘营，多数不会生还。

到了这个时候，尽管大约只剩100～150名美国游击队员，但其中大多数都在低地地区。康纳觉得太多人集中在一起很不安全。是时候分开行动了。也是时候重新组队了。康纳决定和拉姆齐搭伴。康纳希望约翰斯也能与他们同行，但约翰斯和拉姆齐合不来，因此婉言拒绝了。在康纳看来，拉姆齐的确有点自以为

信念的旗帜:突出巴丹丛林

是——让他想起自己以前照镜子的时候在镜子里看到的人——然而拉姆齐强悍，聪慧，是个可靠的旅行同伴。他们俩先向北再往东，来到康纳从没有到过的区域，抵达林加延湾地区邦阿西楠省（Pangasinan）的纳蒂维达（Natividad）小镇外围。这时，一个菲律宾人突然出现在夜色之中。

"你们见过鲍勃了吗？"他用生涩的英语问道。

"哪个鲍勃？"康纳反问。

"跟我们一起住在村子里的美国人。"

不管这个"鲍勃"是谁，他显然失踪了。那个菲律宾人示意康纳他们和他一起去查看他称为鲍勃的那个人的藏身处。康纳和拉姆齐拔出枪。那人爬上竹梯，进入一间茅草房，并示意他们跟上。康纳小心翼翼地爬上竹梯。拉姆齐留在下面放风。月光下，康纳发现屋子是空的。是陷阱吗？那个"鲍勃"是叛徒？那个菲律宾人向里屋点了点头。康纳紧盯着那个菲律宾人，侧过身，慢慢退到里屋门口，向里面瞥了一眼，发现一个人正躺在地板上。康纳在那人面前跪下，端着枪，半扣扳机，一字一顿地说："不要动，否则要你的命。"

那人全身一抖，惊醒过来。"别开枪！"他说，"我是美国人！"他一边说一边友好地张开双手，原来是个英俊的小伙子，看上去很像运动员。"你好，"他说，"我叫鲍勃·迈尔修。"

康纳犹豫了一下，然后伸出手。"你好，"他说，"我叫山姆·怀特（Sam White）。"

这个化名可能是拜叛徒"弗莱德"所赐，康纳估计那家伙还在追踪他；也可能只是为了迷惑日本人，因为日本人相信康纳是最近才被一艘美军潜艇送到吕宋，为美国反攻做准备的特工，有数百日军正受命抓捕他，希望能有机会审讯他；也可能是因为康纳在新泽西的电影院看过那么多电影的缘故，正如迈尔修后来对采访者所说的一样："也许他的确有这个'山姆·怀特'的风格，因为他成长过程中从大屏幕上看到过那样的人物。"

第三部分：目　标

不管怎样，康纳新编了个化名，而且之后还会用到很多次。康纳后来说，这是为了自保，是从"山姆（Sam）大叔是白（White，怀特——译注）人"想到的。至于他用过多少次这个名字，并无记录，但当信任越来越稀缺时，康纳开始保护仅有的信任，即使使用假名也在所不惜。

与此同时，康纳很快就开始信任新同伴鲍勃·迈尔修。实际上，当康纳得知迈尔修是好莱坞人，距离电影明星米奇·鲁尼（Michey Rooney）的家只有几个街区之遥时，就对他入迷了。康纳向他问了一连串和明星有关的问题，都是他母亲一定会问到的问题。你遇见过鲁尼吗？他是什么样的人？你还见过谁？

康纳后来得知，迈尔修来自克拉克机场的第24追击大队。死亡行军途中，他后脑勺上被日军用枪托打了一下，现在几乎已经痊愈。他是在马里韦莱斯被俘的，被强迫走了一周，并在瓜瓜（Guagua）西南一个休息点逃入丛林。他跟大多数俘虏一样，身体状况非常糟糕，但他还是勉力到达了圣费尔南多。在那里，一群天主教修女救了他。由于圣费尔南多也在死亡行军的路线上，所以许多日军在附近搜索逃跑者，但他们没有找到迈尔修。修女们把他藏在阁楼里面，她们也找不到更安全的地点。他只有72磅，不到他正常体重的一半。

迈尔修的父亲是洛杉矶警局的刑事警监。鲍勃在好莱坞读高中时是田径明星，赢得了南加州大学的奖学金。他喜欢舒适的生活。实际上，他之所以参军来到太平洋地区，是因为他不想到欧洲区参战。"他并不适合战争。"康纳写道，"他也不想来这里。"然而，既然无奈地身陷此地，他也不想一直躲在藏身处。他会与康纳和拉姆齐同行吗？

至少康纳希望如此。然而拉姆齐反对，不过最后同意带迈尔修走上一段。迈尔修告诉他们，那里还有一个美国人，叫乔·多纳希（Joe Donahey），他自己在干涸的排水沟里建了一个藏身处。康纳去见了他。

"我叫乔·多纳希。"他伸出手，"来自爱阿华州的东杰洛皮（East Jalopy）。"他个子不高，大约一米七，瘦得皮包骨头，估计只有120磅，他衣衫褴褛，破旧的衣服松散地挂在身上，如同沼泽里的苔藓，他杂乱的头发估计已经数月未剪。他

信念的旗帜：突出巴丹丛林

没有枪，但却戴着一顶帽子，这一点比较少见。"那顶帽子扣在他的头上，把他的脸都挡住了，帽檐上被划了很多口子，他好像就是通过这些口子向外张望的。他觉得这样会让人认不出他是个白人。"他有着双重性格，嘴巴如同关不紧的水龙头，时不时冒出些阴阳怪气的讽刺，"今天多美妙啊，可不是嘛？"然而，他又没法完全放松下来，总是疑神疑鬼，觉得这棵杧果树或者那个草屋后面会蹦出个日本兵来。

多纳希也是从死亡行军中逃出来的。对于一个被人认为"害怕自己影子"的人来说，这样的行为相当勇敢。不管怎样，他加入到三人组中。四人的目的地是邦板牙省一个叫巴纳巴的村子。那里有一户姓哈丁（Hardin）的家族待美国人如上宾。在路上，康纳和拉姆齐的不同之处展现出来。康纳喜欢鲍勃和乔。"我喜欢他们两个。"他写道，拉姆齐却觉得他们俩是包袱。"拉姆齐觉得他们就是浪费粮食的，希望把他们俩甩掉。"康纳写道。

康纳喜欢跟人打交道，喜欢他们不同的个性。但根据他的观察，拉姆齐并不如此。拉姆齐不喜欢与鲍勃或乔聊天，而是"忙着跟菲律宾人打交道，总想显示出自己是领袖，正在执行重要的任务之类的"。

巴纳巴为饥肠辘辘的美国士兵提供的不仅仅是食物。在这里，康纳一行遇到两个家族：哈丁和拉曼兰（Lumanlan）。时间证明，他们待美国人如亲人。

哈丁夫人大约65岁，有十三个孩子，对日本人没有一丝好感。她比一般菲律宾妇女更高大，身高一米五七，身体圆润。"她的笑容很好看，很温暖。"康纳写道，"她的脸圆圆的，嘴里一颗牙都没有。她总是光着脚，无时无刻不在吸烟。她叫我们儿子，毫无疑问，她爱我们，视我们如己出。"

拉曼兰家族的人尽管有些戒心，但对康纳他们也是极好的。古德弗雷德·拉曼兰（Godofred Lumanlan）是这个村子的村长，因此受到日军巡逻队的严密监视，日本人也许怀疑他会资敌。他每天都到林子里砍柴卖给日本人，但他挣来的钱都拿来帮助美国人了。他和很多菲律宾人一样，知道他们的自由取决于美国人

第三部分：目　标

能否反败为胜，而美国人需要他们的帮助。此外，他也清楚日本人的宣传都是空话，他们占领菲律宾后奸淫掳掠，却自称"菲律宾人的领袖"，这是十足的虚伪。

拉曼兰有几个儿子，其中一个名叫德莫克里托（Democrito），十七岁，差点成为美国游击队的一员。当康纳一行心怀对两家人的感激继续北上时，多纳希没有跟随，他觉得与其在可能有日军出没的稻田等未知地域跋涉，不如留在巴纳巴。

康纳、拉姆齐和迈尔修的目的是北部低地的斯多特森堡，因为那里能找到食物。斯多特森堡附近是他们到过的最危险的地方，在这个前美军基地里面，驻扎着数量众多的日本兵。安全穿越此地如同穿过杜克校园而不遇到学生一样困难。然而两个美国人，威尔伯·杰利森（Wibur Jellison）中士和查尔斯·内勒（Charles Naylor）中尉，却在军营西面有个藏身之处，他们可以帮助康纳一行安全通过这里。因此，康纳三人在一处悬崖边的藏身处找到这两人。那地方林木茂盛，难以察觉。

客人们受到了稀有的款待：日本清酒。康纳婉拒了。他说，喝酒、武器和敌人这三样混在一起，不会有好结果。拉姆齐则没这个顾虑，把康纳的酒也一同喝了，接着就口不择言起来，质疑康纳与哈克的关系。他说如果康纳没和哈克打成一片，他们根本不可能让他逃脱。

康纳反唇相讥："那就奇怪了，你不也逃脱了吗？这么说来，你也跟他们打成一片？"康纳的反击将火花爆燃成森林大火。最后，康纳说他受够了。

"如果你受够了，"拉姆齐讽刺道，"你咋还不动手呢？"

康纳倒是想。他想过拔枪，但那样太疯狂了。这时，彪悍的杰利森出来打圆场。"你们都喝多了。"他说，"去睡觉！"

康纳睡不着。他认为，对于目前的正义事业来说，最重要的是忠诚，但拉姆齐质疑他的忠诚。事实上，他已经叫康纳叛徒。次日一早，拉姆齐道了歉，甚至请求康纳原谅他。康纳点头表示原谅，但尽管理智上原谅了，心里却依然愤怒和疼痛。拉姆齐改变主意，打算往南去马尼拉，康纳则想去北吕宋日本人和哈克都没有染指的地区。在一处溪流洗漱的时候，康纳碰到迈尔修。康纳告诉他自己要跟拉姆齐分道扬镳。鲍勃说他也是，他要跟康纳走。

拉姆齐和康纳的矛盾或许是因为他俩太相似：都是那种争强好胜，梦想自己大权在握，颐指气使的人。虽然像康纳和拉姆齐这般剑拔弩张的争论并不多，但游击队员吵闹的时候和抽烟的时候一样多。

"在一个团队里面，激起怒火的小事儿太多了。"逃脱死亡行军的列兵里昂·贝克写道，"被迫身处这种紧密依存的关系中，个人习惯很容易激怒他人。结果就是对什么都抱怨，抱怨别人晚上起夜打扰他人，甚至抱怨别人抽烟的方式或吃饭的习惯。"

白天越来越热，晚上却寒意袭人，人们不得不摘叶子和挖洞保暖。他们会用树皮等制作火绒，用石头和铁片打出火花来生火。然而如果是雨天，特别台风来临时，生火几乎不可能。"风暴来了那就真没办法了。"贝克回忆道，"身处黑暗之中，没法生火。一句话，极其悲惨……"

不仅如此，黑暗丛林带来的孤独感侵蚀着他们的神经。从理论上来讲，一年只会有十二天是完全黑暗的。但对于贝克这样的逃亡者，一弯孤月对于赶走漆黑的夜晚没有任何帮助。"有些时候，我如此渴望看到光亮，几乎要疯掉。"他回忆道，"黑暗让我恶心和厌倦……那是一种可怕的孤独。"

他们面临的挑战还包括适应新条件，改变过去的习惯。"我们没有牙刷牙膏，没有厕纸，没有锅碗瓢盆，没有保暖散热设备。"贝克写道。

时间久了，没有生活必需品的焦虑像钳子一般挤压着每个人：自己什么都没有，知道敌人就潜藏在丛林里，不知援军何时才能来到，还有让你陷入数周高烧寒战的疾病，以及各种丛林里溃烂病，真菌感染、香港脚、皮肤脓包等。这些都是无言的挑战，要么适应，要么灭亡。适应这里的文化，这里的气候，这里的地形，这里的一切。否则，你最终只能成为这些的牺牲品。

有一次，贝克一行正在帮助一户供养他们数月的菲律宾人搬家。就在翻山的时候，一个叫卡希尔（Cahill）的士兵拒绝抱着这家的小孩前进。

第三部分：目　标

"你个王八蛋，"贝克骂道，"这位女士生孩子的那天还起来舂米给你吃。你要么给我抱起孩子继续走，要么给我死在这里！"那人坐在路上，哭成一团烂泥。

最后，他还是照贝克的意思做了。到了大山的东侧，贝克又因为蚊帐的问题和卡希尔吵了起来。卡希尔受不了了，他说服一个哥们与他共同行动。他们俩走到临近的佛罗里达布兰卡（Floridablanca）。他们接下来的行为证明，一年的丛林生活已经超出了某些人的承受极限——他们向日本人举手投降。

丛林里信息交流并不准确。尽管有所谓的"竹子电报"——徒步穿越丛林传递口头或书面消息的菲律宾信使——但他们没法确保自己就不记错或是漏掉消息内容。现在已是1943年3月，竹子电报传来越来越多的消息。一个菲律宾信使告诉康纳和迈尔修前面还有两个美国人，他们是哈克成员巴勃罗·阿基诺的手下，一个很高，另一个非常非常高。听起来像是弗兰克·古维和195厘米高的艾迪·凯斯。新年那天之后，康纳就没再见过他俩。康纳派信使去问那矮一点人的姓名。半个小时以后，信使拿着一张纸返回，上面潦草地写着"弗兰克·古维"。

这简直是稻草堆里找到针的概率。康纳居然遇到他最喜欢的哥们了。看到弗兰克的时候，康纳非常高兴，古维也是如此。自从十周以前与康纳分开后，古维和凯斯遇到了数不胜数的麻烦。日本巡逻队，第五纵队的间谍，当然还少不了死亡。一个叫曼恩（Mann）的士兵在被俘后被杀；康纳初入丛林时的伙伴凯利也没能幸免。"我听了很想吐。"康纳写下了自己听到那个消息时的反应。

古维和凯斯也打算向北走。阿基诺（1942年9月与康纳和古维在萨马尔见面的那位）听了康纳的计划后，表现出不以为然。他希望康纳一行跟他去南面沼泽的哈克营地，面见军事委员会，申请给他们升官。康纳已经体验过哈克沼泽里面的"升官"了，他们坚持向北。曾经是康纳盟友的阿基诺如今听起来像个老调重弹的推销员。

"你过不去的。"阿基诺说，他表现出对康纳一行的安危非常担心，告诉他们不会有哈克向导给他们带路；北面新怡诗夏省（Nueva Ecija）的甲万那端

信念的旗帜：突出巴丹丛林

（Canabatuan）地区的菲律宾人是支持日本的，而且康纳他们的人头已经涨价了，意味着他们的风险也更大了。"没有一个帮助你们的交通网，你们是不可能穿过那个区域向北的。"阿基诺说，"跟我们去南方吧。"

愚我一次，其错在人；愚我两次，其错在我。康纳、古维、迈尔修和凯斯打点行装出发。

向北！

康纳又病倒了，宛若一只疟疾缠身，却有九条命的猫。众人都打趣说，他早就该病死了。现在夜色已经降临，他们正在去劳拉的路上，康纳已经无力前进。古维弯下腰，把他背起来。

"克雷，有我呢。"他用他的大嗓门安慰道。

"不行不行。"

"我们得继续走啊。"古维回答，"黑暗是我们的好时光，不能浪费。"

古维背了康纳整整一夜。这与康纳在丛林的第一天真是天壤之别，那时他除了被抛弃感别无所有。你能在这块土地上遇到各式各样的人。有的救你的命，有的想要你的命，还有的则完全不在乎你的死活。

他们抵达劳拉，也是他们到达的最北端。一户人家允许他们睡在地板上。当他们醒来的时候，天就快要亮了，面前有四个衣着光鲜的菲律宾人，正坐在一张长椅上盯着他们。房子的主人已经不见踪影。

"你是镇长吗？"康纳生硬地问道。

"是的，你怎么知道的？"

"从你的衣服看出来的。"

康纳看了看四周。有什么不对劲，而且与他的身体无关。透过窗户，他发现外面异常安静，即使礼拜天也不该这样。

他的语气开始咄咄逼人。他说："我们不会投降的，你是在浪费时间。"

那四人一脸惊诧。康纳先发制人了。镇长开始吹嘘战俘会受到善待，还提到了索普上校、贝克上尉、麦奎尔上尉和拉姆齐中尉。康纳发现这家伙显然没做足功课。麦奎尔的头还在博托兰示众过呢。康纳告诉那个镇长，他几天前还跟拉姆齐在一起。

镇长反驳说："日本人知会我拉姆齐已经被捕了。"

康纳发现了这句话的问题：日本人知会我。听起来这家伙与敌人是一伙的。通常，日本人都是用刺刀的刀尖知会菲律宾人的。当那几个官绅离开后，康纳低声对其他三人说道："我们得赶快离开。"他们的头上都有大价钱，某个菲律宾镇长显然正急着领赏。

尽管时间还早，气温却在渐渐升高，局势也在恶化。外面，村民们都呆呆地站着，似乎在等待什么的发生。他们下了楼梯，四散查看情况。一个菲律宾人满面焦急地示意他们向南走。

"Japon! Japon! Japon!（日本人！）"古维大叫一声，四人没头没脑地就往南方跑。

枪声四起，机枪扫得尘土飞扬。四人如同丢入火堆的鞭炮一下炸开，四散隐蔽。逃出村子不到四分之一英里，他们就落入五十人的日本巡逻队的虎口。康纳高烧伴着恐惧，但头脑还是清楚。他立即知道他们被出卖了。这是个陷阱，那些菲律宾人把他们送进了陷阱。

但是，当他们准备往回逃的时候，康纳意识到自己完全错了。北面的日军远多于南面。"屋外的菲律宾人给我们指的是敌人最少的方向，他们真的是想帮助我们，但那个镇长就是另一回事了。有一天，我要回到劳拉结果了他。"

不过现在康纳要集中精力，想办法从日本人手里逃脱。为了轻装逃跑，他把包括杰科在内的背包丢在一个竹丛中。比拼耐力、意志和决心的时候到了。他看到包围圈的一个缺口，开始穿过齐胸的芦苇冲过去，如同被追杀的猎物。

康纳在潮湿闷热的空气中醒来，发现自己处在一种从未经历过的迷蒙状态中，比他在马尼拉回力球俱乐部的几次宿醉都更厉害。他仿佛是被活埋了。全身

信念的旗帜：突出巴丹丛林

僵硬，压在泥土之下，喉咙冒火。蚊子盘旋着，想找到他暴露的皮肤大快朵颐，然而面对全身是泥的康纳却无处下口。

他在哪儿？发生了什么事？他是被活埋了吗？不是的，他的意识渐渐恢复。他是自己把自己活埋了。现在记起来了，为了躲过日本巡逻队伏击他们之后的数日追踪，他挖了个坑将自己埋了起来，依靠一根芦苇秆呼吸。要么如此，要么只有对着头开一枪，这个主意他也曾考虑过。

他躺在泥土下面时一定昏迷了或是睡着了，也可能两者兼有。接着，康纳昏昏沉沉地扭动着爬出泥坑，滑到一条小溪边。突然，一个人抓住他的手臂，试图将他扶上一条小船。这要么是把他送往安全地，要么杀了他，带着他的尸体去领赏。

第四部分
坚 持

RESOLVE

第十七章　逐渐麻木
1943年5月

距巴丹陷落后逃入丛林：第13个月

1943年5月7日

亲爱的康纳夫人：

　　战争部的记录显示，您的儿子亨利·C.克雷少尉，编号O-429144，陆军航空部队，于1942年5月7日在菲律宾群岛的军事行动中失踪。

　　我充分理解您的担忧和深切的关心。一旦您儿子的情况有任何改变，我们都会立即通知您，您无须进一步要求。遥远的战场局势瞬息万变，某些战斗发生在与世隔绝的区域，敌人给我们带来沉重的压力，让我们日夜担忧我们所爱之人的安全，我们对此深表遗憾。

　　此致

敬礼！

中将J.A.尤利奥（Ulio）

战争部副部长

　　菲律宾男孩飞快地向左右望了望，好像在确保不被人看到。他把康纳弄进小船后，立即把手伸进一只口袋里。康纳虚弱得连伸手去掏自己的枪的力气都没有。经历了这么多，居然会死得如此窝囊：要他命的是他一直信任的菲律宾人，

信念的旗帜：突出巴丹丛林

而且还是个小孩儿。

"Tubig（水）？"年轻人从包里拿出一个水壶递给康纳。

康纳眨巴眨巴眼，惊讶地微微偏头。但他还是将信将疑地喝了一大口。"我的名字，"菲律宾男孩一本正经地说，"叫马可·波罗（Marco Polo）。"康纳哭笑不得，也不知道这家伙是个哈克还是什么，只知道他好像是友非敌，事实上可能还救了他的命。

菲律宾男孩带着康纳顺流而下几英里，抵达一个安全区域。"no Japon（没日本人）"，然后就和他说再见。康纳握着他的手："谢谢你，波罗先生。"

康纳必须尝试联络其他三人：古维、凯斯和迈尔修。当然，前提是他们逃出了日本人的魔掌。他最后听到的是弗兰克的尖叫"我中弹了，我中弹了"。根据北极星，康纳在夜里辨别方向，朝着他觉得那三人逃脱之后可能所在的方位前进。半路上，一个菲律宾人给他指了路，说还有两英里要走。

夜静悄悄的，但作为游击队员，你绝不能放松警惕，一直得小心背后，因为你始终是个被追杀的人，被捕就等于被杀。加万·道斯（Gavan Daws）在他的书《日本人的战俘：第二次世界大战太平洋战区的战俘们》（*Prisoners of the Japanese*: *POWs of World War II in the Pacific*）写道："做日本人的战俘如同得了20世纪版本的黑死病——黄死病。"虽然日本人也签署了日内瓦公约，但他们显然不把公约当回事。在德国人的战俘营，战俘的死亡率仅有4%；而在日本战俘营，死亡率高达27%。

美国游击队员自然知道日本人的手段，不过康纳还是希望能找到古维。他发现自己如同在塔拉反复读了《圣经》以后那样，不再恐惧了。

"我感觉孤独。"康纳写道，"经历了那样的一天之后尤其孤独。"然而现在我却不是特别担心，也不害怕。经历了如此多的痛苦和疾病之后，你似乎失去了意识，对于恐惧已经麻木。你的内心有了一种抵抗力，一种挑战性，你好像在等着麻烦找上门，等着直面他们。"

在一个村子附近，康纳听到声响，就躲在一棵香蕉树的叶片下，以免暴露在月光下。几分钟之后,他听到了熟悉的声音。一个美国人正在到处都是日本人的地方毫无顾忌地大声说话。毫无疑问,那是他的哥们弗兰克·古维。

古维看到康纳的时候,一把将他抱住。"他不停地拍着我的背和肩膀,还紧紧抓着我的手臂。"康纳写道,"我从没见过他这么高兴。我知道我有了一个一生的朋友。"实际上,弗兰克以为自己中弹了,结果不是子弹,那疼痛来自飞散的竹片或者石子儿。

他们俩都不知道迈尔修和凯斯的情况。然而数周之后,他们再次遇到迈尔修,他安然无恙,而且说凯斯也平安。通过竹子电报,迈尔修听说凯斯躲在东北的康塞普西翁（Concepcion）附近。康纳和古维还遇到了阿尔弗雷德·布鲁斯中士和列兵汤米·马斯格罗夫。他们也加入康纳向北的队伍。一天夜里,一户当地居民邀请他们吃晚饭,肉片在油上煎得嗞嗞作响。康纳他们已经好久没看到过这样的场景和闻到这样的味道。康纳、古维和布鲁斯都对美味赞不绝口,但古维很快就后悔了——布鲁斯告诉他刚才吃的是狗肉。古维跑出门,吐了。

接下来的几个月中,康纳和大家一起,又逃过了一次类似劳拉那样的伏击。而且康纳又撑过了一次疟疾发作。他听说康塞普西翁附近那些帮助过他们的菲律宾人家都被日本人杀了——孩子都没能幸免。而且他还差点失去古维。弗兰克希望与归队的凯斯搭伴,而康纳正准备回巴纳巴去。当康纳向古维道别的时候,发现弗兰克对这个新的组合特别不满意。

"要不你就跟我们走?"康纳问。

古维说:"我和鲍勃合不来,我觉得他不想跟我一路。"

"鲍勃的喜好对我没有影响。"康纳安慰道,"弗兰克,我对你除了尊敬就是尊重,与战争中遇到的其他人相比,我更愿意跟你在一起。"

古维愣了一下,然后伸出一只手。"那好,"他说,"我们就黏在一起,直到战争结束吧。"

于是,康纳、迈尔修和古维启程去巴纳巴。1943年9月3日傍晚,他们抵达

信念的旗帜：突出巴丹丛林

詹姆斯·哈特中尉的藏身地。哈特在巴纳巴镇后面的山上挖了个洞，开战以来一直躲在这里。到了夜里，布鲁斯和马斯格罗夫也出现了。

哈特来自加利福尼亚州的沃森维尔（Watsonville），深色头发，英俊潇洒，而且康纳觉得他非常有才。像康纳一样，他也是少数选择宁愿逃入丛林也绝不投降的人。在低地一个菲律宾人的帮助下，他获取了大量书籍、地图和图表。有人会为他带来马尼拉的报纸，以此为根据，他在地图上标注了各地的战况。菲律宾人告诉康纳，不知何故，日本人一直没有发现他的藏身地点。

康纳对此大为赞赏。除了在皮欧富人的私人图书馆和那栋俯瞰奥隆阿波湾的民舍以外，这是第三个让康纳希望能待到战争结束的地方。然而就在那天晚上，康纳感觉到一种少有的不安，仿佛丛林里布满了眼睛，正窥视着他们。

如今，他的生活就是不停地转移，即使夜里躺下来，也会感到脆弱难安。受够了，康纳找到菲律宾人向导，要求他带路离开哈特的营地，去往丛林深处。菲律宾人满脸疑惑，日本人从来没有到过这里，而且夜里穿行丛林既困难又危险。

"克雷，我们就待一晚。"精疲力尽的古维劝道。

"不行，我们不能在这里过夜。"康纳固执地说，"要留你留，我要走。"那位当地人最终同意领着康纳潜入黑暗。古维和布鲁斯不情愿地跟上了，马斯格罗夫则留了下来。

次日一早，当康纳三人在新的落脚点醒来的时候，詹姆斯·哈特中尉和马斯格罗夫已经命丧黄泉，那里的菲律宾人和所有的书籍都被大火吞噬。扫荡中，还有一个美国人和两个菲律宾人被俘。哈特最开始还用他的点四五手枪还击，当他意识到敌众我寡的时候，他像日本人那样——对着自己的脑袋开了一枪。

稍后，三人组还没从刚刚听到的消息中回过神来，就在巴纳巴附近遇到村长的儿子德莫克里托。他带来的也是坏消息：与克雷闹过矛盾的路易斯安那州的劳伦斯死了。德莫克里托看到了一部分过程，剩下的部分是听到的。劳伦斯正在穿过一片积水的稻田，突然道路上飞来一排子弹。日本兵散成弧形将劳伦斯半包围

第四部分：坚　持

起来，端着枪瞄准他，然后慢慢地蹚水靠近。劳伦斯举手投降。

十来个对他开过枪的日本人打他，踢他。然后，他被带到当地日军总部，指挥官是田中大尉（Captain Tanaka）。劳伦斯遭到拷问，但田中显然对劳伦斯的回答不满意。他命人将劳伦斯绑在一根木桩上，双脚悬空，灌了他一肚子水。接着，随着田中的一声令下，士兵们用扫帚杆粗细的硬木棍猛击劳伦斯鼓胀的肚子。在这样的打击下，劳伦斯五脏俱裂，水从每一道裂口中迸流出来。劳伦斯仍然不示弱。田中黔驴技穷，抽出长刀，一刀怒斩，将劳伦斯砍成两段。

至于雷蒙德·赫伯特，也就是在奥隆阿波与康纳做伴，曾打算和康纳一同划船去中国，一同观赏苏比克湾的夕阳，一同谈心的赫伯特，他没有死在日本人手里，却死在哈克手中。赫伯特在打拉省北部被捕，被套上所有美国人都被套上的罪名：叛徒，然后被枪杀。

哈特、马斯格罗夫、劳伦斯、赫伯特——康纳认识的战友纷纷倒下。与此同时，还有许许多多菲律宾人，为了保护他们而牺牲。帮助康纳一行通过斯多特森堡的内勒和杰利森，也在日军的扫荡中仓皇逃走，内勒手臂里还留着一颗弹头。

康纳使用"山姆·怀特"的化名更频繁了，并且他们一行再也不告诉别人他们从哪儿来，到哪里去。"我们头上都有大笔赏金。"古维写道，"他们正不计代价地想要抓住我们。人们会问我们要去哪儿，我们会回答我们要去日本；问我们从哪儿来，我们会回答来自美国。"

同时，他们意识到他们不能再继续游荡，必须找地方安顿下来，等风声过去。他们需要休整，需要安全。他们需要回到巴纳巴，需要哈丁大妈和德莫克里托这样对他们好的人，而不是想要他们命的人。这就是当时丛林生活的可笑之处。德莫克里托说："我们知道，我们自由的唯一希望，在我们的美国盟友手中；美国人也清楚，他们的存活的希望掌握在菲律宾人的手里。"

哈丁大妈不光喂饱了美国人，还给他们带来了希望。她经常对康纳说："Pa ca tops ng guerr.（战争结束了，一切都会好起来。）"不过就目前来看，虽然康纳

信念的旗帜：突出巴丹丛林

一伙人的标价已经涨到两万五千比索（上千美元），但他们与哈丁一家待在一起还是安全的。为了确保万无一失，哈丁大妈和德莫克里托两家建议他们搬到村子外当地人称为"梳子畜栏"的地方。这里曾经是牛场，不过日本人把所有的牛都杀来吃了，所以也就不再来了。如果康纳他们住在这里，哈丁大妈会每周从低地集市买食物送过来。这里将成为康纳在巴纳巴附近总共五个藏身处的第一个。

到现在，生存率"百万分之一"的吕宋丛林探险已经持续一年。康纳他们终于在三描礼士省巴纳巴以西安顿下来。康纳的心境有所好转，他有时会唱唱歌跳跳舞，一会儿扮演人猿泰山（Tarzan），一会儿成为弗雷德·阿斯泰尔（Fred Astaire，著名舞者——译注）。此外，很久以来第一次身处一个如家的环境，康纳想到了新泽西的父母。随着日子的流逝，他对父母的印象已经越来越模糊。他突然发现，自己一直想当然地以为父母都很安康，其实他们都有心脏问题。

"我想告诉你们，对于你们为了让我快乐而做出的牺牲，我表示深深的谢意。"他在一封信中写道。这封信如同他的其他文字一样，都被埋在地下，直到战争结束。"我唯一的遗憾是我没能更多地为你们着想，就算有，也屈指可数。有着如此考虑周到、慷慨无私、尽心尽责的父母，我非常幸运。然而，自以为是的我，却从来没有亲口告诉过你们，你们对我有多重要。你们现在知道了，我首要的目标，就是要证明你们的付出没有白费。"

康纳向哈丁和其他帮助他们的当地人承诺战后会补偿他们（甚至还打了借条）。此外，他们尽力帮助当地人，挑水、维护菜园、修理屋舍等。有一次，一个菲律宾人怀疑自己得了脚气病，古维像尼格利陀人给康纳配药那样，用谷壳灰兑水，加点盐，然后在平底锅中小心加热配置成药水给他喝。数周后，康纳听说那个病人已经可以站起来，正在康复。为了表示感谢，菲律宾人告诉古维，他们可以带他到小溪上游的一个金矿去。但古维拒绝了，他说："我拿金子来做什么？"

哈丁大妈成了全职佣人，倒不是有谁强迫她，而是她喜欢做家务。她为美国人带来食物和药品，并为他们做饭。她还说服乔·多纳希放弃他在巴纳巴林子里的藏身处，搬到梳子畜栏与康纳他们同住。"他的风格与众不同，的确很风趣。"康纳这样写道。

在那些日子和那些地方，"风趣"尤为珍贵。后来，杰利森和内勒过来和康纳他们一起住了几天，对这点深有感触。杰利森被打了一枪，他和内勒被一个菲律宾人跟踪后遭到日本人袭击。他的手臂还挂着绷带，心里已经想着如何报仇雪恨了。

随着雨季来临，哈丁大妈没法再来往于村子和低地之间。年仅17岁的德莫克里托·拉曼兰自愿担负起照顾康纳他们的任务。"儿子，"他的父亲对他说，"我觉得美国人不会回来了，如果你想帮那些人，可以去，我不会阻止你，但你要清楚，这很危险。"德莫克里托为康纳他们带来了食物和药品。

康纳叫他"克里托（Crito）"，他叫康纳"克雷先生"。很快，杜克大学毕业的美国军官就和菲律宾高中生亲如兄弟了，而且前者很快发现，后者有着久经沙场战士的勇气。为了避免日军游击队的盘查，克里托扮成上学和放学的学生，来往于家和低地集市之间。他把消息藏在卷起的裤腿里，以防被发现。他要一个十岁的尼格利陀男孩塔西欧（Tacio）在前面探路，如果有日本人就提醒他。小小年纪的他已经看到了战争的丑恶。他见过斩首，见过美国上校被迫为日本兵曹开车。

日本人会出钱让菲律宾人"出卖"美国人——当下的行情是250美元一个。这样的情况确有发生。但总体而言，民众是支持美国的。"当那个美国上校载着日本兵曹到集市的时候，"克里托回忆道，"人们会偷偷把香烟、钱币和糖果塞到那个上校的口袋里。"

日本人随时随地对菲律宾民众进行反美宣传。克里托回忆说："他们会说，不要帮助美国人，他们不好。美国人又高又白却软弱；日本人虽然个子矮但却很强壮。"克里托之所以帮助康纳他们，是因为他的哥哥曾为美国人而战。"鬼子在我哥哥肚子里塞了颗手雷。"他说。

克里托不但是康纳他们与外界的唯一联系，他还能说一口流利的英语。康纳

信念的旗帜：突出巴丹丛林

对克里托的父亲古杜弗里德也颇有好感，不过父子俩的个性截然不同。克里托毫无惧意地来往于低地与巴纳巴之间，他的父亲却担心帮助美国人会给他们家带来灭顶之灾。最终，他告诉康纳，他家不能再帮助他们了。康纳很失望，但理解他的担心，毕竟家庭更重要，更不用说他们还是一群异国陌生人，况且战争已经夺走了他的一个儿子。

克里托伤心地哭了。"他想跟我们在一起，但他不能弃家庭于不顾。"康纳写道，"他还是个孩子。"康纳估计巴丹的局势或许已经缓和，决定和古维一起向南，回到巴丹。"虽然我对山区深恶痛绝，"康纳写道，"但我知道那是我们唯一能存活的地方。"

他们向克里托道别；后者希望送他们到巴纳巴，然后再道别。当他们抵达村子时，拉曼兰先生向他们走来。"我犯了一个错误。"他对康纳说，"但是如果你们去往丛林深处，你们和我们都会更安全，而且我们仍然可以帮助你们。"

康纳非常感激他的折中方案，在生计艰难的战争中，这尤其难得。有关严酷的丛林生活的消息每天都会传回来。最近发生的事与杰利森有关，他找到了出卖他的那个菲律宾人，假意和他交朋友。康纳写道："然后，他小心地抽出弹簧刀，刺入那人的脊背，将他开膛破肚，然后把他留在山间小路上，流血至死。"

为了给他们找到一个合适的藏身处，克里托找到两个尼格利陀人帮忙，莫里奥（Maurio）和哈波（Humbo）。他们是一个部落酋长的侄子。就像在美国开发房地产一样，在被日军包围的丛林里找安身之所的关键就是位置。哈波听到要求之后，立马点头答应。他向西指着大山说，有一个年久无人、林木茂密的地方很合适。那地方位于山谷之中，一条飞流直下数百英尺的瀑布旁边。"一百万年都不会有人找到你们。"他说。

从巴纳巴到那里需要走一个小时。不过哈波说得很对。峡谷中的植被茂密到甚至会让人意识不到峡谷本身的存在，更不用说悬崖之上密林中的藏身地了。

古维腰间挎着枪和一颗手雷，拿着开山刀开始干活，收集香蕉树叶搭建窝棚。这个挑战让他精神焕发，莫里奥和哈波在一旁帮忙。克里托带来了食物。很快，一个居所就在丛林地面上挺立起来，不过只能勉强挤下康纳、迈尔修和古维。窝棚十英尺宽，八英尺高，大约十五英尺深，香蕉叶做顶，茅草做墙，正面没有任何遮挡。几天后，下起雨来，窝棚让他们三个没有被淋成落汤鸡。这是他们在巴纳巴地区的第二个营地，他们称之为"失落的峡谷"。这里离敌人非常近——距盘踞大量敌人的克拉克机场和斯多特森堡只有七英里。不过，弗兰克·古维后来称这里是他们在巴纳巴建立的五个居所中"最差劲"的，并不是因为这点。

原因很快就会浮现。

第十八章　盲目的信仰
1943年7月—1943年9月

距巴丹陷落后逃入丛林：14到18个月

过去19个月的经历，让我更认真地审视了我的人生，我希望在此过程中，我的幽默感没有丧失。我意识到，在这个世界上，有我的使命，而且我决心全力去完成它们。因为有你们，我的前半生过得很好，从现在开始，我希望尽我所能，开始"给予"。我还意识到，给予不需要有财富，只需要有爱心，我正在尽力给予。

趁着我的血还在流淌，我要重获自由，将我的爱传遍世界。只有这样，当我的生命走到终点时，我才能毫无遗憾地拥抱死亡。我不求名，我追求的是内心的平静。

我的精神仍然富有青春活力，推动我去征服世界，然而我却在这里逃命。

——克雷·康纳，
1943年6月1日写给父母的信的最后一部分

1943年6月1日，康纳开始在"失落的峡谷"中给家里写一封长信。他花了八天时间才写完这封信。他在序言里写道："我不厌其烦地对德莫克里托解释，此信要埋藏起来，等到美军反攻菲律宾时，再小心地寄回美国。"

他从巴丹的投降开始写："失败是地狱。"他写了他经受的身体折磨：风吹日晒，饥饿难忍，精疲力尽，疟疾、黄疸和痢疾。"上帝救了我。"他提到了波特和邓拉普的死，请父母知会两位士兵的父母，他们的儿子都得到了得体的安葬，他们的名字都镌刻在木板上。他还提到，他从阅读《圣经》中学到的比"四年大学教育学到的多得多"。他提到了经历的危险和奇遇。"他们说，上帝青睐蠢人，我可以毫不夸张地说，与史蒂文森（Stevenson）笔下的戴维·鲍尔弗（David Balfour，小说《绑架》的主人公——译注）、吉姆·霍金斯（Jim Hawkins，《金银岛》主人公——译注）和雨果（Hugo）笔下的冉阿让（Jean Vajean，《悲惨世界》主人公——译注）相比，我的经历有过之而无不及。我们每日遇到的危险和挑战，即使跟著名的苏格兰革命者阿兰·布里奇特（Alan Brecht）相比也不逊色。弗兰克·巴克（Frank Buck）为了名与利与黑非洲的小个子土著做交易。我们不但只用承诺和土著交换食物，还在没有巴克先生那些现代化的野外设备的情况下与他们一同住在丛林里。深入莽荒，遭遇离奇，不畏死亡……这些经历我们都有过。"

他提到在劳拉失去了"陪伴我一生的猴子"杰科，表达了对日本人的强烈憎恨，说他们"殴打、虐待并冷血地杀戮许多小男孩，以此证明他们的优越和强大"。他也表达了对帮助美国人的菲律宾人的敬意，以及确保他们在战后得到补偿的愿望。

在信的末尾，他感谢父母为他付出的一切。"没有哪天我不花数小时想念你们。"最后，他像往常一般以"一切顺利"结尾。

与他接下来数周的遭遇相比，他信中所写的还算轻松。在另一篇日记中，康纳写道："这场战争让我极度厌恶。"那是1943年8月9日，整个吕宋的游击运动已经陷入低谷，连绵不绝的恼人大雨让人无事可做。康纳四人数了一下，有一场雨连续下了35天。生火几乎不可能。雨水渗过屋顶，滴落在狭小的窝棚里，让他们无法入眠。无休无止的大雨让生活单调无聊，所有的纸牌玩法都已经索然无味。食物贮备已经见底，他们每天就吃点加了盐的米，喝炒熟的黑谷子磨成的"咖啡"。迈尔修称这段日子"令人沮丧"。

古维也闷闷不乐。"冷，潮，悲惨。"他写道。

随着降雨到来的是蚂蟥，这种环节动物会在湿漉漉的灌木丛里等着路过的人

信念的旗帜：突出巴丹丛林

类。如果没有停下来立即将它们从身上弄掉，它们铁定不会放过一顿人血大餐。

夜里，他们得把鞋子脱下挂在房梁上，否则老鼠会来啃食鞋子上的皮革。不过话说回来，即使挂在上面，也无法完全避免这些夜行动物的袭击。除了老鼠，还有其他地面动物隐藏在暗处。有一次，古维正伸手够一个锡制的盘子，一条蛇突然从他手臂上爬过。他一跃而起，将蛇摔在地上，然后捡起开山刀，将其一刀两断。

不过一直困扰他们的问题，至少从六月到十一月之间，还是下个不停的雨。"难以生火，无法烹煮食物。"古维说，"我们遇到了许多问题，河水暴涨，我们无处可去，被困在窝棚周边很狭小的区域里。我们时不时地会触动对方敏感的神经，爆发小规模的冲突。"台风过境，吹倒树木，水位猛涨，克里托没法把食物送来。他们三人一天只能吃两顿，非常小心地称量米粒，确保平均分配。有一次，尼格利陀人给他们拖来一头死牛，上面已经爬满了蛆虫。虽然康纳还保留着父母给他的宝路华表，但他早把他的杜克纪念戒指当掉换食物了。当他们的香烟被抽光的时候，他们会收集烟蒂，从中弄出残余烟丝卷起来抽。

"我感觉过去的日子我都没有荒废，我尽力让我的存在有意义。"康纳在一篇反思的日记的开篇写道，"我需要补充的是，其中的许多瞬间都是很让人开心的。"

康纳仿佛在试图让自己相信一切都好；这或许是因为童年时父亲总是不在，他养成了自得其乐的乐观精神。然而，当他即将登上自我催眠的顶峰时，又轰然滑落。"由于我们被当下的情形所禁锢，一切都是徒劳的。"他写道，"但是不管怎样，作为真正的美国男儿，我们还是会全力以赴地面对困难。"接着，他又失去乐观精神。"未来还是阴云密布，虽然每一朵云都有光明的边缘，我却看不到生活的希望。"

有一天，康纳把另两人叫过来一起商量，因为想出了一个也许可以帮到大家的办法。尽管这个计划听上去不靠谱，但最终可能有用。他打算去找日本人投降。

第四部分：坚　持

其他人觉得难以置信，康纳却一本正经。如果他决定做某事，几乎无人能够阻挡。他提到他们头上都有赏金，他们不停地逃亡，缺乏食物，而当时丛林里已有传言，说日本人对自愿投降的美国人"给予最高的尊重，保证安全、食物、药品，让战友们有机会在舒适人道的战俘营中重新聚会"。迈尔修记得这是康纳说过的原话。

他翻了个白眼，但没打断康纳的话。"克雷说他感觉他应该第一个去试着投降。"迈尔修后来回忆道，"如果鬼子信守承诺，他会捎信给我们，让我们再做定夺。就他而言，这是个很伟大的决定，不过我知道，如果那些狗娘养的捉住我们，他们根本不会信守承诺。"

古维也觉得这不是个好主意。最后，康纳斟酌再三，放弃了这个打算。"我当时相信，"迈尔修回忆道，"为了让我们过得更好一些，康纳真的会那样做的。"

又是几周过去了，丛林深处的植被愈发茂密起来。古维开始发烧，不过还能勉强干些活儿。康纳则再也无法忍受大白天见不到阳光的林子。迈尔修也希望挪挪地儿。

"弗兰克需要砍砍木头或是其他体力活来解闷。"康纳写道，"鲍勃需要找点乐子，可在这里，这两项都没法满足。"于是，康纳决定创造新的挑战——找个新地方修房子，这至少可以让弗兰克不再无所事事。其他人对此也很乐意。

八月，他们来到一个地形类似，但光照更为充足的地方。悬崖边缠满藤条的巨木伸入峡谷，如同斜插的旗帜，树下绿草萋萋，兰花簇簇。临近的溪流先汇成一个小水潭，刚好可以做浴缸。然后，溪水倾泻直下，落入几百英尺深的峡谷中，这点与原来的栖息地相似。站在悬崖边，可以远眺低地的斯多特森堡。不出所料，古维一到这里，就抄起开山刀，开始砍竹子搭房子。虽然他已出现疟疾的症状，但搬迁之后，他的气色好了许多。经历过之前营地的阴晦后，众人骄傲地将新营地命名为"香格里拉"——他们在巴纳巴的第三个藏身处。

古维的作品是一个L形状的房子，比之前那个窝棚大了不少。有离开地板的

信念的旗帜：突出巴丹丛林

床，给他们"更高，更轻松，更干净的睡眠"，还有室内火塘驱散夜里的蚊虫。在克里托的帮助下，"香格里拉"还有了吉祥物，一只叫"木腿"的小鸡——它被一条蛇弄断了一只腿。各种手艺无所不通的古维给小鸡做了个木夹板固定断腿。

事事完美，直到8月29日一早，康纳听到了古维煮"咖啡"的声音。在这样一个普通的热带丛林清晨，他们通常会起床，将火塘的火挑旺，喝"咖啡"，抽烟。今天早上不同的地方是，康纳的眼睛睁不开了。

康纳惊慌失措，大叫古维帮他起来。"弗兰克，"他说，"领我去溪边。"夜里，不明物体如胶水黏沙子般盖住了康纳的双眼。他试着擦洗掉，但没有效果。

康纳弯下腰，向脸上泼水。古维返回小屋去了，应该是没有意识到问题的严重程度。听到康纳的叫声时，他才意识到。

"我瞎了！"康纳尖叫道，"我瞎了！"

迈尔修和古维一同跑到溪边。他们把康纳扶回小屋，完全不知所措。康纳后来写道："我坐在那儿，心想我一定要重新看见，一定不能让这事儿改变我的生活。"

不会改变生活吗？躲避敌人的子弹和刀尖；穿过可以如同流沙一般直接吞没飞机的丛林；半夜摸黑起来撒尿时不能扭到脚或是踩空掉下悬崖。在视力健全的时候，做这些事已经很困难，现在更是难上加难。康纳是在欺骗自己，他的逞强超越了理智，他也知道这一点。"我很害怕。"他写道，"我需要帮助。"

他请求古维去低地请克里托帮忙找医生。两天之后，他们返回，没有医生来。医生害怕日本人和哈克，不敢来。克里托强忍着泪水。听到他的抽泣声时，康纳非常感动。两天后，克里托再次带来补给和书，庆祝"克雷先生"的25岁生日。

康纳把双手放在克里托身上。"从今往后，"他对克里托说，"你就是我的双眼。"

第四部分:坚 持

克里托领着康纳到处走动,迈尔修读书给他听。康纳尽量试着不改变自己的习惯。他仍然挎着枪,不过这差点酿成大祸。有一次,他听到异响,拔枪就朝那个方向射击。

"克雷,是我!弗兰克!"古维叫道,"不要开枪!不要开枪!"

康纳告诉自己,这只是暂时的,还以此开玩笑活跃气氛。他打趣地说,如果盲人开枪之前必须先问敌人"你是谁?你在哪儿?",那就太危险了。日子一天天过去,他几乎完全生活在黑暗之中。现实告诉他:他的视力也许永远不能恢复了。该死的,他比那只木腿鸡好不到哪儿去。

到了9月15日,失明两周后,康纳在光亮中醒来。物体仍然模糊,特别是正前方的物体,但总算有所好转。"我非常高兴,备受鼓舞。"他写道。几天之后,康纳已经能区分不同人的身形以及房屋的柱子了。到了10月1日,尽管他的视力还是很差,但可以看清视野边缘的物体,但看不到正前方的。不过用手枪自卫已经没有问题。这一点很关键。

三人去拜访了另外三个美国人的营地,就在同一个悬崖上,距离两英里。他们是多伊尔·德克尔(Doyle Decker)、鲍勃·坎贝尔(Bob Campbell)和多纳希。多纳希如同弹子球,从一队人马跳到另一队。25岁的德克尔来自密苏里中部,是个举止粗鲁的农场小子,从高中辍学回家帮父亲干农活。他于1941年入伍,和坎贝尔同在第200海岸炮兵团,他们就是在那儿认识的。34岁的坎贝尔是众人中最年长的,加入第200海岸炮兵团之前曾在海军陆战队服过役。他和德克尔各自从死亡行军中逃脱,在法索斯营地重聚,并在一次扫荡前两天离开。

他们三人的营地设置得比康纳的要好,而且他们还从低地的菲律宾人那里获得了相当数量的食物和药品。不管这群衣衫褴褛的美国游击队员未来如何,尽管他们还是分开居住,但德克尔和坎贝尔同意加入康纳他们的游击小队。

迈尔修很快就会感谢这次合并。他得了咽喉炎,要是在美国,这个病很好解决,但在充满疾病的丛林,这有可能致命。德克尔带着罹患痢疾的病体,冒着暴

信念的旗帜：突出巴丹丛林

风雨到山下的巴纳巴带回碘酒，不但解决了问题，还可能是救了迈尔修的命。

与此同时，多纳希也加入了团队。通常，他的精灵古怪可以提振士气。他时不时地爆出些笑话，仿佛在告诉大家他的存在。然而他的超然最近开始变成彻底的恐惧。古维的心绪仍然不佳；一般情况下，看到德克尔建造的一流小屋，会让他受到启发，并把他们的小屋改造得更好，然而这样的事却没有发生。一轮疟疾之后，他失去了动力，奇怪地变得内向起来，已经很久没人听到他那人猿泰山式的号叫了。康纳对此忧心忡忡。有时，弗兰克会坐着发呆，康纳不知道他在想些什么。

与此同时，之前遭遇枪战的迈尔修差点死于咽喉炎，尽管捡回一条命，却消瘦到只剩125磅，脾气也变得相当暴躁。虽然这可以理解，但他刻薄的言语让古维愈发闷闷不乐。"鲍勃和弗兰克的情绪都极度低落。"康纳写道，"他们经常吵嘴，偶尔还打起来。我不得不把他们拉开。"

更糟糕的是，食物继续匮乏，让他们深受折磨；他们都急需营养。古维很伤心地把"木腿"杀来给大家充饥。对外人而言，这似乎不是什么大事，但对他们而言，特别是对古维而言，这种绝望让痛苦更加刻骨。

根据日语版《马尼拉论坛报》(*Manila Tribune*)上的地图，康纳测算经纬度和部队的行动，得出的结论是，麦克阿瑟的反攻至少要等到1945年6月，也就是近两年以后。"这似乎让鲍勃和弗兰克更加丧气，不过对我而言，这只意味着一件事。"康纳写道，"我们得为未来做打算，我们必须给自己建立安全的环境，这意味着实力——一支游击队，不光可以保护我们，还能激励菲律宾人民支持美国。"

有时，康纳和古维会讨论到深夜，康纳会发现弗兰克愣愣地盯着远方，他知道古维又在神游太虚，回到他在西弗吉尼亚的家，享用母亲做的美味了。然而康纳的思绪却另有去处，他想的是尼格利陀人，以及如何与他们联盟。

尼格利陀人是菲律宾最早定居者的后裔，对马来人种的菲律宾人充满敌意，因为在他们眼里，正是菲律宾人将他们从海边低地赶入丛林。康纳将尼格利陀人与美国印第安人作了类比：他们都是和平骄傲的民族，有很重的地盘观念，如果遭受压迫，必然反抗——有时用他们猎野猪的陷阱：绑满削尖竹矛的弯曲树干，弹力十足，如果有人胆敢侵入他们的领地，触发陷阱机关，其释放出的力量非常可怕。如今，第二次世界大战陷入僵持，数千日军和数百美军正在侵入尼格利陀人的领地。

就算他们不是皮纳图博（Pinatubo）山峦丛林的主人，至少也是这里不容忽视的力量。他们皮肤黝黑身材矮小，仿佛是树木植被的一部分，能轻松融入植被之中。北面的尼格利陀部落被称为帕戈特（Pugots），在当地方言中的意思是"小妖精"或是"森林精灵"。他们对丛林的一切了如指掌，没有人比他们更会利用这里的资源。他们还常常让破坏丛林的人付出血的代价。威廉·加德纳中尉就是被尼格利陀人所伤，也许因为他是深色皮肤的印第安人，尼格利陀人错把他当成日本兵了。

这些土著居民没什么武器，只有标枪、吹管以及弓箭，但他们能在20英尺以外击中手掌大小的鸟雀，当然也可以是敌人的眼睛。几十年前曾经在三描礼士省与他们一同生活过的英国人H.威尔弗里德·沃克（H. Wilfrid Walker）写道："他们的箭常常是精湛的工艺品，竹制箭杆上烙上了非常细密精致的纹饰。箭羽硕大，箭头则用树藤紧紧地缠好。这些钢制箭头看起来非常凶残，有许多鱼钩似的倒钩，以不同角度散开，如果扎入身体，几乎无法拔出。"妇女们常常背着巨大的背篓，穿着用棕榈叶制成的"雨衣"，一片一片散在身体四周，如同风扇的叶片。"不管我什么时候遇到他们，他们总是面带微笑。"沃克写道。

他们几乎与世隔绝，虽然他们有时也会唱歌跳舞庆祝，但他们主要的生活就是猎杀和烹煮鸟兽爬虫。但别以为他们是傻瓜。"普通尼格利陀人的面容并不显得沉闷无趣，看起来至少比普通马来人更聪慧和敏锐。"人种学家威廉·阿兰·里德（William Allan Reed）在1904年写道。

尼格利陀人的世界狭小而简单，同样简单的还有他们的服装：男性只有一条颜色鲜艳的缠腰布；女性有时更少。他们没有太平洋的概念，因为他们需要步行一周才能到达那里，更不用说更远的地方了。他们对日本人赢得这所谓的第二次

信念的旗帜：突出巴丹丛林

世界大战没有任何兴趣。同样，他们对美军反攻吕宋也兴趣索然，实际上，他们根本不清楚美国人来自哪里，为什么会来到这里。说实话，他们对很多事情都没多大兴趣——也许一些陌生人手上戴着的金戒指会引起他们的注意——只关心如何过好他们已经过了数百年的原始生活。一个早期的观察家写道："他们不向任何人纳贡。"

有一次，有人发现一个尼格利陀人潘·达兰吉塔（Pan Dalangita）有一个指南针，这可不是他们这样依靠太阳和月亮辨别方向的人所需要的工具。原来，大约"12个月亮"以前，他在皮纳图博峰附近宿营的时候，一个美国士兵曾经威胁过他。达兰吉塔一箭射入对方的心脏，得到一个指南针和其他东西。

这样的事或许会打消一些人与他们建立联系的念头。然而，这却成为康纳、古维、迈尔修和多纳希在"香格里拉"期间的挑战。他们把这个藏身地作为他们游击队的首个正式"总部"。"总部"坐落在皮纳图博峰东侧，位于克拉克机场和斯多特森堡西面略偏南，距离大约十英里，那里驻扎着大约两万日军士兵。康纳觉得尼格利陀人不危险，但很神秘。毕竟，一个尼格利陀人在塔拉救过他的命。也许尼格利陀人能帮助康纳和他的人，他们也能帮助尼格利陀人。

自从美菲军队向日本投降，一年半已经过去。为了活下去，康纳已经变得有些"无所顾忌"。就像他在被"马可·波罗"拯救他的那一晚之后所写的一样："经历了这么多痛苦和疾病，你似乎对恐惧已经麻木。"

康纳被莫里奥和哈波两兄弟的聪慧打动，并向他们表达了钦佩之情。"他们很吃惊。"康纳写道，"在他们的部落里，他们不被认为是很聪明的。他们向我保证，如果我去见他们的酋长，我会见到一些真正聪明的人。我发现我犯了许多白人对土著人都会犯的错误：理所当然地认为他们不会说英语，他们就是愚蠢的。在莫里奥和哈波的帮助下，我开始学习尼格利陀人的语言。"

自从和雷在一位尼格利陀男孩的带领下去往奥隆阿波，康纳就被他们迷住了。他如饥似渴地学习关于他们的所有知识。对他们的战斗技巧敬佩有加，并把他们作为勇士来尊重。"我叫他们'兄弟'。"他写道。

第四部分:坚　持

　　康纳发现,来到菲律宾以前,美国陆军航空队居然没有向士兵们传授任何与他们将会遇到的各种文化背景的人群相关的知识。相反,各部队都不厌其烦地念叨性病的危害。他后来写道:"(我们)一点都不了解土著人的哲学、思想和爱好,也不了解他们的经济和宗教。"

　　了解、学习和尊重当地文化,从来不是美军擅长的事情。但这毕竟是支军队,而且在20世纪40年代,这支军队内部也有种族歧视,而且得到联邦法律的保护。黑人士兵和白人士兵不能一起阅兵,一起吃饭,甚至不能在一个战壕里作战;实际上,只有很少的黑人单位能与敌人作战。大多数黑人不能上前线,只能从事开车、拖地板等勤务工作。1944年,《扬克》杂志(Yank Magazine,军队刊物——译注)刊印了一封黑人士兵的信。他不明白为什么他那样的黑人必须在得州餐厅外面用餐,而德军俘虏——白人,却能在里面吃饭。

　　同样,在菲律宾,美国对菲律宾人长达半个世纪的歧视隐藏在"帝国主义"这个更抽象的标签之下。十九、二十世纪之交,美国从西班牙手中接手菲律宾,当时正值威廉·麦金利(William McKinley)和泰迪·罗斯福(Teddy Roosevelt)总统执政,后者对黑人的评价是:"彻底愚蠢的种族"。

　　因此,在许多美国人的眼中,菲律宾人成了"太平洋中的尼格罗人(黑人)。"H. L.威尔斯(H. L. Wells)在《纽约晚间邮报》(New York Evening Post)中写道:"毫无疑问,我们的士兵是带着娱乐精神'射杀黑鬼'的。"如果你怀疑这个距离屠杀万里之遥的编辑故意夸大其词,来看看劳埃德·惠顿(Loyd Wheaton)将军麾下远征菲律宾士兵的原话:"惠顿将军命令我们杀光土著烧光城镇……据报,大约有一千名男女老幼被杀。我大约已经变得铁石心肠,因为我举起枪瞄准那些黑皮肤并扣动扳机时,我感到光荣。"

　　根据詹姆斯·布拉德利(James Bradley)所著《帝国巡游》(The Imperial Cruise)中最保守的估计,美国在世纪之交屠杀了大约30万菲律宾平民。菲律宾人被鞭打、处以水刑和吊死。"对这些无脑的猴子,没有什么酷刑不能用。"一位

信念的旗帜：突出巴丹丛林

来自犹他州的列兵写道。埃德温·格伦（Edwin Glenn）少校让47个俘虏跪在他的前面"忏悔罪过"，然后下令将他们全部戳死。

菲律宾人遭受这样的虐待并不仅限于战争期间。1904年，在圣路易斯举行的世博会上，老罗斯福总统下令在展场最大的一块地上构建一个可以以假乱真的小菲律宾。超过一千菲律宾人被运到圣路易斯。在整个世博会期间，他们都不能出声，被描述成"猴人"。一位参观者在写给妻子的信中写道："这是我见过的最低劣的文化"［摘自密苏里历史博物馆馆藏杂志《门路》（Gateway）］。参观者们看着菲律宾人穿着军装，挥舞着步枪，听从美军白人军官的指挥。

如果说到了20世纪40年代，在菲的美国人对菲律宾人的偏见已经没有那么严重，其遗风仍然如同丛林里的闷热一般，挥之不去。日军入侵前，美国军官过着贵族般的生活，喝的鸡尾酒由菲人调配，打马球时有菲人侍奉，高尔夫球场由菲人打扫。

美国人把这些岛民当成佣人，很少平等看待他们。"他们会拍拍手，大声喊道：'来人！'"威廉·加德纳中尉如此描述战前的状态。普通美国人"与菲人隔绝的生活使他们对彼此毫无了解，就算有所了解，信息也来自他们的仆人、侍者以及妓女"。

康纳却不是这样，他对菲律宾人和尼格利陀人充满好奇，虚心向他们学习，积极与他们打交道。如今，菲律宾人克里托已经变得像是他的"兄弟"。克雷为克里托代笔，写情书给这年轻人的心上人。康纳灵感焕发，将他"在卡罗来纳明月之下最光彩荣耀的杜克时代的才华全数使出。不过最后都没有用，她跟一个卖冰块的跑了"。谁都能看出康纳对尼格利陀人的兴趣。"我第一次见到他们就被完全迷住了。"他写道。他真心想成为他们的一员。

然而，在美军种族歧视这个大背景下，康纳与尼格利陀人联盟的主意简直是冒军法之大不韪。

康纳绞尽脑汁想跟尼格利陀人攀上关系的同时，也想得更深远，想到他们不光有助于美国的利益，美国也可以帮助他们。康纳他们离斯多特森堡如此之近，而且居高临下，美军反攻的时候，他们可以将敌人动向的情报向上报告。尼格利陀人就住在他们几英里之外，皮纳图博峰山腰的麦格卡巴由（Magcabayo）村子里。"只要我将他们组织起来，没有人能将我们打散。"康纳写道，他的王牌是"没有日本间谍可以装扮成尼格利陀人"。

在接下来的日子里，这个主意在他的脑海中轰鸣，就像他们旁边的小溪一般，飞流直下落入深谷。想得越多，他越觉得这个主意很妙。游击队的力量源泉之一，不就是随机应变吗？不就是利用手中掌握的原料，烹制出有利于自己的东西吗？还有谁比尼格利陀人更了解丛林而且来去自如呢？

因此，1943年10月2日，当迈尔修正在屋内对着灰堆吹气生火的时候，康纳用一个建议打破了沉闷。

"我刚才一直在想，"他说，"如果我们能把阿依塔（Aetas）部落组织起来跟着我们干，我们就没有麻烦了。"

多纳希正躺在床上，表现得仿佛什么也没听到。迈尔修正拿着根竹管吹着灰堆，想吹燃那个如同众人的情绪一般死气沉沉的火堆。"滚吧，该死的火。"他嘟囔道，"我不管了。"

古维正因为新一轮的疟疾而瑟瑟发抖，蜷缩在灰堆边。他抬起头。"你就不能悠着点吗，鲍勃？我已经听你碎碎念了18个月，不想再听了。"

迈尔修的爱尔兰人火暴脾气爆发了："你不喜欢又能怎样？"

古维缓缓伸展病体，如同年纪大他三倍的关节炎患者。他挪动到迈尔修面前，与他脸对着脸，但这也不能让鲍勃闭嘴。

"你说的也不少，古维。"迈尔修讽刺道，"你念叨你的疟疾也够多的了。"

古维死死盯了鲍勃数秒，然后出门离开。迈尔修继续他的生火工作。多纳希则到处摸索烟头。

"多有挑战性的头脑风暴问题呀！"迈尔修的嘴还是不停，"'克雷·康纳，侏儒们的初级指挥官。'天啦！你是脑子出毛病了吧！"

信念的旗帜:突出巴丹丛林

"你这个蠢蛋,你知道弗兰克病得有多重。"康纳指着迈尔修斥责道,"他可能随时精神崩溃。"

迈尔修耸耸肩。康纳摔门出去,沿着小路朝小溪方向追去。他已经从古维身上发现了其他人忽略的东西。他很了解弗兰克,知道他的心很容易受伤,他只是一个西弗吉尼亚小镇上的小子,非常想念母亲和她做的饭。虽然他人高马大,但他的心已经堕入比这丛林更黑暗的深渊。

康纳发现古维正站在溪水的浅滩中,一边就是数百英尺的悬崖,溪水从悬崖落下,变成瀑布。弗兰克几乎已到边缘,几乎可以看到数百英尺下的崖底。康纳一动也不敢动,眼睛睁得大大的。接着,他小心翼翼地慢慢走入水中,生怕惊动古维。瀑布溅起的水雾飘散在空气里,让整个环境包裹在一种古怪的虚幻之中。

古维正蹲在齐膝深的水中,他的头扭到一边。在康纳看来,水流没有将古维一点点推过悬崖,这在物理上是不可能的。

"弗兰克!"尽管康纳的心在狂跳,他也尽可能语气温和,但由于瀑布的咆哮,他的声音近乎大吼。"弗兰克!站稳!"

古维猛地转过身来,仿佛做坏事被逮了个现形。他的全身已经湿透。再有一步,他就会被冲下悬崖,不管他的本意是否如此。

"弗兰克,我回到美国的时候,怎么对你的家人交代?"

没有回答。

"事情没有你想的那么坏,说实话,我刚刚想到一个办法,可以完全改变我们的处境。"

可这句话如同打在战舰上的子弹,毫无作用。古维低下头,看着溪水跌落。在古维看来,活着已经没有意义,康纳的主意又有什么用?

康纳如履薄冰,如过雷场。他一步步挪向古维,却又不敢太靠近。一步走错,他就可能把古维惊得跳下去,或者他自己被冲下去。

"我们缺的就是实力。"康纳说,"如果我们能把阿依塔部落组织起来,我们就有足够的实力了。弗兰克,我们可以活得像国王一般,我们还能弄死小日本。你不会没做这些就想死吧?不会吧?"

古维看着深谷,如同一只伏击游鱼的苍鹭,一动不动。

"你觉得怎么样?"康纳问道。

古维身旁,数千吨水一泻而下。古维吃力地张口说话,但他的声音断断续续。最后,他说:"克雷,那又有什么用呢?"

"兄弟,你一定要想开点。我们最近确实受了些苦,但现在不同了。"

康纳开始介绍他组织尼格利陀人的计划。这是他们能活过战争回到家乡的唯一希望。

"但有件事情我没法独立完成。"

古维第一次抬起了头。

"弗兰克,我需要你的帮助。"

古维的头慢慢转向康纳。就在那一瞬间,两人四目相对,沉静中,重要的信息在两人之间传递。

"我不知道我还能不能从这里走回去。"古维说。

"慢点走。"康纳回答,"一次一小步。"

古维颤巍巍地转过身。他被一块石头绊了一下,身体开始倾斜。他前后摇晃着保持平衡,最终稳住身形。然后,他顶住齐膝深的激流,缓缓向岸边挪步,如同一只巨兽。康纳又向水里走了几步,伸出一只手。古维连连摇头。

"抓住我的手。"康纳说。

古维停下来,看着康纳,接着伸出手。康纳抓住他,将他拉到岸边。古维擦擦湿润的眼睛,向康纳微微点头,抿着嘴唇,一声不响地走向小屋。

康纳跟在他后面,他没有向营地的任何人说起发生过什么。永远不会说。

新的信念。康纳意识到,他们需要信念,与尼格利陀人结盟并骚扰日本人,正是他们所需要的。他估计美军的反攻至少在一年之后,而在这段时间里,只保命是不够的，他们需要目标、冒险和改变。这种感觉非常强烈，他在萨马尔与巴勃罗·阿基诺达成建立游击队的共识时曾经体验过。大家需要干活，需要建造点什么，古维尤其需要干活；迈尔修需要新的爱好；康纳需要梦想、计划和写作。至于多纳希，他需要被晾在一边。

康纳意识到，尼格利陀人也有需要，美国人可以帮助他们达成愿望。如果他们允许康纳和他们建立联系，分享食物，美国人就能得到补给和安全。阿依塔部落有藤条，有香蕉，有粮食、盐和野猪肉，其中很多是通过劫掠其他部落获得的，这是一种以血换食物的经济。作为对阿依塔部落支持的回报，美国人可以帮助他们从低地获取药品，说服他们放弃暴力经济，渐渐理解妥协的价值。康纳分析，如果这些部落不再相互劫掠而是联合起来，他们就能与山下的菲律宾人讨价还价，不用流血就能获取所需。

康纳发现这个想法有点像"香格里拉"的瀑布一般狂野。但大冒险才有大回报，不是吗？在巴丹，不愿意冒险的美国人，选择了不冒险，选择了投降，结果如何？传言说战俘营可不像马尼拉酒店那么舒适。十八个月已经过去，那些在刀尖的逼迫下步入其中的人有多少还活着？他们四人虽然一无所有，但至少还活着。

夜里吃饭的时候，康纳再次提起他的主意。其他人把话题岔开了，但是打趣着说，而不是那天早些时候那样出语刻薄。康纳认为这是进展的迹象。

"老实说，康纳，我宁愿在东杰洛皮跳入满是鲨鱼的池子。"多纳希说。

康纳很想发脾气，但他控制住了。

"最近，我没看到有飞回东杰洛皮的方形气球，乔。"康纳回敬道。

这无厘头的回答让多纳希哈哈大笑。"这让我想起上次，那个菲律宾男孩问你为什么不叫在澳大利亚的麦克阿瑟派潜艇来接你。"多纳希说，"而你回答：'对啊，不过我怎么叫他？用个大喇叭？'"

这下古维也笑起来。不过，康纳的想法仍然没有改变。

几个月以来，莫里奥和哈波两兄弟偶尔会来拜访一下这些白皮肤的陌生人。

第四部分:坚　持

他们会带来自己种植的蔬菜等作物。莫里奥学了点英语,还教康纳一点尼格利陀语。他还会多数尼格利陀人不会的塔加拉语,并教了一些给康纳。

就在康纳的提议无人问津的第二天早上,莫里奥和哈波过来吃早饭。寒暄之后,康纳单刀直入,询问他们能否去马格卡巴由面见他们的叔叔,酋长科迪阿罗·拉克撒马纳（Kodiaro Laxamana）。

莫里奥和哈波都被吓了一跳。不行,不行,不行,他们回答。康纳态度温和却继续坚持己见。"你会被杀的。"哈波说。但康纳态度坚决,最后,莫里奥和哈波不情愿地答应了,不过不是像康纳希望的那样当天去见,而是次日。

迈尔修和多纳希并不希望康纳去,尽管鲍勃早就认为与尼格利陀人联盟是可行的,然而实际去做,他却不敢了。"你如果去那儿,你就是疯子,哥们。"迈尔修说。他认为不管进展如何,康纳都会被插上一支标枪或是长箭。古维虽然并不太乐观,却出人意料地没有反对。"去做你必须做的事吧,克雷。"他说。

为了让尼格利陀人印象深刻,康纳中尉摇身一变,成了康纳少校。"我觉得他们很神奇。"康纳这样评价尼格利陀人,"我为他们疯狂。"

或者说,他本来就是疯狂的。

第十九章　搭桥
1943年10月

距巴丹陷落后逃入丛林：18个月

次日，号角的声音响彻丛林和山谷。这种土著人用水牛角制成的号角声，把正在与莫里奥和哈波一同去往马格卡巴的康纳吓了一跳。看起来，在这茂密的丛林里，如同在曼哈顿的电梯之间，小道消息都传得很快。在这个缺乏新鲜事的地方，莫里奥和哈波无法不大肆宣扬康纳要见酋长科迪阿罗·拉克撒马纳的消息，这可以提升他们在部落里的地位。

马格卡巴由坐落在皮纳图博东北侧山坡一处平缓的谷地中。天明破晓，丛林地面上方雾气氤氲。这里的风水让康纳叹为观止。在这战争腹地，他恍若来到了一个比他刚刚离开的"香格里拉"更为美好广阔的地域。然而，当他来到村子的时候，却略感失望。大约一百个小个子在等着他，大多双臂交叉于胸前。康纳相信自己是第一个前来与他们讲和的"入侵者"。看来科迪阿罗头天确实警告过他的族人。实际上，莫里奥和哈波之前曾向康纳转述过他们的酋长向他的族人说过的话：

就像你们听说的那样，有个白人康纳少校要与我的两个侄子莫里奥和哈波一起来这里。我们并不清楚他的目的，但能确定一个白人不会没有目的地来。也许他是个间谍。我知道战前有很多白人对我很恭敬，但他们现在都成了战俘。

康纳少校我们并不熟悉。听很多菲律宾人说，有些这样的白人是跟敌人一伙的。他们自称为日耳曼人。他有可能是来刺探我们的土地和财产情报的。你们必

第四部分:坚 持

须将所有个人财物和偷来的水牛藏好,别让他看见。

    据莫里奥和哈波说,人群轰然应允,有些甚至上蹿下跳,还有些还拉开了弓。如今康纳亲眼看到,亲身体验了众人的敌意。虽然他希望建立友好关系,但也不天真。他后来写道,对于尼格利陀人,"你要么是兄弟要么是敌人"。人们面色凝重,当他走近时,没人打招呼欢迎。男人们的胸口和手边上布满自己弄的刀伤和烧伤,以此作为力量和勇气的标志。康纳不动声色地将自己的手表退下来塞进口袋里。

    他发现众人慢慢地向他挪过来。他们的皮肤如同黑巧克力,上面还抹着泥土,他们的头发又长又卷。男人身上只有一条亮红或蓝色的缠腰布,肩上挎着弓箭,大多蹲在地上,抽着干燥烟叶卷成的粗制雪茄。女人们腰间裹着破布,如同裙子,布上挂着大刀,上身不着片缕,其中两人正拿着大刀砍一根木头。其他人则围成一圈,正在剥红薯,还有几个闲着没事儿。有些人看上去病恹恹的,特别是一个得了皮肤病的婴儿,皮肤起皱,如同鱼鳞。

    不久,这个特别部落的首领科迪阿罗出场。他像其他人一样,个子不高,踮着脚尖也只有五英尺。但是,他有要人的派头——他有三个老婆——而且毫不掩饰这点。他戴着一顶美军宽檐帽,穿着军用衬衫和短裤,但没有穿鞋,腰间皮带上挂着一把点四五的手枪。在康纳看来,这人某种程度上有点像丑角,像过家家的小孩儿。不过康纳并不打算嘲笑他,他需要对这个人和他的同胞表示尊重。他相信,这是包括他在内的美国人存活的唯一希望。没有支持,没有新的人生意义,他们在丛林里活不长——要么被日本人杀死,要么像古维之前那样,自己站在悬崖边,了结自己无意义的生命。

    康纳只学过几百个尼格利陀语词语,主要通过强调关键词外加手势和眼神进行交流。康纳知道科迪阿罗和其他一些人会说点塔加拉语。因此,他倾尽从莫里奥和哈波那儿学到的语言,向头领问好:

信念的旗帜：突出巴丹丛林

"Magandang Hapon,Kumusta ka？"

本无表情的科迪阿罗露出一丝诧异。白人居然会说"下午好"和"你好吗"。

"Mabuti naman."科迪阿罗回答。

"Ako si 克雷·康纳。"

科迪阿罗微微一笑。"Ako si 科迪阿罗。"

科迪阿罗向四周看了看。发现他的族人也惊讶于白人会说他们懂的语言。康纳继续用塔加拉语寒暄着，甚至还提到他没烟抽了。科迪阿罗一字一顿地下了命令，一个大约十岁的小孩儿走出围观的人群，递给康纳一张烟叶。

康纳微笑着说："Maraming salamat.（谢谢。）"

康纳又回过头，对着会一点英语的科迪阿罗说，希望能和他的族人说几句话。科迪阿罗点头同意。康纳从口袋里掏出一张纸条，上面有莫里奥和哈波帮他用塔加拉语写的简短演讲辞。

"我知道敌人伤害了你们的一些同胞。"他念道，还提到了具体的事件和受害人的名字。这些都是他从莫里奥和哈波那儿听说的，其中有一个尼格利陀人被一个日本兵炸成了碎片。当那个日本兵被俘的时候，他没有投降，而是拉响了自爆的手雷。"他们也试图伤害我和我的人。我们联合起来，变得更强的时候到了。"他十指交握，做出联合的样子，"联合起来，我们就是无所畏惧。"

康纳说，他们可以帮助尼格利陀人从低地获取盐和肉等物资，还可以教他们如何与其他部落做生意而不是相互打杀，还可以给他们疗伤的药品。

这不是美国人第一次对菲律宾人民做出信誓旦旦的承诺，一代人以前的美西战争中，美国人以保护者的身份亮相，却以烧杀抢掠收场。康纳对尼格利陀人的友好，并不是毫无根据的，而是通过长时间的接触，以及对他们真诚的尊重。一个尼格利陀人帮他赶走了疟疾；另一个尼格利陀人带着他和赫伯特到了苏比克湾的奥隆阿波；还有两个尼格利陀人，莫里奥和哈波，帮助他们几个流亡者建立了"香格里拉"。

毫无疑问，他在这些关系中是受惠者而不是施恩人，他现在试图建立这个新

第四部分:坚 持

的联盟关系也显然是为了自保。然而,康纳相信美国人能够帮助尼格利陀人,包括教授救人性命的西医知识,建立司法系统,结束以牙还牙血债血偿的原始正义,加深他们对知之甚少的日军的了解等。

尼格利陀人从来没有听过一个白人用塔加拉语侃侃而谈,更不用说内容还是关于建立友谊的。不过康纳还是感觉到了听众的犹疑,这也不出他的预料。他知道人只相信能看到的东西。于是,当他发现一个大约十岁的小女孩腿上发炎的伤口时,他主动上前,示意孩子的母亲他要帮忙。孩子的母亲点头同意。

康纳单膝跪下,从裤兜里拿出三片消炎药,切了半片,然后在布条中碾成粉末。接着,他小心地清理创口。小女孩双眼紧紧盯着康纳,仿佛他会施魔法。这可能是她第一次见到白人,更不用说让白人碰她了。康纳清楚他只剩两片半消炎药了,而这是他不受感染侵袭的唯一保护。但他还是把药给了科迪阿罗。

"告诉她,一周后,我会来复查。"康纳说,"如果没好,我会再上些药。"

那一天剩下的时间里,康纳都与部落的人待在一起。当他们给康纳一个烤红薯的时候,他接过这个肮脏且烤煳的红薯,大口吃起来,努力去享受。他与男人们讨论收成,抱了抱那个"鱼鳞"婴儿,与孩子们一同唱歌,还跟几个年轻好看些的姑娘抛媚眼,其中一个是科迪阿罗的女儿。当人们准备睡觉的时候,每个家庭的成员都将双脚对着火堆躺下,如同轮子的一根根辐条。康纳跟他们一样,直接躺在地上。

他感受着火堆给脚底带来的温暖,看着满天的星斗以及他的"卡罗来纳之月",做了他平时的祈祷,但感觉却有些不同,生活真是无常:杜克毕业生与一百多名尼格利陀人躺在世界尽头的丛林里。这些人没有日历,因为除了数有几个月圆之夜来计算收获季节以外,日子没有意义。

但是康纳很清楚,现在距离他第一次看到巴丹的白云,而后逃入丛林已经18个月。现在,他不知道美军什么时候反攻吕宋,或者是否还会反攻吕宋。不过这不是他能控制的,实际上,他几乎什么也控制不了,就连这上百矮个子土著对他的主意是支持还是会杀死他,他都没法确定。他发现自己处在一个是与否的境

167

信念的旗帜：突出巴丹丛林

地：要么将一个本来就痛苦不堪的故事以悲剧收场，要么疯狂地开始一个史诗故事。火堆时不时爆出个火星，康纳侧过身，酣然入睡。

次日一早，科迪阿罗允许康纳宣读日军在所有村镇张贴的一篇官方声明，一个翻译在一旁解释。康纳开始读："大日本帝国最高指挥官下令征召数十万年龄从16～45岁的菲律宾女性作为慰安妇，为在吕宋的大约一百万皇军服务。……这一措施可以达成以下良好效果……"虽然日本人厚颜无耻地夸大了他们的人数，康纳只想让尼格利陀人理解这篇布告的主要目的，理解日本人想要菲律宾妇女做什么，不管她们是马来人还是尼格利陀人。他继续念：

首先，这可以让菲律宾人种大量融合更优越的日本血统。从整体上提升菲律宾的人种素质，加深和加强日本与菲律宾人民的理解和联系。作为对此命令伦理基础的质疑的回复，日本人指出，日本帝国所辖区域的所有已婚和未婚的妇女都有义务为帝国生育后代。

其次，皇军士兵为了保卫菲律宾和大东亚而坚守岗位，这样的安排能为他们带来快乐和满足。实际上，日本人指出，菲律宾人对他们有不可推卸的责任。因为这些无所畏惧忠肝义胆的战士，为了菲律宾人的安全，随时准备浴血疆场。他们还反问："菲律宾人民还有什么更好的方式能表达他们对这些勇士的感激之情吗？"

为了保证命令有效推行，任何公开反对或私下阻挠的人都会被处以死刑。菲律宾人的素质必须提高。

科迪阿罗面露鄙夷，显然听懂了。康纳拾起一根棍子，在地上画了一幅世界地图，讲解战争形势。他解释了美军增援为什么迟迟未到。"美国很远。"他说，"从美国到吕宋要走700天，23个满月，隔着水，不容易。"

不过，科迪阿罗似乎对康纳腰间的手枪更感兴趣，觉得那枪比他的枪要好，

第四部分:坚 持

康纳感觉该走了。

"Maraming salamat."他说着与科迪阿罗握手告别,"Paalum."然后离开。

康纳回到"香格里拉"。对于他自认为取得的进展,古维、迈尔修和多纳希并不乐观。难道他真的一无所获?康纳的确发现自己很难看出科迪阿罗和尼格利陀人的态度,毕竟两种文化之间的差异太大。

四个美国人的日子依旧:早上在溪水里洗个冷水澡;早饭吃大米和红薯;然后聊些有关战争的已经讲烂的问题;散散步,洗洗澡,吃午饭,围着火塘抽烟。

古维和迈尔修的关系有所缓和,鲍勃向弗兰克道了歉,说他说话不该那么刻薄。多纳希则像往常一样离群索居,跟不存在一样。他的烟瘾很大,手指都被熏成了黄色,远远看去,没拿烟都像拿着一般。到了星期六——他们能记住每个周日实属不易,克里托会带着马尼拉的报纸、书和数量有限的食物到来。康纳从报纸上获取信息,更新他的战争形势图。那天下午稍晚,他开始研究克里托带来的一本菲律宾历史书。

"听听这个。"他向其他人说,"是关于阿依塔人的早期历史,说他们是这个岛屿最早的居民,之后被马来人从富饶的低地赶到山区。由于他们的封闭和被压迫的历史,他们保持落后的生活方式,并觉得低人一等。

"我不懂你什么意思。"多纳希说。

"很简单。"康纳回答,他兴奋地发现自己找到了突破口,"我们不再试图组织阿依塔部落反对日本人,我们的着力点应该是他们低人一等的心态。我们应该提升他们的自豪感,因为他们本来就很不错,我们应该组织他们去寻求贸易平等。"

其他人并没有理解康纳的意图,也没跟上他的思路。突然,屋外传来脚步声,谈话戛然而止。康纳掏出手枪,其他人抓起猎刀。脚步声更近了。

"Magandang hapon."一个男音在屋外说,"Kumusta ka?"

康纳皱了下眉头。是科迪阿罗,不过他可不是来串门的,他要做交易,但这

信念的旗帜:突出巴丹丛林

个交易与康纳的诉求没有关系。他推开竹门,用结结巴巴的英语表示要与康纳做交易:跟康纳换枪。

康纳看着科迪阿罗以及他身后的一群武士,他知道安全的回答是什么。

"不行。"然而他这样回答。

克雷与他的枪形影不离,从塞芬拿陆军航空基地开始,这枪就是他的生计,他的活路。"此外,"他说,"换枪不吉利,一把用着顺手,换一把就不见得了。"

科迪阿罗的双眼眯成缝,头向一侧歪了歪。

"那么我要和你决斗。"酋长说,"如果你枪法比我好,我就把我的枪给你。如果我超过你,你就把你的给我。"

康纳并不喜欢这个建议。他的视力没有恢复,而且疏于练习。他知道,如果失去枪,他会变得更加脆弱,那些敌人,日本人、哈克或是对他不满的尼格利陀人,都可能要了他的命。但他已经无路可退。

科迪阿罗以一棵细长的香蕉树为目标。他们俩站在离树大约四十英尺的地方。科迪阿罗检查他的枪,瞄准,击发。子弹脱靶,打在树前的土里,激起一团灰尘。

科迪阿罗的枪还没回套,康纳就拔枪射击。树皮飞溅。康纳收枪回套,扣上固定扣,然后静静地等着。他心中并不沾沾自喜,而是觉得幸运:阳光把香蕉树的剪影照得很清晰,因此他看得很清楚。

科迪阿罗仔细地摩挲着自己的枪,抿着嘴慢慢地点点头,最后还是把枪递了过来,他言而有信。

康纳接过枪,看了看,然后递还给他。"科迪阿罗,我不想要你的枪。"他说,"我想要你的友谊。"

第二十章　自由与公正
1943年11月—1943年12月

距巴丹陷落后逃入丛林：19到20个月

　　数日之后，康纳再次来到马格卡巴由。科迪阿罗从裤兜（看来他更喜欢西式的裤子而不是围腰布）里掏出一个指南针送给康纳。他告诉康纳那是从一个被他的族人杀掉的美国人那儿得来的。这算是个威胁还是礼物呢？康纳觉得是后者，一个象征意义的姿态。虽然科迪阿罗没有像康纳希望的那样有建立联盟的意思，但至少在向那个方向发展。

　　但是，尽管康纳对科迪阿罗赞赏有加："他眼光敏锐，待人和善，智计百出，言辞犀利"，尽管科迪阿罗欢迎他，但这并不代表他的上百族人也是如此。很快，他听说了一件事，而且自认为可以帮上忙。一个尼格利陀人男孩被一个菲律宾人杀了，就在马格卡巴由东南数英里外的卡塔诺峰（Mount Cutuno）。当康纳抵达德里甲普峰（Mount Delijap）的一个尼格利陀人营地时，科迪阿罗正准备带着人到山下去"Tabla"——意思是"一命换一命"。这就是血债血偿式的正义，丛林的法条。尼格利陀人相信这样才能救赎他们的灵魂。为了让那个死去的男孩达成永生，必须向菲律宾人复仇。

　　康纳意识到这是他的机会。"让我来向你和你的人民证明，我们有可以帮助你们的好主意。"康纳游说科迪阿罗，如同又成了当年卖富勒牙刷的推销员。"像在我们国家那样，举行一场审判，找到凶手，让他为自己的罪行付出代价。不要去残害无辜的菲律宾人。"科迪阿罗觉得这个主意很古怪，不过也挺好奇，因此没有反对。

信念的旗帜：突出巴丹丛林

　　康纳打算先在"香格里拉"把尼格利陀人聚在一起，然后与迈尔修和古维带着他们一同去巴纳巴举行公审。当指定时间到来的时候，康纳三人发现门外已经聚集了超过四百个尼格利陀人。

　　康纳站在他们面前，解释了他的计划。他们会分成三组，康纳带一队，古维带一队，迈尔修带一队。每队约150人。他们会从东、南、北三个方向包围巴纳巴。"我们计划包围那里，把所有的菲律宾人从地里弄出来，设置警卫，然后举行审判。"康纳后来回忆道，"我们会捉住凶手，并把他带到受害人家里接受'Tabla'。"如此众多尼格利陀人的到来，让他信心倍增。然而，他的话还没说完，信心已经烟消云散：尼格利陀人蹲在地上听着，却毫无反应。一个出头鸟站起来，说他们不喜欢这个主意，不想去低地，如果被断了后路，他们的家人就无依无靠了。如果要战斗，就让他们尼格利陀人在自己山里的地盘战斗。更好的方法还是各自回家，然后派出复仇小队。换句话说，他们喜欢老方法。

　　康纳的情绪爆发了，既是因为沮丧失望，也因为有好莱坞的表演欲："我一直听说尼格利陀人，特别是阿依塔人是非常自豪的！"他用蹩脚的塔加拉语吼道，比他在任何一场橄榄球比赛做啦啦队员时还要卖力。"非常勇敢的！敢于冒险的！但是现在，老实说，我为你们羞愧！因为你们害怕了！"

　　这是在玩火，这些人可以因为某人偷了一头猪就把他戳成肉串，更不用说胆敢质疑他们人格和荣誉的人。不过康纳还没有说完。"我为你们羞耻，"他说，"因为你们竟然害怕为正义挺身而出。如果你们想回家，那就回去吧，因为这正是胆小鬼的做法，正是菲律宾人不怕你们的原因，正是你们从来不受尊重的原因，正是你们不去乞求不去杀戮就连盐都要不到的原因。因为你们是胆小鬼！"

　　科迪阿罗气得跳脚。"不是这样的！"他大吼道。随后一阵寂静。潮湿的热带空气中弥漫着紧张气氛，也许康纳做得太过分。尼格利陀人准备反弹。

　　"我们要做正确的事！"科迪阿罗说。

　　这让康纳一时不知风向如何。他的目光扫过众人，从他们的表情中寻找线索。然后，他又看了看科迪阿罗。

第四部分：坚　持

"我们去低地！"科迪阿罗吼道，"每……一……个……人！"

科迪阿罗的话让尼格利陀人进入狂暴状态，咆哮欢呼起来。"很明显，他们热血沸腾的号叫是宣泄口，"康纳写道，"他们要血债血偿，要下山大干一场！"康纳心中大叫不好。他做了些什么呀！？他鼓动出的能量如同皮纳图博峰上滚下的巨石，排山倒海。尼格利陀人排成长队，沿着小道，小跑着下山，手里紧紧攥着弓箭。康纳知道现在他已没法阻止他们。唯一能暂缓他们的，是午睡时间。进入村子之前，尼格利陀人突然收敛起戾气，躺下休息。趁着这个空隙，康纳、古维和迈尔修赶紧聚在一起商量对策。美国人的唯一希望是站在尼格利陀人和菲律宾人之间作缓冲，让斡旋双方找出比血战一场更好的解决办法。

当菲律宾人发现尼格利陀人从三个方向逼近巴纳巴的时候，吓得歇斯底里。"他们从来没有看到过这样的景象，"康纳写道，"以为自己必死无疑。"

康纳站在一张木制长椅上，用自己有限的塔加拉语让双方平静下来。"我们来这儿只为一个目的，"康纳说，"不是来报仇，而是举行一场审判。是的，我们能够将凶手找出来，然后把他带到山里接受'Tabla'，但是我们想知道过程，我们想知道真相。"

康纳一边说，一边和迈尔修和古维搬椅子放在场中。康纳告诉众人那是"证人席"。尼格利陀人，菲律宾人都看着，面露疑惑。康纳开始询问菲律宾人，事情渐渐明了：一个菲律宾男子从人群中走出来，说他当时去山里割香蕉叶。由于战争，这个地区纸张匮乏。加热后的香蕉叶变得柔软，可以作为替代品包裹肉食。因此市场对香蕉叶有相当大的需求，香蕉叶变得值钱了。

但是，那个菲律宾人看到路上有个尼格利陀人，害怕对方会杀他，就先下手为强。听到这里，尼格利陀人一片哗然，他们要"Tabla"。康纳、迈尔修和古维觉得这人可能是为了自卫而杀人，但又没有证据。康纳决定冒个险，让两拨人自己商量出解决方案。因此，他同意将凶手交给尼格利陀人"Tabla"。

受审的人双眼闪烁不定，如同被蛇惊吓到的马儿。他的家人尖叫哭诉，请求

信念的旗帜：突出巴丹丛林

不要把他带到山里去。接着，康纳注意到，不可思议的事情发生了。他写道："尼格利陀人受到这家人的情绪感染，而且也看出那人并不是凶恶之徒，不过是一时中邪犯下大错。"

当尼格利陀人的咆哮声渐渐低下去的时候，其他菲律宾人看到了机会，他们开始为同胞的命讨价还价。他们愿意提供大量的盐、米、水牛等物资。他们还说愿意与尼格利陀人合作，公平交易。而尼格利陀人告诉菲律宾人，他们有后者需要的香蕉叶、树藤和野香蕉。

最终，双方达成协议：那人回家，尼格利陀人放弃"Tabla"——康纳的办法奏效了。接下来的数周里，因为此事而获得的红利，远远超过他的想象。美国人赢得了尼格利陀人的敬意，保住了一个菲律宾人的性命，还开始了菲律宾人和尼格利陀人之间的穷人贸易。如果说以上还不算特别的话，这还促成了一项三方协议：菲律宾人会为康纳他们带来关于日本人的情报，前提是尼格利陀人能保证进山的菲律宾人的安全。

三方都能从这个情报换安全的计划中受益。有许多菲律宾人在日军占领的克拉克机场做工，很容易获取关于日本炮兵阵地、跑道和隧道位置等情况的情报。尼格利陀人对日本人知之甚少，但对大山却了如指掌，因此能帮助低地的菲律宾人安全通过山区。

借着尼格利陀人对他的信任，康纳开始推进尼格利陀人各部落联合的计划。"所有部落要宣誓向一个指挥官效忠，并坚决执行他的命令。"他这样对科迪阿罗说，"如果菲律宾人来找麻烦，整个阿依塔人都会组织起来去低地寻求正义。而现在，各个部落互不相干，一个部落遇到麻烦，其他部落不会去帮助。团结则强，分裂则弱。"

一句话，统一起来。至少科迪阿罗的部落支持这个建议。新的关系、新的节奏、新的信念。"尼格利陀人对我们帮助甚大。"古维后来回忆说，"他们好多次救了我们的命。大多数安排是克雷做的，大多数跑腿的工作是我做的。我指挥这些小个子把补给搬到山里，我们则到处走动串联。"

与此同时，康纳开始了"竞选之旅"，游说数十个部落加入联盟，其中一个酋长的名字叫"国王·托马斯（King Tomas）"。科迪阿罗提醒康纳避开那些猎头部落，康纳也很乐意接受这位新朋友的建议。虽然有些误会——有个尼格利陀人以为康纳是来拐走他女儿的——康纳回到"香格里拉"时仍然备受鼓舞。"我感觉我赢得了土著人的敬意。"

之后发生的一件事，进一步强化了三方联盟。听说一群菲律宾土匪进入巴纳巴奸淫掳虐，康纳带着尼格利陀战士前去救援。当他们抵达村子的时候，枪声四起。不是菲律宾土匪，而是日本人，有几十上百人之多。激战之后，枪停箭止，36个日本兵倒毙在地上。

尼格利陀人被康纳的领袖气质打动，现在确信日本人是他们共同的敌人，更加坚决地支持美国人的抗日斗争，甚至菲律宾人也握起枪，加入了康纳的游击队。康纳他们终于有了足够的实力，不但自诩为"游击队"，而且得到美林上校的官方任命。

1943年12月2日，第155暂编游击营正式成立，根据地在邦板牙山区。"队伍由美军官兵康纳、古维、迈尔修、德克尔和坎贝尔以及两个尼格利陀连和一个菲律宾侦察兵连组成，每个连人数在50到100人之间。"康纳写道。第155的番号来自155毫米口径，绰号"长程汤姆（long tom）"的榴弹炮，是当时美国陆军最强大的火炮。

"仿佛一夜之间，我们就成长为一个大部队。"康纳写道。自从在萨马尔巴勃罗·阿基诺家里的会面开始，康纳仿佛一直在对着这个叫"游击队"的灰堆猛吹。如今，15个月之后，它终于爆发出火苗。他们"漫无目的的徘徊"终于变成向伟大目标的奋进。从某种程度上讲，第155营正是为纪念那些牺牲的美国人和菲律宾人而存在的，如同康纳头年春天写的一首诗《巴丹失落的军团》中描述的那样：

困难与残酷没有怜悯可寻，
敌人的刺刀插入孱弱的身体，

信念的旗帜：突出巴丹丛林

身体被凌辱精神仍倔强。
致敬！巴丹失落的军团，
那些还在坚守信念的，
正耐心等待回到队列之中，
他们会战斗到身体变冷，
致敬！巴丹失落的军团！
致敬！血洒围城的战士，
致敬！救死扶伤的护士，
致敬！准则、传统和信念，
致敬！巴丹失落的军团。

第二十一章 绝望的手段
1944年1月—1944年2月

距巴丹陷落后逃入丛林：第21个月

鉴于太平洋舰队返回的不确定性，康纳开始正视自己可能永远无法离开吕宋岛的可能——有些时候，这看起来不是悲惨的宿命，而是快乐的诱惑。"弗兰克已经开始抓狂。"康纳后来写道，"他已经等不及要回到煤矿了，而我则会回到相对富足的纽约社交圈子，相比之下，我有点想留下，我真的想留下。"

几十年之后，从数千英里之外远离丛林的角度来看，这样的想法简直匪夷所思。然而那时，康纳他们根本就是丛林弃儿，由于他们不知道的原因，被抛弃在丛林里，无限期地自生自灭。对于陷入这样境地的人来说，适应环境好像既困难又不便，甚至是不可能的，至少在最初是如此，然而随着时间的推移，不习惯成为新习惯。当然，他们仍然心怀希望，期待有一天能听到天空的轰鸣，看到美军飞机在天空翱翔。但就当时而言——在丛林里已近两年的时候，除了流言，没有任何证据表明美军即将返回。

如同丹尼尔·笛福（Daniel Defoe）笔下的鲁滨孙（Robinson），等待从数月到数年，直到28年，这位海难幸存者终究会放弃被救援的希望，接受新的现实。他必须活在当下，想方设法地活下去，而不是幻想过去的生活，幻想回到过去。

没有经历过这种绝境的人，或许会对海难中饥肠辘辘的水手有吃人想法大加鞭挞。但求生的欲望是非常强烈的。同样，在"战争迷雾"中，无论军人还是平民都陷入混乱，杀戮成为日常生活的一部分，老家是非分明的世界里的各种界限会进一步模糊。

信念的旗帜：突出巴丹丛林

"你不会让丛林里的人活得像个美国人。"康纳说，"但你可能让丛林里的美国人活得像个尼格利陀人。"

战后，迈尔修说过："在1943年，理解我们的处境很重要，美军在所罗门群岛和新几内亚陷入苦战，我们可能要等十年才会有部队来救援。"

后来，康纳曾这样反驳那些没有设身处地就对他们的决定吹毛求疵的人："对于经历过这样战争的人做出的决断，你可以说'如果我在这样的情况下，我不会这么做'……但你根本不知道怎么做才能活命，你只是吃着牛排、土豆、面包或饼干在那儿想当然。你是以美国的方式活着，而在吕宋岛，你没有这样的奢侈环境，你是在承受了数月的困苦、封闭，在与家人和祖国断绝了一切联系的情况下做出决断的。"

那时，康纳已经意识到只有很少的美国人还活在丛林里，而且是因为有菲律宾人的帮助。那些特立独行的要么死了要么被俘。事实上，尼格利陀人的猎猪陷阱惊人地有效。在过去的六个月中，康纳他们终日都在日本人和哈克投下的阴影中挣扎。如今，由于尼格利陀人的保护，他们终于可以安心了。

但丛林的法则就是转瞬即逝。上一分钟可以绝对安全，下一分钟就成了日本刺刀下的牺牲品。拉里·劳伦斯前一刻还在稻田里悠闲，突然就被日本巡逻队包围，接着在利刀挥舞下永远沉寂。他的错误就是独行，这让他面对追杀时毫无抵抗能力。

求生确实困难重重。虽然康纳他们受到尼格利陀人的青睐，但谁也不能保证科迪阿罗永远不翻脸。万一康纳或者其他美国人无意中触怒了与科迪阿罗关系密切的某个部落成员，万一临近的其他部落不满科迪阿罗与美国人的联盟而发起进攻呢？这种关系中有太多不确定因素。康纳发现，美国人要么多找几个篮子放鸡蛋，减少对尼格利陀人的依赖，要么强化与他们的关系，消除第三方乘虚而入的可能。

现在是1944年2月，康纳他们已经深入丛林近两年，康纳觉得从其他地方获取帮助基本不可能。从谁那里？他们在哪里？如何搭上关系？因此，他们唯一的选项就是牢牢抓住尼格利陀人。为此,有一天康纳去找古维和迈尔修,商量一个强化关系的方法。这个办法正是他们的绝望处境和康纳绝妙想象力的写照。

其实很简单:为了强化联系,成为部落联盟的一员,康纳打算迎娶科迪阿罗的一个女儿。

当康纳将此计划告知迈尔修和古维的时候,他们都认为他在开玩笑。然而康纳让他们相信他是当真的。"我和弗兰克试图劝克雷打消这个念头,但他坚持己见。"迈尔修后来说道,"康纳希望建立一条纽带,确保我们的安全和生存,并最终能回到祖国。"

康纳这次的主意与上次投降的建议不同,不是古维和迈尔修的反对就可以打消的。于是,康纳去向科迪阿罗提议,当然也表达了他愿意继续向尼格利陀人传授关于日本军队的知识、获得正义的新方法,并为他们提供在菲律宾人中间获得更多政治权利的机会。"科迪阿罗求知若渴,求信息若渴。"康纳说。

酋长很高兴地答应了康纳的请求。这一结合不但加强了康纳与科迪阿罗的关系,而且还在整体上强化了美国人和尼格利陀人部落的关系。"酋长一家非常高兴。"迈尔修写道,"毫无疑问,我们'成了一家人'……我相信康纳确实是为我们着想。"

在这之后,美国人和尼格利陀人的关系经受住了难以想象的考验。然而在当时,迈尔修除了摇头没有其他话可说。他后来说:"克雷·康纳是个我行我素的人。"

康纳即使不是丛林之王,也正在成为一位领袖——尼格利陀人的,菲律宾平民的,以及他手下的美国人的,尽管有人有时会认为他太自大。到了此时,经历了1942到1943年的起起落落之后,数十个像康纳这样的游击队散布于吕宋岛上,情况基本类似:一群吵吵闹闹的人因为有了领袖最终走向团结。在这样的"小国王"里,有一位中尉叫罗伯特·拉帕姆(Robert Lapham),他的游击队控制了吕宋

信念的旗帜:突出巴丹丛林

中央平原的大部。

随着1944年的到来,第155游击营成为一支卓有成效的游击队。屈指可数的美国人领导着数百尼格利陀士兵。而菲律宾人菲利佩·曼林戈(Felipe Maningo)则指挥150人的菲律宾侦察兵。他们在三个省搜集日本人的情报:三描礼士省东部以及邦板牙省和打拉省。康纳坐镇三省交界处的总部,协调各方。

康纳已经成为一名勇气卓著、信念坚定、拔枪如电的战士。他的拔枪速度让古维惊得连连摇头,表示不敢相信。没人的枪套像康纳的这般滑溜,但他每天仍要用椰子油润滑。古维说:"我还没把枪拔出枪套,他已经扣着扳机把枪顶在我的或是任何人的喉咙上了。"确实,康纳早已不是巴丹投降前那个年轻的中尉。那时,没人愿意跟随他,更不用说跟随他上战场。

他的成功是因为他的谦虚,他对知识、习俗以及对土著力量的尊敬。确实,保证康纳和他的手下存活的关键,是他愿意入乡随俗。他的坚持得到了回报,如同橄榄球的四分卫用坚强的意志给队员以希望,最终得分胜利。

与此同时,古维也找到了自己新的目标。康纳动脑筋,古维动肌肉。"他不能闲着。"康纳写道。他砍伐树木,在木头上刻槽,并用香蕉树壳建了一条引水道。他像骡子一般背着物资上山,做饭,补衣服,杀蟒蛇,让丛林的生活焕然一新。

迈尔修则跟着多伊尔·德克尔、鲍勃·坎贝尔和多纳希去了低地。康纳希望他们待在巴纳巴附近,专司情报搜集。鲍勃和弗兰克虽然互不侵犯,不过最好不要在一起。实际上,古维的气色似乎从来没有这么好过。"他很受尼格利陀人的欢迎。"康纳写道,"因为他什么都跟他们学,很快就适应了土著的生活方式。"现在,那个西弗吉尼亚的高个小伙已经真正成为"土著"。他已经一年多没有穿过鞋,实际上,如今他几乎什么都不穿。他围着块缠腰布,头戴破烂的草帽,永不离身的手枪挂在瘦骨嶙峋的屁股上,仿佛是通过外科手术固定在上面的。他的"泰山号叫"也恢复了力量。

"虽然他还是比较谨慎,但他在山里的行踪却无法保密。"康纳写道,"他和尼格利陀人一边光着脚在丛林里行进，一边唱着阿依塔的民谣，数英里之外都能听到。"

尽管古维的"原始化"有着某种喜剧效果，然而根据《美国陆军求生手册》，这样接受当地文化实际上是非常明智的举动："像土著一般行动……与头人或酋长建立联系，获取所需，展示友好、礼貌和耐心，不要显得害怕，不要亮出武器，把土著当平等的伙伴，尊重当地的习俗和礼节，尊重他们的个人财产，特别是他们的女人。"

当第155营的一个尼格利陀中尉死于肺结核的时候，康纳和古维去都都峰（Mount Dudu）以东三英里的地方参加他的葬礼。这场仪式让康纳入迷。他后来写道："他的家人聚在一起，吹起号角，周边很多英里范围内的亲友都带着食物前来。"

当月亮当空时，大约三百人聚集在逝者的家外面。那是一个小窝棚，中尉就死在那里。三个被称为"medicos"的巫医蹲下来，脸庞被椰子油灯照亮。他们将食物放在香蕉叶上，然后在半个椰子壳中倒满水。在火光的映照下，他们开始前前后后摇动，颂唱，低吟，号叫。外围的人也开始跟着做，一同颂唱，低吟。

"你无法抗拒这种影响。"康纳写道。他后来知道，他们正在祈求神让逝者回魂，如果他的脸庞出现在椰子壳的水中，表示他已经安全抵达天堂。确认之后，他们会开始大摆筵席。巫医们先将食物托起向天，然后分撒在逝者坟墓周围，示意宴会开始。大家吃喝谈笑舞蹈，直至天亮。

虽然康纳与尼格利陀人的关系加深了，与自己人却时常有些龃龉。身处低地的德克尔指责康纳他们是在虐待尼格利陀人，这让康纳非常恼火。他相信他已经证明自己对尼格利陀人的诚意，第155营的建立同样证明了他对美国的忠诚。在康纳看来，德克尔指责他的理由不过是个烟雾弹，他真正生气的原因是康纳的青云直上，从中尉飙升为少校。在丛林里，游击队的指挥官自封高官并不罕见，一方面是因为他们的扬扬自得，但主要是为了提升他们在土著人心目中的地位，因为这仍然是他们生存的关键。

信念的旗帜：突出巴丹丛林

"说到这个，"德克尔含沙射影，"你本来连证明你是军官的证据都没有。"争议越来越激烈。康纳暴跳如雷。他抽出枪，不过很快又把枪放回枪套。双方没有动武。

"第二天一早，"康纳写道，"我们握手言和。这不过是另一次情绪爆发而已，这场战争历时太久，我们已经很久没看到过美国飞机，绝望变成了怒火。"

第二十二章　宣誓效忠
1944年3月—1944年5月

距巴丹陷落后逃入丛林：第21到25个月

　　1944年3月，在坦博峰（Mount Tambo）的一侧，距离上个营地以南几英里，古维开始建设他们的新房。让日本人摸不清他们的住址总是好的。从这座山上，他们可以看到皮纳图博峰，还可以看到吕宋的低地平原，以及正北的斯多特森堡和东北的克拉克机场。"这给我们自由、放松和归属感。"康纳写道。

　　就在古维卖力砍木头的时候（他们的新居将是一间热带木质吊脚屋），康纳继续为155营拉赞助。他为目不识丁的尼格利陀人发明了一套指印系统，以此调查人口情况，因为康纳发现用名字完全无法实现这个目的。古维则建成了他们进入丛林以来最好的住宅，有着竹片码成的地板、床铺、桌椅，还有中空竹管制成的自流水管，将四分之一英里之外的山泉引到屋内。康纳评价道："这是大师手笔。" 古维还嫌不够好，又在林地里开出一片园地，种上了玉米、利马豆、红薯和水稻。根据地点，他们称155营的第四个营地为"坦博峰"。

　　大功告成后，劳碌命古维又去低地，冒着暴风雨拖回一袋大约一百磅的大米，然后穿过密林送给尼格利陀人，换回一大把新鲜的烟叶。当他回到坦博的时候，康纳上前迎接。他握了握康纳的手，立刻倒在康纳面前，康纳被吓得半死。他们俩曾发誓一起走出这场战争，现在古维却死人一般趴在地上，毫无反应，发着高烧，面无血色。康纳轻轻摇摇他，为他按摩，对他说话。什么效果都没有。

　　虽然没死，但也不像还活着的样子。分钟变成小时，小时成为数天。没有好转。康纳派克里托下山找医生，但没人愿意来。最后，尼格利陀人带来三个"巫

信念的旗帜：突出巴丹丛林

医"，都是女人。她们把古维当作面团一般不停地揉搓，敲敲这里，打打那里。然后，她们让康纳看古维肚子中间的一个硬球。她们说，疾病都聚集到那儿了。她们从附近的树上剥下树皮盖在肿胀部位。"他很快就会好的。"她们说。五天之后，古维坐了起来，依然虚弱，但开始进食了。

"他就坐在火堆前，呆呆地盯着前方。"康纳写道，"不说话，面无表情，像是被吓呆了。"幸好，古维最终慢慢恢复了力量。康纳暗自高兴。用古维的话说："他像只母鸡照看小鸡一般，一直在我身边转悠。"这与巴丹投降前康纳在一号医院时的态度大相径庭，那时他说："我没法对这些人正在遭受的痛苦感同身受。"

两年之前，康纳和古维一起陷入这场混战，康纳希望他们能一同走出去。

格莱斯·美林上校是一个诚实、忠诚的酒鬼，常常夸耀说，他在得克萨斯州布里斯堡（Fort Bliss）家中的花坛里全是他丢的空酒瓶。他年届52，看上去却有75岁。他属于那种放到菲律宾来养老的资深军官。他是一战遗老，第26骑兵团的一员，他经常炫耀他站在马拉炮一旁的照片，还说那时空气中正弥漫着德国人放的芥子毒气。他的皮肤"沟壑纵横"，他号称蚊子从来没在他那里占到过一丝便宜。同时，他又是个老顽固，从日本人强迫美国人进行的死亡行军中逃脱，成为逃出来的人中最年长的。

自然，康纳认为他跟自己一样是亡命之徒。

大雨肆虐——这是康纳在吕宋的第三个雨季——美林督促各游击队进行更多对敌侦察和更好的情报交流。到了1944年7月，数艘美军潜艇抵达西海岸，偷偷带来无线电收发机和至少一台打字机。这让康纳和美林以及其他友军的通信速度大大加快。众多小帆船带来了补给和麦克阿瑟的宣传手段：印着"我会返回！"的火柴盒。这玩意对菲律宾人的鼓舞大于对美国士兵的激励。

自从巴丹陷落，连接西南太平洋包括澳大利亚在内的通信线路再次开始运作。美林要康纳的部队向他提供日军情报，特别是关于敌人众多的斯多特森堡的情报。尼格利陀和菲律宾信使开始在三描礼士山东侧的康纳总部和西侧圣马塞利诺(San Marcelino)东北的美林总部之间往返穿梭。一趟大约要花两到三天。

在其他吕宋地区,游击队零星地开始对日本巡逻队发起进攻,但在康纳控制的三描礼士—打拉—邦板牙三省,这并不常见。原因之一是他们毗邻斯多特森堡,上万日军随时可以前来报复。另一个原因纯粹是实力问题,只有在胜券在握的时候,游击队才会主动进攻。北吕宋的罗素·沃克曼(Russell Volckmann)上校麾下有22000名菲律宾战士;拉姆齐和拉帕姆则有13000人;与康纳一同逃跑的安德森也有7000人。但康纳的155营却只有几百菲律宾人和"大约3000尼格利陀人"——他在1944年11月23日写给美林的信中如是说。不过,他说的这个数字可能有水分。最后的原因很简单:执行上峰命令。麦克阿瑟曾命令吕宋的游击队尽量避免直接军事冲突,以防日军对菲律宾平民进行残酷报复。他们的主要任务应该是搜集情报,其次就是保住性命,如果有机会,可以进行各种破坏活动。至于用手枪进攻防备森严的敌军,那不是游击队的任务。

美林决定为麦克阿瑟即将发起的反攻做准备,定下了四条游击队作战准则:当大军进攻日军的时候负责保护平民;搜集情报向麦克阿瑟报告;组织和训练游击队,为大反攻做好准备;在这之前避免与日军交战。美林认为,构建一支得力的游击队,最重要的就是意志坚强,同时要对土著人民的困苦表示同情。他曾写道:

只有在一个共同的、完全为人民和国家服务的政治目标的指导下,有着为胜利不惜牺牲自己生命和家庭的战士,我们才能让抗日游击队成为团结一心、坚不可破的力量。

其次重要的是,在一场政治斗争中,要团结大众,组成一个坚强的堡垒。如果一支抗日游击队不能联合大众,不能维护他们的利益,这样的部队就没有前途。鱼儿只有在水中才可以存活成长;同理,只有在民众的支持下,游击队才可以存在和发展。鱼儿一旦离开水就会死,游击队失去民众的支持就无法生存。

信念的旗帜：突出巴丹丛林

这样的思想——美国人对菲律宾人的需要不比菲律宾人对美国人的需要少——正是对20世纪初美国对菲律宾歧视的拨乱反正。确实如此，在吕宋的丛林中，平等的新风开始吹拂。

五月的一天夜里，众人围坐在火堆旁聊天，一个菲律宾侦察兵，曾经在第26骑兵团的阿伽皮特·麦卡由（Agapito Macasual）讲了一个故事。康纳没在场，不过那个故事让在场的迈尔修和德克尔印象深刻。侦察兵说的是葛塔诺·巴托中士和26团军旗的故事：巴丹战役中，巴托从牺牲的战友手里接过战旗，并发誓终有一天会让这面旗帜再次飘扬在吕宋上空。

"他住在萨班巴托。"麦卡由说，"不过我不知道他是否还活着。"

篝火爆出的火星飘到空中，德克尔和迈尔修的思绪飘忽，不知道侦察兵接下来会说什么。"我愿意去找找，愿意去看看巴托和他的旗帜有没有可能再次飘扬——在我们155营上空飘扬。"

在迈尔修和德克尔的支持下，次日一早，麦卡由踏上前往萨班巴托的旅途。三天之后，他回来了。巴托确实还活着，不但活着，还热切地希望将旗帜交给155营，以此完成他让自己肩负的责任。为了不被敌人发现，夜里，巴托向迈尔修、德克尔和麦卡由展示了那面折叠整齐却褴褛破烂的旗帜。月光下，他们看到对方眼中噙满热泪，自己的眼睛也湿润了。在这场旷日长久的战争中，他们都已变得铁石心肠，少有什么能够打动他们。然而，这正是那少有的动容之物。

康纳听说此事之后，也是欣喜异常。他很高兴155营能接下这个"接力棒"，并继续将此信念传递下去。155营的战士们在心中发誓，要让"这面旗帜从此每天飘扬，这是对北面入侵者的蔑视，是自由、民主和最终胜利的标志"。迈尔修这样写道。

他们距离敌人众多的斯多特森堡不到15英里，然而没人因此反对升旗。古维麻利地准备好一根长竹竿，几分钟后，美国国旗就飘扬起来。"看着美国旗帜再次飘扬在吕宋上空，"康纳后来写道，"我们激动的后背一阵震颤。"

第四部分：坚　持

尼格利陀人不像他们那样激动，但却充满好奇。"我们想尽办法教他们所有人如何行军礼，如何升旗和降旗，还告诉他们不能让旗帜落地。"康纳写道，"尼格利陀人喜欢这些规矩，我可以看出他们都是当兵的好材料。"

他还物色到了领导他们的人选：巴托。康纳询问巴托是否还记得战前美国指挥官是如何组织、教育和训练菲律宾精英侦察兵的。接着，康纳告诉他说，自己希望用这样的方法训练尼格利陀人，不光教他们敬礼和每天升降旗，还要教他们如何协作杀敌，成为训练有素的战士。

"中士，你觉得怎么样？"康纳问道，"你愿意吗？"

巴托毫无保留地投入这项任务，他的热情让康纳感到异常可贵。得到允许后，巴托把妻子儿女都接了过来。他手下的三个士兵为巴托一家建起住房，也建起了自己的住所。短短数月中，尼格利陀人就完成了基本的军事训练。"巴托中士创造了奇迹。"康纳写道。康纳与古维、多纳希前往都都峰视察部队训练情况。

"就像回到军官学校，进行每个周六早上的例行巡查。"康纳写道。尼格利陀人装备着1903式斯普林菲尔德步枪（Springfield rifle），他们把枪擦得亮堂堂的，用作阅兵武器。一位掌旗手出队，展开军旗。尼格利陀人右手护于心口，用英语重复部分"效忠誓词"，向美国军旗宣誓效忠。

从此以后，每天那面旗帜都会飘扬在他们位于坦博峰上的"总部"上空。在迈尔修看来，共同的旗帜让尼格利陀人和菲律宾人有了共同的目标。"我们就是他们的希望，旗帜是个向心点。"他后来说，"我们都保存着自由的希望。他们看着我们的眼神充满崇敬，就像我们看着美国国旗的眼神一般。"

康纳望着破烂的旗帜在微风中飘扬。它就像只无人想要的落魄癞皮狗——直到人们了解它背后的故事，它从哪儿来，经历过什么，有着怎样深刻的意义。"我庄严发誓，"康纳写道，"第26骑兵团的荣誉之旗将再次飘扬在斯多特森堡上空。"

第二十三章　摊牌
1944年6月—1944年9月

距巴丹陷落后逃入丛林：第26至28个月

这个圣诞节，我们想念你，儿子。

圣诞节到来的时候，亲爱的儿子，你知道我们很想你。

全心全意，

无论何时，

我们都希望你平安喜乐，

并向上帝祈祷，希望他能眷顾你。

——1944年康纳母亲在大西洋城为儿子所写的贺卡

1944年12月19日

亲爱的赫伯特上校（Colonel Herbert）：

关于我们的儿子亨利·克雷·康纳中尉的命运，我承受着无休止的悬念，这让我牵肠挂肚。31个月以来，我每天都在与心中的恐惧战斗，并勉力守住希望，期盼儿子能从地狱幸免，其中的酸苦笔墨难以描述。我一直全身心投入战争工作会（War Work）和美国劳军联合组织（USO）的工作，刚刚短休后回到岗位。然而无论我到哪里，做什么，都无法抵消我的担心。唯一能够抚慰我的，就是关于他或是来自他的确切消息。

既然安然归来的人似乎不少，他们或者曾是阶下囚……或者曾经逃入深山，

第四部分：坚 持

他们中肯定有人知道克雷的信息。我之前已经来信颇多，以求这些归国人员提供信息，却杳无音讯。我想知道他们是否受到政府阻挠而缄默不言。希望你能告知我，谁可能给我们一些关于我们儿子的消息，哪怕只有只言片语，至少也能支撑我们走下去。我相信你能理解我们所承受的压力。

祝好！
　　敬礼！

H. C. 康纳夫人

1944年12月27日
玛格丽特·康纳夫人
北格罗夫街174号
新泽西州东奥兰治

亲爱的康纳夫人：

我收到了您1944年12月19日的来信……由于1942年5月7日我们陆军部队在科雷希多向日军投降，之后相当长的时间内，您一直没有收到您儿子的任何消息，您和其他父母所承受的巨大压力，美国陆军一直非常重视。我真心希望我有确凿的消息可以缓解您的关切之情，然而目前我们没有收到关于康纳中尉的报告……

我对您以及其他军属长期的焦虑表示同情，我最诚挚地希望收到有关于您儿子的信息。

此致
敬礼！

罗伯特·H.邓禄普

准将

陆军军务代理局长

信念的旗帜：突出巴丹丛林

　　飞机的轰鸣声唤醒了康纳埋藏已久的记忆。他与世隔绝，为了活命拼尽全力，已经不指望麦克阿瑟还能打回来。只有这样，他才能免受绝望的折磨。如今听到螺旋桨在头顶轰鸣，他的希望重新点燃。

　　然而，正在他们营地上空盘旋的是一架日军侦察机，美国人叫它"拍照片的乔（Photo Joe）"。康纳大失所望，感觉受到侮辱，甚至连隐蔽的心思都没有了，也没兴趣命人将旗帜取下。当然，在日本盘踞的斯多特森堡后院飘着美国国旗，这是颇为古怪的。不过康纳可不是靠古怪在丛林中存活了两年之久。

　　有些游击队领袖全力支持哈克。"在我看来，这个组织是目前本地区最有效的抗日部队。"威廉·加德纳少尉在1944年4月7日写给约翰·布恩下士的信件中写道，"因此，我们美国人应该全力帮助他们保持其有效性。"拉姆齐中尉对哈克没有好感，后来说道："任何与哈克并肩作战的美国人都是叛徒。"

　　随着时间的推移和阅历的增加，康纳对哈克的信心逐渐减弱，不过他对他们的一些领袖仍然保持一种奇异的尊重。其中一位就是三描礼士省的哈克领袖拉皮多·沙姆隆（Rapido Sumulong），而他却想置康纳于死地。的确如此，随着155营在皮纳图博峰地区的势力渐长，哈克对他们的敌意也与日俱增。在低地地区，日军优势明显，为了安全，哈克打算退入山区，却又不敢，因为那里是尼格利陀人的地盘。最初，哈克决定断绝粮道，逼迫美国人和他们的菲律宾盟友离开。康纳的反应是带上古维、迈尔修和科迪阿罗率领的几个人到低地去见沙姆隆。之前为了合作抗敌，康纳还送了13支步枪给沙姆隆，结果却被欺骗了。

　　康纳知道去见沙姆隆是愚勇之举，如同拾起即将爆炸的手雷，但他已经见过大风大浪，没有了恐惧。他听说沙姆隆扬言要杀他，因此拜访之前先派信使捎信过去。他写道："听说你想杀我，我等着。"但他却无心拖延，决定自己送上门去。

　　到了低地，康纳一行还没见到沙姆隆，古维就起疑心了。"会面的房子被游击队包围着，我们被枪指着。"古维写道。当谈判从房子移到哈克总部的时候，局面变得"激烈而沉重"。古维写道："康纳对于沙姆隆拿着枪却继续效忠哈克而不加入美国远东军非常恼火。"当康纳和沙姆隆越吵越激烈时，科迪阿罗对身边的一个尼格利陀信使耳语一番。那个年轻人溜出屋子，拔腿就跑。

双方同意暂时休会，明天继续。到了次日，他们捡起头天的话头继续吵。"他们越吵越厉害，我们似乎已经身处险境。"古维回忆道，"克雷试图让沙姆隆理解共产主义没有前途，但沙姆隆的英语太差，根本无法理解。当然，康纳的塔加拉语也好不到哪儿去。"

古维查看四周，沙姆隆的人已经再次包围四面大开的谈判草屋。与此同时，外围隐蔽在香蕉林中的尼格利陀人已经小心翼翼地移动到沙姆隆的背后，并瞄准了他。"我当时想，如果翻脸，我和克雷应该可以解决掉屋里的人。"古维说，"至少我们不会没拉上垫背的就死光。"康纳也不是对当前的形势毫无察觉。"我们被包围了。"他后来写道。

沙姆隆的气势越来越盛。康纳自然不会示弱，愈发趾高气扬。一位旁观者后来称他具有"斗鸡般疯狂的勇气"。三四十个哈克都在向康纳鼓噪，声音尖锐，如同闪电后的雷声。突然，昨晚溜掉的尼格利陀人跑了回来。他上气不接下气，全身是汗，精疲力尽。仿佛跑了一夜，实际上也是如此。争吵戛然而止。哈克们都向尼格利陀人所指的方向望去。难道是日本人来了？

两百多尼格利陀人握着砍刀、标枪、吹箭和步枪，从丛林里钻了出来，如同被激怒的黄蜂。沙姆隆目瞪口呆，他的"主场"优势突然化为乌有。康纳松了口气。他意识到，只要他一声令下，就能把这些哈克一窝端掉。然而，康纳已不是几年前那样会拔枪解决争议的康纳。他转向沙姆隆，提出一个出乎所有人意料——古维更是万万没有想到的古怪要求：他命令沙姆隆为他的尼格利陀朋友准备午饭——两百多人每人一份。

从哈克总部全身而退，康纳不但没有失去权力或性命，反而得到了势力。

信念的旗帜：突出巴丹丛林

"沙姆隆翻不起浪了。"古维写道，"他知道，如果我们出了什么问题，他们就没有安生日子过，尼格利陀人会不择手段地追杀他们。"康纳和手下以及尼格利陀人带着沙姆隆保证与美国远东军合作的承诺返回大山。虽然他们不可能让铁了心的共产党游击队一夜之间变成听话的乖宝宝，"但他得到教训了。"古维写道，"他知道他没法进入山区把我们消灭掉。而且如果我们在低地有个三长两短，他没法跟尼格利陀人交代。"

尼格利陀部落在山区的秘密武器是猎猪陷阱：许多剃刀般锋利的竹矛被固定在掰弯的树干上，弹力惊人。当野猪或是日本兵经过的时候，只要触动树藤，树干就会挺直，弹出竹矛。几乎没人能够幸免。"我对这些陷阱敬而远之。"康纳写道，"非常危险。我们从来不进入有陷阱的区域，除非有尼格利陀向导。"

尼格利陀人救康纳于险境的故事越传越广。重复得越多，故事就越离奇。"回去搬救兵的尼格利陀人大约夜里才回到山区。"古维写道，"因为路程遥远，而且爬山过河走小径是个苦差事。他同时还得小心避开设在路上的陷阱。抵达一个尼格利陀人的村落之后，他对村民讲了事情的经过。几分钟之内，山里就四处响起呼号，消息从一个村子传到另一个。消息的内容是召集战士在某个地方集合。半夜人们就开始聚集，天亮就下山前来。我不得不说，这一切都要归功于科迪阿罗·拉克撒马纳，是他救了我们的命。"

古维对酋长愈加尊敬，对康纳也更加佩服。"我更加佩服康纳了。"古维写道，"不过，我不知道他到底是勇敢还是疯狂。对他而言，不管是一个敌人还是一百个敌人，都没有什么差别，他总是能更胜一筹。"

向沙姆隆的摊牌让康纳和手下的名头更盛，但消息传到山下的日本人耳中后，康纳的危险也更大了。但即使康纳对此有所担忧，他也没在1944年4月19日写给父母的信中表现出来。当然，这封信是战后才寄出的。他的确提到"我的视力减退了，有可能是因为我去年四月在打拉省的一次日军突袭中弄丢了眼镜"。但他还说："我们估计部队会在今年某个时候返回，至少我们希望如此。我希望你们知道我很好，并努力让自己快乐。在了解生活的过程中，我得到许多乐趣。

我祈祷你们身体健康。"

与此同时，日本人与美国人在丛林中的猫捉老鼠游戏日趋白热化。巴托中士察觉到斯多特森堡外围防线的漏洞，发动了一次对军营物资堆积场的突袭，这也是第155营第一次主动进攻。他们夺取了50套日军军服、几箱罐头和反过来抢夺敌人的物资。康纳写道："场面有趣。原本围着缠腰布的尼格利陀'侦察兵'披着日本军装，手拿弓箭头，顶着装满罐头的箱子从山林里钻出来。"数年来，游击队都处于守势，四处躲藏，一直做猎物。现在，他们开始"打猎"了。

作为报复，日军大举进入山区，寻找康纳的营地。然而猎猪陷阱让他们仓皇撤退，当然是指那些没被叉成肉串的。"有一次，一个鬼子踩到陷阱，被倒吊在用作弹簧的树枝上，臀部被竹矛扎穿，回天乏术。"康纳写道。那一次，日本人留下六个同伴在林子里缓慢而痛苦地死去。

第二十四章　机翼上的星星
1944年9月21日—1944年12月25日
距巴丹陷落后逃入丛林：第29至32个月

1944年9月21日，古维正在收玉米，康纳正躺在都都峰附近小木屋的门廊里打盹。突然，他们听到了飞机的嗡嗡声，或者说许多飞机的声音，而且声音跟过去的有所不同。

"是重型飞机！"康纳大叫道。他的视力一直没有完全恢复，因此他没法看清楚。"是美国的吗？"

古维连滚带爬地跑向一个小山的顶部，康纳紧随其后。声音越来越响，康纳也越跑越快。到了山顶，康纳看到十五英里以北的斯多特森堡升起烟柱，听到阵阵炸弹爆炸的巨响。"是美国飞机！是美国飞机！"古维欢呼，"我看到机翼上的星星啦！"

所有的迹象都表明古维说得没错，然而康纳还是将信将疑。

"你确定？"

"是的，是我们的！"

接着，美军的战斗机开始与日军的零式机展开空中格斗。"那是美军航空机枪的声音！"康纳大叫，"不会打到我！"

古维跳跃，挥手，发出前所未有的"泰山"尖叫。康纳则手舞足蹈，比他在杜克的任何一次啦啦队领操都更卖力。他们挥舞双臂，尽情欢呼，相互拥抱。"三年来第一次感觉良好。"康纳写道。

如果说还需要什么证据来证明攻守已经易势，一架零式战斗机的坠落就是最

第四部分:坚 持

好的证明。那飞机一头撞在山的一侧,旋即爆炸。尼格利陀人飞速前往追杀跳伞的飞行员。当那飞行员落地的时候,已经被射成了刺猬。

到了1944年底,吕宋低地已经成为一摊绝望的死水。饿殍满地,街上的尸体发臭腐烂。坟墓被挖开,死者的衣物和金牙被抢夺。美军飞机的到来如同一场洗去污秽的及时雨。不论美国人还是菲律宾人,全在讨论这个话题。他们意识到,胜利只是时间问题了。但这样的现实自然会促使日本人再次加紧对山区的扫荡。斗争愈发激烈,康纳、古维和迈尔修转移到坐落在德里甲普峰(Mount Delijap)的新营地,也是他们的最后一个营地。他们称之为"隐藏谷"。

康纳大受鼓舞,继续将日军部队的位置、行动和掩体信息标注在地图上,以备反攻部队将它们一并拔除。"这时,我们组织的活动简直热火朝天。"古维写道,"山区和低地都在开会。旅行成了常态:去联系美林上校或是其他游击队。我们不停地活动,任务繁重。"

到了10月13日,经美林上校推荐,康纳从二等中尉(少尉)升任一等中尉。后来,美林收到一封来自康纳的公文,发现落款是"H.C.克雷少校"。对于这火箭般的军衔蹿升,美林在回信中表达出极大的怒意与刻薄的讽刺。"恭喜你升官了。"他回信道,"你怎么捞到的?"11月3日,尼格利陀信使送来命令,让康纳去见美林的副官皮特·卡耶尔(Peter Calyer)上校。皮特上校告诉康纳,美林正在联合吕宋所有美国游击队,准备迎接美军反攻的到来。美林要求康纳号召麾下邦板牙省所有的部队做好准备。同时,正如之前信中表示的那样,他对于康纳自封为少校颇为不满。其实康纳并不是唯一这么做的美军军官,丛林里剩下的几十个美国军官都是如此。

康纳给美林写了一封六页纸的信,解释菲律宾人和尼格利陀人都非常重视官衔,为了巩固155营和他们的关系,他不得不自封高官。他表达了歉意,并表示如果上峰认为这违反军法,他愿意辞职,让美林派人来指挥尼格利陀部队。

"我一直全心全意为国效忠,如果冒认高官是自取其辱,我宁愿去死,也不

195

信念的旗帜：突出巴丹丛林

愿辱没我的荣誉。我渴望成为未来全歼敌人的一员，而且我希望成为——如果命运允许的话——第一个在斯多特森堡升起国旗的人。"

卡耶尔似乎对康纳的坦率和奉献精神颇为赞赏。他回信说，不管康纳是如何跟其他人说的，在接到进一步的授衔通知之前，康纳只是一个中尉。

这个小插曲没有阻碍康纳的战斗热情。随着美军反攻的临近，局势也变得微妙起来。他不停标注日军动向，并将地图送出。这些情报主要是在斯多特森堡和临近的克拉克机场工作的菲律宾人提供的，其中包括详细的敌人位置、人数和可用的武器数量等信息。

到了12月中旬，康纳带着科迪阿罗的女儿、古维和迈尔修搬进了新建的"隐藏谷"。房子由弗兰克修建，可以俯瞰班班河（Bamban River），附近有个小丘，是他们观看美军轰炸日本人的观景台。

空袭变得频繁起来，基本上两天一次。显然，美军在菲律宾的存在已经不再是象征性的，而是一场大进攻的前奏。然而奇怪的是，美军飞机的出现逐渐让康纳和古维陷入情绪的低谷，康纳尤甚。有一天，康纳告诉大家让他静一静。他独自走进丛林，三天后才返回。

"康纳变得郁郁寡欢。"古维写道，"在情绪上，我们都干涸了。随着我们的飞机的到来，我们得知我们的部队马上就要返回，我们立即松懈下来。当我们意识到很快就可以放下三年来的所有压力的时候，一切突然变得索然无味。这几乎就是一场我们必须去打的大战斗，与三年来承受的压力不相上下，甚至有过之而无不及。"

对于没有身在彼时彼地彼环境的外人来说，这样的反应似乎令人费解，甚至是对那些冒着生命危险轰炸斯多特森堡，解救康纳他们的美军飞行员的侮辱。然而经历了近三十个月的折磨之后，生还的事实如同盘根错节的竹根，已经占据了他们的心灵。虽然美军飞机的出现最初让康纳情绪高涨，然而一想到要突然改变自己的生活方式，想到即将面临的现实，康纳感到恐惧。

在19世纪60年代的美国南方，这样的场景并不罕见：自由的黑奴们不再受

第四部分:坚 持

到实际铁链的束缚,心灵的束缚却依然故我。常年的欺凌已经侵入心灵深处,让他们忘记了自由的甜蜜。动物被关在笼子里太久之后,如果不威逼利诱,是不会离开习惯的笼子的。

在吕宋的冒险经历确实释放了康纳的冒险精神,这是在新泽西逐门逐户兜售的生活无法代替的。奇怪的是,可预见的未来却突然让康纳担忧起来,感到一种如同在丛林中一般的不确定性。

12月17日,康纳从三天的离群索居中返回的时候,他和古维看到一架受创的美国海军俯冲轰炸机如同受伤的鸟儿,从他们头顶划过。飞机已失去控制,大顶朝下,下降得很快,机尾拖着熊熊烈火。两名飞行员脱出跳伞,他们丝质的降落伞在空中打开,缓缓下降,很快消失在茂密的丛林中。他们的座机在远处坠地爆炸。

康纳和古维知会了尼格利陀人坠机的大概地点,因为失散的飞行员一般会在那里会合。康纳提醒他们不要伤害那些飞行员,要把他们安全带回来。那时,康纳一行已经得到尼格利陀人的充分信任,但康纳担心他们对于两个从天而降的陌生人是否还能彬彬有礼,更何况这两个陌生人不会像康纳他们那样衣衫褴褛短裤长须。

"美国人!美国人!"两天之后,一个尼格利陀"搜救排"的排头兵叫嚷着跑进屋里,报告说两名飞行员已经被找到,安然无恙,即将抵达,而且他们没有像日本飞行员那样被扎成刺猬。这充分说明谁赢得了菲律宾人和尼格利陀人的信任。稍后,康纳迎接两名飞行员的到来,其中一位下巴光洁,穿着崭新的海军军官制服,是中尉。他一旁是一位更高更瘦的军官,身形类似古维。他们向康纳和他的人微微一笑,笑容中带着一丝防备。

"克雷·霍根(Clay Hogan)。"那人一边说一边伸出手。

"比尔·麦克格拉斯(Bill McGrath)。"另一人说。

多年以后,康纳说,这次会面之所以带有一丝不信任感,原因之一是他们被

信念的旗帜：突出巴丹丛林

大群的菲律宾人和尼格利陀人包围着。"我们盯着他们俩打量了几分钟。"他写道，"我估计他们肯定觉得我们很古怪，胡子拉碴，光着脚，短裤，无衫，手枪挂在屁股上。我仔细地看着他们，我发现他们甚至开始怀疑我们是不是美国人。"来菲律宾三年多后，康纳和古维的皮肤早被晒成古铜色。相比之下，两位飞行员的皮肤雪白。古维的缠腰布更让他们心里发毛。"我那时的形象让人大跌眼镜。"古维后来回忆道，"我两年没剃胡子了……他们完全分辨不出我是个美国人、日本人或是其他什么人。"

两位飞行员介绍说，他们驾驶的是寇蒂斯公司生产的SB2C"地狱俯冲者"（Curtiss SB2C Helldiver），是从美国海军"莱克星顿号"航空母舰（USS Lexington）上起飞的。这几个名词本身就让康纳和古维欢欣鼓舞。海军舰队已经临近吕宋！

弗兰克和一个尼格利陀人"国王·托马斯"去给两人弄些吃的，康纳则陪着客人聊天，不过双方都显得有些生硬。最后破冰的是康纳发现霍根的全名是"亨利·克雷·霍根"。

"嘿，我是亨利·克雷·康纳。"他说。

而且他们俩恰好都是26岁，而且都是家里的独子。"这些巧合唤起了我的想象力。"康纳写道，"让我怀疑是不是在做梦，这些人都是我梦到的。"

"嗯，现在国内最流行的歌是什么？"康纳询问来自纽约州普莱恩菲尔德（Plainfield）的麦克格拉斯。

"纸娃娃（*A Paper Dollie*）。"他回答。

"罗斯福（Roosevelt）还是总统吗？"

"上个月他第四次当选了。"

康纳不敢相信，惊得直摇头。在罗斯福之前，没有美国总统能连任三届，更不用说四届了。

"鬼子或是德国人侵入美国本土了吗？"康纳问道。

"没有。"

他们告诉康纳,家里的情况与他1941年离开时没有什么两样。

"登陆会在什么时候?"康纳问,"麦克阿瑟什么时候回来?"

他们没有说话。古维觉得是因为"他们还不信任我"。康纳的兴趣点是国内的生活,这两个飞行小子对这几个看上去像是直接从笛福的《鲁滨孙漂流记》中走出来的士兵同样感兴趣。"关于我们的游击生活,他们问了所有能想到的问题。我们怎么逃离巴丹的?特别是怎样躲藏、逃跑、战斗和生存的?我们吃什么?得病后如何求生?……"康纳回忆道,"我们生命和求生的能力超出了他们的想象。"

麦克格拉斯和康纳一样,是个新泽西小子。他们聊了许多关于家乡的事情。霍根毕业于威斯康辛大学。古维给他们各盛了一碗椰壳装的马头汤,他们俩很礼貌地拒绝了,也许是因为汤里面还看得到一只马眼。他们吃了一些烤红薯,当古维给众人一人发一个香蕉时,康纳表示反对。他将四个香蕉分给了两个客人,他和古维就没有了。投桃报李,霍根和麦克格拉斯则掏出香烟来分享,这对于用香蕉叶自制卷烟的康纳他们来说,堪称奢侈品。

接下来的几天里,麦克格拉斯和霍根虽然缺乏丛林经验,但还是很好地融入了康纳团队。"他们对山区和丛林生存一无所知,没有我们,他们必死无疑。"康纳后来写道。为此,他派克里托作为他们的向导。与此同时,他确保菲律宾人能给他们俩充足的物资保障。之后,也还派他们跟着其他人执行山区巡逻任务。在美林的要求下,他们在德里甲普峰、都都峰、丁高恩峰(Dingauen)、卡塔诺峰和皮纳图博峰设置了前哨站,日夜巡逻。美军准备开始向他们空投物资、无线电、枪支弹药和药品。这正是他们巡逻的目的:找到这些空投物资。

实际上,这个任务非常单调,而且收获甚少。似乎什么也没有从天而降,不管是在山区还是在斯多特森堡。圣诞节来了,康纳召集起所有的人。他写道:"圣诞节到新年的时间里,我们完全放松,只聊关于美国的事儿,成为了好朋友。"

到那时,吕宋岛上的48个省大部分已不受日本人控制,而由游击队控制。12

信念的旗帜：突出巴丹丛林

月28日，美林发来消息："加紧情报搜集，告诉小子们干得真他妈好。看来我们可能真的要走出这个该死的地方了，不用等到成为爷爷辈，可以踩到自己胡子的时候了。"

第二十五章　反攻
1945年1月9日—1945年1月28日

距巴丹陷落后逃入丛林：第33到34个月

匆匆穿越丛林的菲律宾信使完全没有意识到，他那汗湿的手掌里面正握着历史性的消息。他上气不接下气，跑到目的地，将写自美林的一封折起来的信交给康纳。康纳打开信纸。信件的正文最初没有引起康纳的注意。因为他的注意力集中在全是大写的标题上："THE TROOPS HAVE LANDED!（部队已经登陆！）"两页信件的末尾又是一行大写："IT WON'T BE LONG NOW!〔（回家）不会很久了！〕"

1月9日，美军在吕宋的林加延湾登陆，就在第155暂编游击营前哨北面60英里之外。两天之后，消息传到康纳他们这里。部队向南攻进，直逼巴丹半岛。数天中，身处邦板牙省的康纳众人每天都能听到美军美妙的炮声。到了1月15日，已经能听到斯多特森堡以北传来的枪声了。不出一周，远处的丛林里就不停传来步枪的交火声了。

康纳派出一队尼格利陀人去联络布鲁斯。他的部队就在155营北面，更有可能联系上南下的部队。布鲁斯很快回信说他已经联络上大部队。这简直就像被埋的矿工从石头缝中凿出了逃生之路。现在美军部队就在班班河北岸，正在逼近斯多特森堡。他们停止了前进，因为斯多特森堡地区正在遭到地毯式的轰炸。

康纳认为，第一要务是将两位飞行员，霍根和麦克格拉斯送回他们的部队。1月21日，他派人护送他们出发向北，并给了他们日军部署的精确地图。他们到达后，将派人送回155营与反攻部队的联系方式。四天后，两位飞行员顺利返回

信念的旗帜: 突出巴丹丛林

他们的飞行中队,信使送来要康纳的部队转移的命令:抵达指定区域,并于次日与第37师的145步兵团会合——康纳作为游击队的日子就要结束了。

然而康纳认为如此回归美军序列为时过早。据估计,有两万日军处在155营与新来的美军部队之间。此外,155营正挡在日本人翻山逃往中国南海海边的必经之路上。虽然康纳带着手下转移可以自保,但这样会让敌人逃之夭夭,还可能让这里的菲律宾人和尼格利陀人遭殃。

康纳回信:155营的任务还没完成,要坚守此地。美林急忙回信:这个区域很快会被覆盖式轰炸,赶快滚出来!立刻!最初,康纳还有些犹豫。他命令晚上进行灯火管制,以免暴露行踪,毕竟美军轰炸机投弹手可分辨不出火堆是友军的还是敌军的。然而,两天以后,整个大地都开始摇晃起来,康纳只好下令全部转移。

美军部队的到来让菲律宾战士如雨后春笋般地出现,跑到康纳这样的游击队领袖面前,兴高采烈地要帮忙打日本人。他们被戏称为"阳光下的爱国者",之前没有为美军帮上一点儿忙,却想享受胜利阅兵的荣耀。

与此同时,快步如飞的菲律宾信使不停给康纳传来日军的最新动向。其中一份情报吸引了他的注意。日军开始从斯多特森堡向西撤退,进入了山间的皮纳图博小道。这条小道在一个山谷中,如果无人把守,日军可以通过这里逃往30英里之外相对安全的中国南海海边。但那里距离康纳的总部很远,物资转运困难,因此康纳没法调动足够的部队去防守那里。此外,那里人迹罕至,植被异常茂密。康纳立即命令在这条小道上布置500个猎猪陷阱。菲律宾人和尼格利陀人倾巢出动,在地上插上尖竹矛,矛尖指向东方。陷阱区的宽度和纵深非常惊人:在数周时间里,数百个陷阱构成一个正面宽三英里,纵深六排的陷阱区。

随着美军在后面步步紧逼,大量日军逃离斯多特森堡,进入西部的深山。在这里,一旦树藤被触发,竹矛被释放,挡在前面的一切都将无从幸免。

躲过陷阱的日军很快又会遇到意料之外的敌人——小个子黑皮肤的尼格利陀人向他们射出弓箭和吹箭,让他们大多也以死亡收场。这些小个子在丛林里时隐

第四部分：坚　持

时现，从四面八方向日军发起袭击；手握步枪的菲律宾人也将积蓄三年之久的恨意统统发泄到敌人身上。后来，科迪阿罗骄傲地向康纳宣布，没有一个日本兵看到了中国南海。

康纳和155营在地图上标注出敌人藏身地：三描礼士山区没有其他人知道的洞窟和隧道。这使空军的轰炸变得非常有效。美林坚持要康纳停止磨蹭，迅速带领155营向东挺进。康纳没有抵触，听命执行，不过同时还命令当地的菲律宾村民全部转移。如果美国人要躲开轰炸区域，菲律宾人和尼格利陀朋友们也要。当平民都安置到东面的安全地带之后，美国游击队在斯多特森堡以南十英里的巴纳巴附近低地集结。

随后，康纳派人通报在东面五英里安杰利斯（Angeles）的美军指挥官：155营可以次日在此区域会师。现在已经是一月底，距离康纳抛下其他人一头扎入丛林已近三年。现在，除非倒霉地遇到日本散兵或是愚蠢地踩到尼格利陀人的陷阱，他就可以和其他幸存的逃兵结束这段非常的生活，回归美军。这群幸存者中现在又多了一个英军下士查尔斯·斯托茨（Charles Stotts），他是最近才流浪到155营的。1941年，他在新加坡被日军俘虏，当运送他的战俘船在苏比克湾沉没的时候，他成功逃离，游到岸边。

康纳逐村通知撤离。这个消息让丛林变得熙熙攘攘，恐惧、快乐和悲伤交织在一起：恐惧是因为人们被赶出自己的家园，虽然只是暂时的；快乐是因为这场可怕的战争终于快要结束了；悲伤则是因为美国士兵就要离开。到了这个时候，美国人已经成为菲律宾人和尼格利陀人的儿子和兄弟，美国士兵也把当地民众当作再生父母。尽管大家都对反攻盼望已久，但突然之间，相依为命的人们就要分开了。

匆忙道别，相互拥抱，表达一直没有启齿的感谢。康纳的头脑一片混乱。科迪阿罗和他的女儿、克里托和哈丁夫人。那些在他们饿时给予食物，在他们又湿又冷时给予栖身之所，当他们被追杀的时候给予藏身之地的人。他之前从来就没

203

信念的旗帜：突出巴丹丛林

想到过，在离家数千英里之外，与杜克和新泽西人生活在两个完全不同世界的陌生人，会对他如此重要。

天暗下来了，破烂的美国旗帜升了起来，飘荡在热带微风中。康纳意识到，是时候做出他最后的报答了。他告诉几个尼格利陀信使把他的召集令传出去。水牛号角的声音响起，依次传递下去，声音越远越柔和，直到丛林的深处。很快，人们聚集到他门外：他的左边是数百武装尼格利陀人，当然他们的武器是弓箭，时刻准备防御日本人的进攻；在他的右边，是忠诚的菲律宾人，包括他称之为最优秀士兵的菲律宾侦察兵巴托中士，他们拿着步枪；在他的正面，则是屈指可数衣衫褴褛跟他同舟共济的美国人，他的好帮手古维和迈尔修，还有两年来与他分分合合的德克尔和坎贝尔；还有英国人斯托茨。

他扫视这些种族各异的人：在丛林的植被掩映下，黑皮肤的尼格利陀人几乎隐身于夜幕中；菲律宾侦察兵的肤色是杏仁色；还有曾经雪白如今被太阳晒成棕红色的白人。这些白人像他一样，满脸的胡须跟头发连成一片。自从这场冒险旅程开始以来，他们第一次看到了希望，被拯救的希望，获得自由的希望，回家的希望。

康纳看着旗帜，三年前巴托中士从倒下的第26骑兵团同胞那里接过的旗帜。康纳收到旗帜的时候，就曾向巴托发誓，有一天会让这面旗帜在斯多特森堡上空飘扬。明天，这也许就将成为现实。

"立正！"康纳高声下令，这将是他给这支不同人种构成的部队的最后命令。

随后，在他的示意下，每个人都唰地举起右手，最后一次向军旗敬礼。军旗被缓缓降下。

第五部分
和 平

RESOLVE

第二十六章　献出军旗
1945年1月29日——1945年2月2日

距巴丹陷落后逃入丛林：34个月又21天

次日天亮，康纳看了看他的宝路华表。1945年1月29日7点整。六个英美士兵开始向东面五公里的安杰利斯前进：康纳、古维、迈尔修、德克尔、坎贝尔和斯托茨。在一个干涸的河床上，他们一字排开，像高山流下的溪水，尽管他们衣衫破败不堪，但气宇轩昂。古维像往常一般光着脚，迈尔修也没有鞋，裤子破烂，穿着一件大号的衬衫，头戴一顶烂草帽。

当他们抵达直通安杰利斯的南北大道的时候，涓涓细流与众多支流汇合，汇聚成人的河流：三百尼格利陀人以及更多的菲律宾人。有个名叫乔·桑·佩德罗（Joe San Pedro）的尼格利陀人被康纳任命为掌旗手，走在纵队的最前面。这里聚集着各种肤色和身材的人，他们在自己的土地上庆祝胜利。带着金边的红白蓝三色美国国旗飘扬在竹旗杆上。巴丹竹竿上挂满代表投降的白布条和白T恤的日子已经过去很久。

很快，甚至菲律宾平民也加入到他们北上的游行队伍中。不过仍有不少人担心这会成为第二场死亡行军而不敢加入，他们还警告说前面的路上有很多日本兵，林子里还有狙击手。

有人告诫康纳："你会被打死的！"

"往回走！"其他人叫道。

康纳清楚日军巡逻队不是傻子，不敢攻击如此庞大的队伍。三年多时间一直生活在失败中，现在距离胜利如此之近，距离归队如此之近，距离……

信念的旗帜：突出巴丹丛林

突然，康纳听到飞机的轰鸣声，抬头望去。飞机向着他们俯冲下来，飞行员显然已经瞄准了这群野外的可疑人群。如果这是敌人的飞行员，这简直就是瓮中捉鳖。这可能是他们扭转战局的最后努力，一次神风自杀，以此作为效忠帝国的最后礼物。康纳与迈尔修和古维对视一眼，几百个头颅都望向天空。也许是看到了几个白人的脸庞或是红白蓝三色旗帜，飞行员摆动机翼，向下面的友军致意。原来这是一架美军侦察机。康纳一群人欢呼雀跃，迈尔修挥舞着他的破草帽，尼格利陀人和菲律宾人也一同欢呼。

向着自由的人群继续前进。康纳他们偶尔也会看到远处有日军巡逻队在活动，不过当他们发现这群人的规模之后，都躲进丛林了。

上午十点过，大队来到安杰利斯到波拉克的公路上，继续向北。迈尔修走到掌旗手乔·桑·佩德罗的左边。多伊尔、坎贝尔、斯托茨也与迈尔修并排而行。身高188厘米的古维站在不到152厘米的桑·佩德罗另一侧旁，让人忍俊不禁。他们俩都开心地笑着。穿着短裤的康纳和科迪阿罗则并排站在古维右边。活蹦乱跳的克里托像个巡游的小丑，在队伍中跑来跑去，四处散发两位飞行员送给他的香烟。

当队伍接近安杰利斯的时候，一个美国人毫无预兆地开始唱歌，没人确定是谁起的头，反正其他人自然地跟着唱起来："加利福尼亚，我回来了，回到我出发的地方！"他们反反复复地唱着这首20年代百老汇音乐剧里的歌曲，因为歌里正好提到他们三年多以前出发的旧金山。加利福尼亚，我回来了，回到我出发的地方！

在危机四伏的环境中唱歌，是愚蠢甚至是疯狂的。从日机开始轰炸吕宋开始，这群士兵几乎体验了所有的艰难困苦。因此，当一曲结束的时候，康纳不由自主地再次开始唱，一遍，两遍。其他人也乐此不疲。曾经怒目相向的迈尔修和古维如今也一起加入到合唱中。与此同时，尼格利陀人也唱起了他们的小调，与"加利福尼亚"相呼应。康纳与古维勾肩搭背，如同两个放学的孩童。到处都是欢乐的歌声，如同瀑布落下激起的震荡声。

第五部分：和　平

突然，透过数百双脚踏起的尘土，康纳看到了几辆坦克。橄榄绿上面印着白色的五角星，美军的坦克。坦克发出瘆人的怪叫，缓缓驶来，让康纳想起他活埋自己那天遇到的日军半履带车。

坦克车队戛然停止。康纳示意纵队停下。歌声暂停，安静中弥散着一丝紧张。接着，领头坦克的一个舱盖缓缓打开，其他的也紧随着打开。坦克手接二连三地钻出来。他们的整洁挺拔让康纳叹为观止。我的天，他们多高大，多壮实，多年轻啊。康纳1941年抵达斯科特飞机场的时候才22岁，如今已经26了。

最初，坦克手们表情疑惑，仿佛无法理解这队人马居然和自己代表的是同一支军队。坦克下面的路上，是绵延不绝的黑色和橄榄色皮肤的人：风尘仆仆，胡子拉碴，饱经风霜，多数光着脚，只有几个穿着短裤，有些人的个子还没有停车计时器高。他们的年纪也比这些坦克手大得多。

隶属于第37师145步兵团的这些坦克手们呆呆地看着康纳他们。在这个敌我不明的区域，没人知道该说什么或是该做什么。作为155营的指挥官，康纳走上前去。一个坦克手从他的战位上下来，走向康纳。他们俩相互打量着。这情景让康纳感觉似曾相识，与他前不久见到霍根和麦克格拉斯时一样，双方都带着一丝防备。接着，出现了康纳永远不会忘记的一幕：坦克手突然立正，行了一个利落的军礼。

"欢迎回家，长官。"他说。

防备消失于无形。其他坦克手也纷纷跳下车，迎接各位战友，握手，拍肩膀，满脸笑意。"给这些哥们弄些吃的。"一个坦克手说。很快，撬开的罐头就送到了康纳他们面前。康纳发现一个士兵给古维点烟的时候，他的手居然在微微颤抖，似乎这是个荣耀，让他兴奋得难以自持。还有些坦克手则偏过头，不想让人发现他们是在擦去眼中的泪花。

很快，卡车也来了。几个155营的美国人匆忙但真心地向尼格利陀和菲律宾战友们道别。德克尔写道："我们挥泪道别，我们毕竟一起相处了两年多。现在，我们要回美国，他们要回到他们山里的家园。他们是一群有傲骨的人。他们

信念的旗帜：突出巴丹丛林

看着我们远去，然后转身离开。"乔·桑·佩德罗走向康纳，满面笑容地将那面破烂的旗帜递给康纳。康纳接过旗杆，点头表示感谢。

康纳他们坐着卡车向东北走了大约15英里，抵达康塞普西翁。康纳希望他们能够面见指挥官奥斯瓦尔德·格列斯伍德（Oswald Griswold）中将。将军应允。美军的将官们没有住在草棚里，而是在一栋大房子里，相比周遭的建筑，可谓豪宅。

那天是1945年1月29日。众人们坐下来吃了一顿精美的午餐，1941年底以来的第一次。之后，他们被领到格列斯伍德的房间，感觉像一群乞丐进入国王的宫宇，反差实在太大。三年来，他们住草棚，睡竹床，吃猴子，没有换过衣服。现在，他们站在一栋真正的房子里，有地板，有屋角，还有电。

这些精致陈设的主人是格列斯伍德，一位58岁的中将，毕业于西点军校，一战的时候在法国，功勋卓著，堪比麦克阿瑟。这时，一个中尉副官走过来，告诉康纳一行：格列斯伍德正要搬家，房子是他们的了。副官还捎来一条将军的命令："好好睡觉。"

康纳他们面面相觑，都觉得难以置信，但他们都没能好好睡觉。一切来得太突然，一切都是如此奢华，如此陌生。他们在舒适柔软的床铺上翻来覆去，难以入睡。次日一早，格列斯伍德的一个中尉副官听到屋子里面传来骚动。

"里面怎么回事？"他问道。

所有的人都没在床上，而是挤在地板上，都已经醒了。

"我们没事。"康纳说，"我们只是不习惯这么舒服。"

中尉大笑起来。他告诉众人，与中将的会面会在上午晚些时候进行，在那之前，他们需要吃早饭，并由军医进行体检。结果，他们全都罹患脚气病和休癣。迈尔修左脚和左边指节的枪伤还没有完全愈合。医生给他们抹了许多种药膏和药粉。

另外两个逃入丛林的士兵加入到他们之中。他们是布鲁斯中尉和来自得克萨斯州圣安东尼奥（San Antonio）的威拉德·布雷斯勒（Willard Bresler）中士。布雷斯勒脚上的枪伤未愈，还拄着拐杖。

众人穿上了崭新的军装和靴子。古维穿着靴子走了几步，疼得直皱眉头。其他人仿佛受到传染，也皱起眉头。当格列斯伍德中将召见他们的时候，他们全把靴子拴好挂在肩膀上，都光着脚。

消息传来，突击队成功攻陷西北35英里之外的甲万那端战俘营。美军从那个污秽的集中营里救出大约五百名美国人。自从"巴丹死亡行军"以来，他们一直被关押在那里。这也是美军历史上拯救人数最多的一次行动。

次日一早，格列斯伍德为八位来到安杰利斯的幸存者举行了一个纪念仪式。在豪宅的中央大厅里，聚集着数百名观礼的官兵。康纳向前一步，代表幸存者讲话。他将那面三年前从莫龙出发，历经颠沛流离的旗帜交到格列斯伍德的手中。

"长官，我们骄傲地向您报告，"康纳说，"这面旗帜虽然经历了战败投降，却一直飘扬在吕宋上空。"他对事实的微调让会场气氛高涨，老奸巨猾的格列斯伍德自然也不会因为这样的细节去破坏这不同寻常的时刻。康纳后来写道："他的眼中饱含热泪。"

格列斯伍德端详着那面旗帜，接着又一一检视面前的八位战士。中将大人并不是容易被感动的，然而现场的人们都见证了这样的时刻。

他说："这是这场战争中最让我感动的一个瞬间。我代表美国政府，面对着保卫这面旗帜的勇敢战士们，谦恭地接受这面旗帜。"

观礼的数百名官兵爆发出雷鸣般的掌声。起初，这把康纳吓了一跳。他已经很久没有听过拍掌的声响。接着，他感到了温暖。掌声唤起了他的生机，唤起了他的记忆。作为啦啦队员，他曾在杜克为橄榄球队员如此助威加油，却从来没有享受过他人的掌声。

在清早的阳光中，八名战士一起合影留念：大胡子康纳在前排左侧，单膝着地；他的左边依次是斯托茨、坎贝尔、迈尔修。第二排站着，从左到右依次是古维、布雷斯勒、德克尔和布鲁斯。从照片中可以看出，历经三年的暴力、疾病和

信念的旗帜：突出巴丹丛林

绝望的洗礼之后，他们进入一种轻松和安心的状态，仿佛是在兄弟会聚会或是棒球比赛后拍照。

仪式结束后，康纳问："将军，我能给家里发个电报吗？"

"当然可以。"格列斯伍德回答。

副官立刻上前，递过一支笔和一张纸。康纳随手写了几个字，然后交给格列斯伍德，请他检查。

上面写道："亲爱的妈妈爸爸，一切顺利。"

格列斯伍德微微一笑，看了康纳一眼，点头应允。

1945年2月1日，星期三，在新泽西东奥兰治的北格罗夫街，玛格丽特和亨利·克雷·康纳公寓的门铃响了。玛格丽特打开门。一名《纽马克新闻记者报》（*Newark News Reporter*）的记者站在门口。他告诉玛格丽特，一封合众社电报刚刚抵达他们报社，她的儿子刚刚扛着一面美国旗帜从吕宋的大山里面走出来了。

玛格丽特双脚一软，倒在地上。听到动静，老亨利·克雷连忙过来帮忙。他看到门前的男子。

"他——我的儿子死了吗？"老康纳问道。

记者笑了。"没有，康纳先生，您的儿子活蹦乱跳的。这也是我来此的目的。"

玛格丽特缓过气来。夫妇俩邀请记者进屋。记者要求看看康纳的房间，他们允许了。记者后来写道："那房间是典型的单身小伙的房间，墙上挂着大学锦标赛的优胜旗，还有女郎海报。"

陈设与三年多前康纳去菲律宾时一模一样，好像他从来就没有离开过，好像什么都没有变，又好像永远不会变。

第二十七章 未尽的任务
1945年2月2日—1945年2月9日

1945年2月5日
红十字平民战争救助

亲爱的先生们：

在来信的附件里，你们可以看到合众社的剪报，说明我的儿子没有被俘，而是回到了我们的部队里。因此，我诚挚地希望你们能把我的信转交给他。我们知道他也在担心我们，特别是我，因为我有心脏问题。我希望他能尽早知道我安然无恙。还有，我们希望他不要联系他的女友，因为她已经结婚了。

此致
敬礼！

H. C. 康纳夫人

1945年2月5日

亲爱的克雷：

上周三我们收到合众社的电报，我不用说你也知道你爸和我听说你从山里出来有多高兴吧……我们每日的祈祷终于实现了。我们现在知道奇迹是会发生的。我们迫不及待地想见到你。我们相信，你知道我们对你的爱和信心，知道是你让

信念的旗帜：突出巴丹丛林

我们的生命拥有意义，因此你才用自己的勇气和才智活了下来，并杀出一条回家的路。你是所有人的英雄，但最主要的还是我们俩的英雄。

现在我必须告诉你，去年四月，米米已经嫁给了海军的 J. G. 中尉。我希望你不要太在意此事，我想你们的缘分已经到了。她不像我们那样对你有信心，正如我在你离开之前说的那样，如果她足够爱你她就会等，但是她没有，因此你不需要怀念她。她是1942年7月在加州遇到她的丈夫的。她在那里逗留到圣诞节，直到中尉远赴非洲参战。后来他回来，他们于1944年4月完婚。她打电话告诉我这个好消息的时候很快乐。我告诉她我们理解她的选择，并相信你也能够理解。你这样的好小伙不会找不到好姑娘的。

爱你的妈妈

在新泽西，康纳的父母见人就说自己的儿子安然无恙。电台主持洛厄尔·托马斯（Lowell Thomas）将康纳带着那面破烂不堪的旗帜从丛林里出来的故事传遍全国。全国各地的各种报纸上都刊登了他和他的流浪汉战友们的故事，公众对巴丹死亡行军的震惊中有了一丝喜悦。有关死亡行军的报道被掩盖近两年后才出现在美国报纸上。现在，康纳的故事和甲万那端大拯救成了对伤心欲绝的家属们的一丝安慰。

新泽西州的《纽华克新闻》杂志的漫画家鲁特·皮斯（Lute Pease）（他很快就会得普利策奖）画了一系列漫画赞颂从丛林里出来的"永不落地的军旗"，以此向康纳致敬。东奥兰治市议会向康纳发了一封正式的欢迎信。听说康纳在吕宋弄丢了他的高尔夫球杆，东奥兰治的居民们筹钱为他买了一套价值150美元的新球杆。当康纳安全返回的消息传到杜克大学校园的时候，"万众欢腾"，学校秘书这样告诉玛格丽特·康纳。"思科拉弗茨（Schraffts）"是纽华克一家康纳常去的家庭餐馆。他们一家"听说你还活着都兴高采烈"。玛格丽特这样告诉儿子。而且她还特别注明："伊丽莎白·安·汤姆森（Elizabeth Ann Thomson）迫不及待地想收到你的信，她现在在密苏里州哥伦比亚市（Columbia）的史蒂芬斯学院（Stephens

第五部分：和　平

College）读书。"

而在菲律宾，康纳还有未完成的任务。格列斯伍德把自己的吉普车借给康纳他们。康纳载着古维和迈尔修前往拉巴斯（La Paz）的劳拉，他要去跟在劳拉出卖他们的菲律宾镇长算账。那件事已经过去两年，没有人，包括那个镇长，还能认出这些故意满脸胡须穿着崭新美军军服的人。镇长满脸堆笑，像老友一般热情地欢迎他们。

"我是康纳中尉。"克雷说道。

那人的笑容僵住了，仿佛肚子上吃了一拳。还有些菲律宾人已经开始朝门边挪步。古维和迈尔修自然不会让他们溜掉。康纳要了张纸，要求镇长给自己写个死亡证明，还要签上自己的名字：帕奇菲科·帕斯卡（Pacifico Pascual）。

镇长夫人大哭起来。求你们了，求你们了，求你们了……帕斯卡犹豫着，最后还是慢慢地签上了自己的名字。他的夫人哭喊着，求康纳他们饶他一命。其他人也开始哭起来，他的家人朋友都开始求情……他说他也不想背叛美国，是日本人逼的，如果不那样，日本人会把他们杀光，孩子也不能幸免。那女人跪在地上，拽着康纳的裤脚。饶命啊，饶命啊，求求你……她反复说她丈夫不想那么做，但他们没有选择。不要啊，求求你了……

康纳看了看迈尔修和古维，又转头看着那女人。就在那一刻，她的痛苦唤起了康纳对整场残酷战争的回忆。这些菲律宾人，屋子里的这些人，他们的国家被撕裂，他们的庄稼被毁坏，他们的家人受威逼，他们的女儿受凌辱，他们在夜里被穿出地板的刺刀惊醒，在黑暗中听到孩子们的尖叫。在这样的情况下，他们还能相信什么坚守什么呢？何必再让他们对美国人也失去信心？何必再让他们承受更多的痛苦？这样对谁都没有好处。这场战争必须结束。康纳决定，这一刻就是结束的时刻。

他夺过死亡证明，一把撕成碎片。帕斯卡坐倒在地，哭了起来。康纳示意古维和迈尔修离开，然后看了那人最后一眼，转身离开。三人坐在车上走了一段后，康纳突然停了下来。古维和迈尔修立刻认出这就是当时的遭遇地点。康纳对

信念的旗帜：突出巴丹丛林

当初的逃跑路线记得一清二楚。这里是他们躲藏的竹丛，也是他们分散的地点；那里是他抛弃杰科的地方，现在那只玩具猴子已经不知所踪。

他们转身离开，回程又路过镇上，他们向站在屋外的镇长道别。出于某种古怪的理由，康纳还向他说了杰科的事情，向一个差点被他宣判死刑的人询问他的玩具猴子的去向。

"噢，对，"镇长说，"一个小姑娘捡到了。她拿走了，现在住在马尼拉。"

康纳抿着嘴点了点头。杰科，永别了。

康纳一行坐上卡车北行，来到林加延湾一个中转站。当年日军对吕宋的入侵就是从这里开始的。在这里，康纳遇到了从甲万那端集中营里解救出来的美国人。其中有一位叫伯特·班克的上尉，曾在马尼拉酒店的新年聚会上见过康纳和洛基·高斯，也正是他投降前夕在无线电里大吼："日本人已经穿破防线！撤退！撤退！"

康纳写道："我们聊了很多，他给我讲了所有死在甲万那端以及去日本途中的囚犯船上的27大队成员的事情。"在解救行动中，班克连自己的脚都看不清，最后是被牵着走到安全地带的。"他的视力很弱。"康纳写道，"他患了跟我一样的眼疾，而且身体状况非常糟糕。他说在里面最糟糕的是，日本人想惩罚谁，就会让严重的痢疾患者睡上铺……还让他们不穿裤子睡觉。"

他们俩谈到深夜，那些惨事足以让任何人都想立刻登上下一班回旧金山的轮船。但是康纳没有，他想回到巴纳巴。"长官，"他次日写信给美林上校，"我相信您会理解我在这种局势下的个人感情，我想自己完成两年前开始的任务。那些民众忠于职守，并寄希望于我能帮助他们，解救他们。现在我被解救了，但我觉得我没有达成他们（尼格利陀人）对我的期望。"

康纳后来写道："我必须去确认美军是否承认他们的贡献，是否给他们提供食物，是否善待他们，我知道哈克会找他们的麻烦。"

但他的申请被否决了，不是被美林否决的，美林理解他对尼格利陀人的感

第五部分：和 平

情。是被一个叫拉瓦里（Rawalli）的上校否决的，他显然不能理解。康纳将自己在吕宋的经历梳理了一遍，他甚至不知道自己的父母是否还活着。当初他离家的时候，他们就称不上身体健康，而且自从他发出那封"一切顺利"的电报之后，就没收到过回音。屋外，一个车队正准备将士兵运往邦板牙省。

"还有座位吗？"康纳问。

虽然美军占领了斯多特森堡，西部的战斗依然惨烈。从理论上来说，康纳现在是个逃兵。但是，当第40步兵师的指挥官听说他对此地了如指掌时，什么都没问，立刻指派他到一个情报与侦察小队。尽管名称很华丽，但小队的任务就是找到像老鼠一般躲在洞穴里的日军士兵。

出发前，康纳遇到了德莫克里托·拉曼兰。虽然他对155营的兄弟们非常想念，也对乘胜追击敌人乐此不疲。康纳对上峰大大夸赞了克里托和尼格利陀人，说他们的能力和忠诚正是美军需要的。然后，他出发"打猎"。

康纳很快就成为小队队长，他能很快发现日军躲藏的山洞和隧道。这些地点常常在村落附近的陡峭山脊上。此外，他还不止一次提醒小队成员躲开尼格利陀人的陷阱。2月下旬的一天，康纳带着十个美军士兵发现前面有几间茅草屋。他手里端着一把机枪，腰间还别着一把手枪。康纳认出他曾在这里睡过。

"停！"他让士兵原地待命。

除了远处的鸟叫和枪声，附近安静无声。康纳看了看他曾经睡过的小屋，然后继续前进。突然，他侧面的林子里骚动起来，康纳猛地转过身。

原来是一只鬣蜥。

他回过头，踏上木梯，登上吊脚木屋，一步两步，动作缓慢，小心翼翼，心情紧张。他一手端着枪，另一只手扶着竹制栏杆。到了上面后，他偷偷向里面张望。他的心跳加快了。两个日本兵正躺在地板上，不知道是死了还是睡着了。他靠近一点。是睡着了。一时间，康纳觉得场面确实很讽刺，局势确实已经逆转。多年来，他一直被追捕，现在他成了猎人。

信念的旗帜：突出巴丹丛林

"起来！"他叫道，"站起来！"

两个日本兵慌忙站起来，高高举起手。其中一人的一只手迅速伸进一个口袋。就在扣动扳机前的一瞬间，康纳想到的是那个被日本人的自杀手雷炸成碎片的尼格利陀人。

克雷开枪将两人打倒在血泊中。然后，他单膝跪下，小心地伸手到那士兵的兜里寻找手雷。然而那里没有手雷，他找到的是一张捏成一团的劝降传单，一面英文，一面日文："如果将此交给美国人，他们就会安全地送你去战俘营。"

康纳抬起头，看着其他人。其他人也上前帮忙搜身。一个士兵从死者手上找到一样东西：他妻儿的照片。康纳转过头去，没有人再说一句话。

那晚，康纳回到斯多特森堡，克里托递给他一个东西，他三年没见过的东西：一封家书，寄出时间是1945年2月5日。他的父母几周前收到了他的电报，知道他安然无恙，而且非常高兴。康纳何尝不是。父母都有心脏问题，他们都健在，正在等候自己回家，这的确是个好消息。

米米嫁人的消息并不让康纳烦心，他们早已走上各自的人生道路，尽管方向完全不同。不管如何，这封信唤起了康纳灵魂深处的东西，三年的丛林生活使他几乎遗忘的东西。读完信的时候，康纳知道是时候了。

甲万那端集中营里可怕的细节，他射杀的日本兵，来自母亲的书信。这一切汇聚在一起，让康纳只有一个念头。过去几个月里，他一直在逃避这个念头，仿佛害怕离开这块他爱过恨过的土地。

"我要回家。"他写道。

收拾好行装后，他去见克里托。在他需要食物的时候，克里托给他食物；在他需要鼓励的时候，克里托给他勇气；在他失明的时候，克里托为他指路。握手变成拥抱，接着是最后的道别：约定以后再见。康纳连声说着"谢谢"，热泪盈眶的克里托也说出他的道别词："再见，克雷先生。"

第二十八章 回家
1945年2月10日—1945年4月9日

1945年2月10日

亲爱的康纳夫人：

我们很高兴地通知您，下文提到的人员（"康纳，即亨利·C.克雷"），之前记录为在菲律宾群岛行动失踪人员，现在已经归队。他的身体疲惫，需要休息。

此致
敬礼！

J. A. 尤利奥
少将
陆军军务局长

就在康纳等候通知什么时候以什么方式返回美国的时候，他的母亲继续不停地给他写信，仿佛是为了释放她那无边的喜悦。"想到这些年来你一直安然无恙，我们简直太高兴了，没法去想别的事情。"她2月11日写道，"生活又变得有意义了，我们每天都盼着你赶快回家。我们尝试了所有的方式来联系你。"

至于老克雷，她写道："他现在整天走来走去，不停地唠叨：'好小子，我的种！'"3月1日，克雷在收到多封信件之后，回信写道："我高兴得不知如何是好。"他又继续写道：

信念的旗帜：突出巴丹丛林

我先是发现回信地址是您的名字（玛格丽特），一时间担心为什么爸爸的名字没有写。我急忙打开信封，读到了我期盼了三年的消息。当我知道你们都安好，一切都像我离开时一样时，我禁不住流下了眼泪。我知道您肯定会竭尽所能支持这场战争，为此我决心努力战斗，让您知道我永远不会让您失望。

不过我最好还是介绍一下我的近况，让您在见我的时候有所心理准备。大体而言，我还是过去那样完完整整，但我的视力有明显的下降，我的头发又长又卷，因为我很少修剪，不过这个问题很短的时间内就能解决。我的两鬓有些花白，不过这应该不会超出大家的预料，毕竟我也算是个冒险家了。还有个变化就是我现在烟不离手，不过我相信您能理解我需要一种方式放松自己，那里没有口香糖给我嚼。对了，最近我减了点体重，基本跟我离开的时候差不多了，145 磅。至于你提到的那些姑娘，帮我排排序，接下来的几年里，每晚给我介绍一个。

给我们预订一个座位，要有最好的乐队伴奏。

别以为我忘了你们，预订一张四人的桌子，您和爸爸还有姑娘和我一起享受安静私密的聚会。

就像您知道的，我不喜欢人多的场合。说真的，我真的希望能有这样的安排。当我们见面的时候，这样的安排会让我们更轻松，不会太沉浸在过去。我是坚定地向前看的人。昨天发生的事只是记忆。多么刻骨铭心的记忆啊。

对了，我的幽默感没有丢失，至少新兵蛋子是这样说的，我的主动精神也没有消退。我还是那个兴致高涨，不好控制的康纳。

我们私下说说，我其实一直希望战争结束的时候米米已经嫁人。我现在大些了，经历的事情更多了，看这个事更清晰了。我想任何我要娶的姑娘对我应该像你对爸爸那样。

好吧，光线暗了，我还没学会怎么使用盲文，因此这次就因为黑暗而到此为止吧。爱你们，感谢上帝让你们安然无恙。

克雷

第五部分：和 平

数天之后，老克雷心脏病发作，病情严重，入住纽华克医院。"医生说，"康纳的母亲写道，"这是三年来的压力释放反应，只要你回来就能帮助他康复，比任何药物都更管用。"但克雷没有收到这条消息。与此同时，玛格丽特联系到乔治·赫伯特上校，要求立即送康纳回国。一条紧急电报发到吕宋，然而这条消息再次未能成功送达相关官方或者康纳本人。

因此，康纳没有在1945年3月17日登上飞机，而是登上了去往旧金山的美国军舰"卡普斯号（USS Capps）"。这并不是一次舒服的旅行，不过康纳还是得到一间舒适的头等舱，这让某上校非常恼火，因为他觉得康纳只是中尉，享受的待遇超过了他的军衔，他们还为此发生了争吵。结果康纳败北。他被重新安置到军舰腹部，离发动机舱不远的地方，听着恼人的螺旋桨声度过21天的航程。康纳曾要与那上校打赌100美元，说如果上校看过他的档案，就知道以他在吕宋的资历，他有资格住头等舱。不过那位上校对此嗤之以鼻，并不接受邀赌。

旅程三周，而且几乎不认识船上的任何人，这让康纳有充足的时间回忆过去的经历。他拿起笔，将记忆写在他的日记里。劳拉的逃跑以及马可·波罗的援助，哈克的两面三刀，哈丁夫人的热情帮助，弗兰克泰山式的号叫，巴科洛尔教堂的伏击，科迪阿罗；丛林如何在太阳的余晖中渐渐变成柔和的橙色，孩子们的歌声如何渐渐悠长；迈尔修讲的米奇·鲁尼的轶事，他和赫伯特欣赏着苏比克湾的美景商量乘木筏子逃出升天；赫伯特、哈特、马斯格罗夫、劳伦斯以及其他许多战友的牺牲；为邓拉普和波特挖掘坟墓；第一架美军飞机的声音；两位飞行员婉拒马头汤；当然还有巴托中士的旗帜。

康纳把这些一一记下。然后，一天晚上，他走到舰尾，望着大海，将笔记本扔进波涛中。是为了忘却吗？或是为了重新开始？他从未解释为什么。

舰船继续冒着烟，向家的方向驶去。当船抵达金门大桥的时候，康纳站在船的右舷，再次看到了故土。在他一旁，数百人也趴在栏杆上。他们疲惫不堪，一些拄着拐杖，一些头上缠着纱布，还有些坐在轮椅上。还有许多人，他们都像康纳一样，已被战争锤炼得如同钢铁，跟去菲律宾之前"妈妈的乖宝宝"有着天壤

信念的旗帜：突出巴丹丛林

之别。一会儿之后，那位让康纳丢掉头等舱的上校来到他身边，推了推他。两人凝视着海湾与城市，都没有说话。

最后，那人开口说："呃，我去查了你的档案，我需要向你道歉。"

当舰船从桥下划过的时候，上校把手伸入口袋，掏出一张100美元的钞票，塞给康纳。

在旧金山港，康纳的表姐玛乔丽（Marjorie）和她的丈夫马克思用一个长时间的拥抱迎接他。1941年11月那个烟雨蒙蒙的日子，也是他们为康纳送行。他们向康纳介绍了他们两岁的儿子，为纪念康纳取名为克雷·麦克斯韦·潘费里昂（Clay Maxwell Pamphilion）。康纳抱着他合影留念。那天是4月8日。到了这个时候，军方才意识到自己的疏忽，鉴于康纳经历过的磨难，尤其因为他父亲的严峻病情，他们应该早日把康纳送回国。于是，康纳夫人收到准信：康纳在下船后尽快飞回家。感谢美国联合航空公司，事实的确如此。

次日下午，即4月9日，正值巴丹陷落三年之际，康纳抵达纽约的拉瓜迪亚机场（LaGuardia Field），他的母亲已经在那儿迎接他。康纳夫人后来写道，克雷的回归是她丈夫的"灵丹妙药"（克雷回去后才知道父亲生病住院的消息）。"他从来不相信儿子会是菲律宾的阵亡者，现在他亲眼看到了。"稍后，当克雷在医院见到自己的父亲时，他非常吃惊。父亲虽然戴着氧气面罩不能离开医院，但为了迎接载誉归来的儿子，穿着一套崭新的西装。

在飞机场，康纳告诉《纽瓦克晚报》的一位记者，除了见到自己的父母以外，他看到的最美的景色就是金门大桥。他说："但想到那些出发却没能返回的战友，我很伤心。"

一位参议员问康纳是怎么存活下来的，特别是在那么多人没有做到的情况下。是命运吗？是上帝的眷顾吗？是什么？克雷想了想，然后觉得很奇怪，尽管他经历过那么多艰难险阻，却无法回答这个问题。

"我没法回答他。"康纳写道,"我自己也想知道,我清楚我并不比别人强。我知道我没有做过什么他们没有做过的事情。但是我幸存下来,千千万万的人却没有。我知道,如果找不出这个问题的答案,我不会快乐的。我经历了所有的痛苦,所有的困难,所有的逆境。我祈祷,我阅读,但仍有许多内心的疑问没有得到解答。"

　　不过就目前而言,是时候恢复他已经快忘却的生活了,这是他曾经渴望,又暗暗畏惧的生活。不到三个月以前,他还是乌合之众的一员,扛着破烂的旗帜,带着先知一般的荣耀,行走在尼格利陀人、菲律宾人中间,胡须浓密,赤脚无履。在拉瓜迪亚机场,他穿着棕色的军装,手上的宝路华表仍在嘀嗒。他背起行囊,他的母亲紧紧地挽着他的手臂,母子一起回家。

后 记

第一部分:康纳的同伴们

华盛顿特区战争部伤亡科赫伯特上校

亲爱的赫伯特上校:

从您4月4日的电话得知,我们的儿子会在下周一回家。这仿佛是对我祈祷的回应,因为医生说他们已经尽全力稳定康纳先生的病情,现在我们能做的就是等待和祈祷了。医生还告诉我,我丈夫的病情有了好转,但他的病情奇迹般地恢复,还是在克雷回家之后开始的。他从来不相信他的儿子会在菲律宾阵亡,现在他亲眼看到了自己的儿子。亲爱的赫伯特上校,我们诚挚地感谢您能在克雷刚刚抵达美国就安排他飞回家。当然,我丈夫现在还在吸氧,但他说克雷就是他的灵丹妙药,医生也如此认为。

我们永远不会忘记您三年来的帮助和好心,赫伯特上校,在此我们再次表示深深的感谢。

此致
敬礼!

H. C. 康纳夫人

后 记

1945年3月2日，空降兵跳伞降临科雷希多岛，打算消灭据守在此的敌人。然而敌人数量是他们预计的五倍：五千日军挤在一个只有曼哈顿大小的岛屿的巷道里，密密麻麻，如同蜂群。

此外，解放马尼拉花了近一个月的时间，而且代价高昂。这座"东方之珠"四分之三的城区被毁，二战中只有波兰的华沙城遭受了比这更严重的破坏。在马尼拉战役中，有超过1000美军阵亡，日军阵亡人数达16000人，此外还有超过100000菲律宾人死亡。麦克阿瑟履行了他三年前返回的誓言，但曾经令人骄傲的一国首都如今成了黑烟弥漫的坟场。为此，他放弃了原计划的胜利阅兵。

吕宋北部山区的战斗还在继续，一直持续到1945年8月日本本土吃了两颗原子弹，日本投降。至此，第二次世界大战中，大约有1000000菲律宾人死亡。虽然菲律宾人口只有美国人口的十分之一，但他们的总伤亡却是美国的两倍。不过，罗伯特·拉帕姆（Robert Lapham）和伯纳德·诺德林（Bernard Nordling）在《拉帕姆袭击者》（Lapham's Raiders）一书中说："最终胜利来临时，在亚洲众多殖民地，只有菲律宾人称之为'解放'而不是'重新占领'。"

美国像十年前承诺的那样，同意菲律宾于1946年7月4日（美国的国庆日——译注）独立。

巴丹死亡行军被盟军委员会认定为日本犯下的战争罪行。日本人原本估计大约会有25000美菲军人在巴丹投降。然而实际人数是估计的三倍，如果算上平民就是四倍。此外，日军完全没有估计到如此长距离行军对战俘的伤害。日军后勤系统崩溃了，随之崩溃的还有日军的道德底线。战俘们像牲口一般被驱赶56英里，再被赶上火车，运往死亡集中营。掉队者遭到棍击、脚踢、刺杀和枪杀。虚弱者则被留下自生自灭。有7000到10000人死在死亡行军途中；此外，仅在奥唐纳集中营一地，就有1565名美军士兵和26000名菲律宾士兵死亡。据最终统计，在巴丹投降的美国人中有三分之二在日军的看押下死亡。

随着时间的推移，历史学家研究表明，麦克阿瑟和罗斯福对此负有责任，他

信念的旗帜：突出巴丹丛林

们"救援在路上"的承诺来得太晚。原本的救援力量，太平洋舰队，大都葬身珍珠港。因此，巴丹防御战必败无疑。1941年圣诞节，华盛顿对此心知肚明。主要的资源都给了欧洲战场，遥远的前哨巴丹自生自灭。总之，菲律宾被选择性地遗忘了。美国战争部长亨利·史汀生（Henry Stimson）私下对英国首相温斯顿·丘吉尔（Winston Churchill）说："有时候，就得死人。"

1944年至1945年，菲律宾开创了美军在太平洋战争中使用游击战的先河。拉帕姆和诺德林写道："菲律宾的反攻与其他太平洋战争中的战役不同，菲律宾是唯一有大规模有组织的游击行动的战场。在众多拥护他们的平民的支持下，他们为击败日军做出了重要贡献。"

而且这还是在美军没有任何游击战准备的情况下获得的。对于自己的训练，康纳曾写道："我们学会了如何穿着军装，走正步，使用无线电，却没有学会如何打仗。"

"虽然游击战术存在于军事理论中，然而真正的游击队员都是特立独行的。"印第安纳历史学会（Indiana Historical Society）的道格·克雷宁（Doug Clanin）在采访了几十位美国游击队后总结道，"但是他们都有决不放弃的品质。"

"最引人注目的事实，"拉帕姆和诺德林写道，"不是许多人死了，活着的相互吵闹，而是有相当数量的人活下来，并组建起游击组织，不停地骚扰日本驻屯军，并在1945年的吕宋战役——太平洋战争中规模最大的陆地战役中对盟军的胜利做出重要贡献。"

在解放吕宋的战役中，第155营提供情报，帮助美国航空部队确定轰炸目标，扫清敌军部队。从1945年1月1日到3月3日，第155营确认消灭敌军士兵275名。但消灭敌人不是游击队最大的贡献，而是防御，他们永不放弃的精神保护了众多菲律宾平民。"他们让菲律宾人坚定了胜利的信心。"印第安纳历史学会军事史部门前主席韦恩·桑福德如是说，"这对日本人来说可不是好消息，他们从来没有赢得过菲律宾民众的心。"一位游击队员曾说：日本人依靠恐惧是得不到

后记

尊敬的，美国人则"通过爱"得到了。

桑福德还说，美军快速占领斯多特森堡的"关键"是尼格利陀人成功地阻击日军，让他们无法通过三描礼士山区。随着美军的反攻，尼格利陀勇士们被编入纽约的第108步兵团，对消灭躲藏在洞窟里的日军和夺回吕宋岛功不可没。到了20世纪60年代，由于越战，尼格利陀人成为驻扎在苏比克湾海军基地和克拉克空军基地的美国海空军飞行员的丛林生存教官。但随着时间的推移，菲律宾人为了珍贵的桃花芯木木材和猎物大肆破坏部落领地，尼格利陀人的数量骤减。尼格利陀人向美国人寻求帮助，并在毗邻克拉克空军基地的地方获得土地。作为报答，尼格利陀人负责基地的安保任务。他们使用基地的废料建起窝棚，成为拾荒者，依靠士兵丢弃的食物为生。

哈克巴拉哈普（哈克）作为菲律宾共产党的军队，1946至1954年继续与新独立的亲西方菲律宾政府作战。随着菲律宾总统拉蒙·马格赛赛（Ramon Magsysay）的一系列改革以及军事胜利，哈克最终销声匿迹。有趣的是，马格赛赛总统曾经是康纳的顶头上司格莱斯·美林上校麾下的一个上尉。

1941年11月1日起航的"柯立芝号"上面的1209名官兵，只有240人——大约五分之一——幸存到战后。其中大部分，560人，死于死亡行军、集中营以及前往其他集中营的"地狱船"上。

21岁的亚特兰大小子勒罗伊·柯瓦特少尉是另两个与康纳横跨北美登上"柯立芝号"的士兵之一，他在死亡行军中幸存。然而，他在前往日本福冈（Fukuoka）战俘营的船上因为肺炎死去。那是1945年2月28日，也就是康纳踏上回国之旅之前不久。

另一位同行的军人是威斯康辛州杜兰德（Durand）27岁的少尉、飞行员威廉·斯特赖斯。他在死亡行军后被迫进入甲万那端集中营。1943年11月，他给父母寄了一张明信片，上面写着"金门1948"。（日本人虽然残暴，还是允许一些幸运的战俘每年寄两张明信片回家，每张明信片上可以写三行字。）但是，到了1944年12月15日，也就是康纳在155营邦板牙总部迎接两位美军跳伞飞行员的时候，斯特赖斯和1619名其他战俘一同乘坐"鸭绿丸（Oryku Maru）"运输船前往日本，途中在苏比克湾被美军飞机击沉。包括斯特赖斯在内大约三百人死在康纳曾说他可以在此度过余生的苏比克湾。

至于另一位，那位彪悍的乔治亚人，与康纳共度1941年最后一夜，且被康纳深深仰慕的达蒙·"洛基"·高斯上尉，他用事实证明了他如同电影明星般的神奇能力。他只身乘坐一条20英尺（约6米）长的小船航行3000英里抵达澳大利亚，逃脱追捕，作为英雄回到美国与妻子团聚。政府利用他冒险逃出的事迹发起宣传攻势，让他四处推销战争债券。不过高斯是一名空中战士，他向陆军航空队参谋长申请回到前线，并得到批准。回家仅一年后，他第一次——事实证明也是唯一一次——抱起新生的儿子。然后，他前往海外。1944年3月9日，他驾驶一架P-47战斗机在英国伦敦以南坠毁牺牲。

战后，几十名美军游击队员发现自己成了没人要的孩子：既不是与敌人作战的正规军，也不是被敌人俘虏的战俘。他们奇怪地不属于任何退伍士兵组织，也就没有任何官方聚会。

1945年9月，康纳的几个战友，包括古维和迈尔修，与康纳在新泽西聚了聚。在随后的近40年里，他们还在印第安纳波利斯举行过几次小聚，因为印第安纳历史学会对研究吕宋游击活动颇感兴趣。除此之外，他们相互见面很少。不过康纳和弗兰克·古维一直有联系，多伊尔·德克尔也会偶尔拜访战友们。

古维从菲律宾回国以后，在医院里住了三个月，治疗慢性胸膜炎。1945年7月，他荣归故里西弗吉尼亚州的红龙市，被家乡父老称为"丛林吉姆"。在他之前，全美迎接战士回归的仪式都气氛森然，因为要哀悼牺牲的军人。古维的父母曾告诉当地一家报纸他们以为古维也死了。〔他们的另一个儿子詹姆斯（James

后 记

在法国阵亡。]所以那天,红龙洋溢着高亢的军乐声:"失落的他现在又被找到……"《维胡维周刊》(Verhovay Journal)的一名记者写了一首诗献给弗兰克,其中最后一部分提到了他在吕宋朝思暮想的东西:家里的饭菜。

> 妈妈做的派是他的最爱,
> 金黄的烤鸡,
> 还有各种美味,
> 都是从城里买来,
> 她说还有他的最爱,
> 全部铺展开来,
> 我的天,她欢喜雀跃,
> 因为弗兰克今天回来!
> 我听到火车的汽笛,
> 神情有些恍惚,
> 父老都到了站台,
> 拿着礼物,一眼望不到边。
> 我笑着仰起脸,
> 感谢上天,我要说,
> 是你让这一切成为可能,
> 弗兰克今天回家了!

在怀茨维尔(Whitesville)高中体育馆,康纳作为特邀嘉宾参加了全城对古维的欢迎仪式。五百人占满观众席。讲台上,弗兰克说:"这是我的朋友,也是我的指挥官。我干活,他动脑。"康纳述说古维的英雄事迹的时候,"热泪盈眶,"《维胡维周刊》这样写道。"他是我最忠实的朋友。"康纳后来说,"没有弗兰克,我不可能活下来。"

信念的旗帜:突出巴丹丛林

后来古维搬到伊利诺伊州的奥罗拉（Aurora），做了一名邮差。古维结过两次婚，康纳是他第一次婚礼的伴郎。他的第一任妻子1979年去世。他育有两女两男，其中一个儿子迈克（Mike）身高195厘米，20世纪60年代曾是西点军校鲍比骑士队的一员，并且是该队传奇教练最得意的弟子。

1983年，垂垂老矣的弗兰克·古维与康纳最后一次见面。克雷说古维有一个行李箱全装着药，弗兰克回应："不，克雷，你才是我的药。"

到了2012年1月，康纳麾下只有一人健在：鲍勃·迈尔修，年届九十。康纳回国后，迈尔修写信给他说："上帝啊，克雷，我想死你了，没了你，我的灵魂都不完整了。"迈尔修一直服役到1955年，然后担任银行经理，退休后在加州的棕榈沙漠市（Palm Desert）安度晚年。

乔·多纳希带着他的菲律宾妻子、前游击队员卡拉松（Carazon）回到美国。他一生待在军队里，在伊利诺伊州的沙努特机场（Chanute Field）以空军士官长的军衔退役。他1971年死于心脏病，享年57岁。

多伊尔·德克尔建立家庭，并以一个油漆工厂经理的身份退休。他于1992年6月12日去世，葬在他母亲密苏里州乔普林（Joplin）的房前，享年77岁。他的一个儿子马尔科姆（Malcolm）写了两本关于吕宋游击战的书：《在山间》（On a Mountain-side）和《从巴丹到安全》（From Bataan to Safety）。

鲍勃·坎贝尔战后再次入伍，并一生从军。他于2000年4月13日逝世于路易斯安那州克莱伯恩（Claiborne），享年82岁。

康纳在吕宋最后一段时间共事的彪悍上校格莱斯·美林战后不久就退了休，1954年去世，享年62岁。

接受康纳赠予的旗帜，并把那个时刻称为"39年军旅生涯中印象最深刻的瞬间之一"的奥斯瓦尔德·格列斯伍德中将，于1947年退休，住在科罗拉多州科罗拉多泉市（Colorado Springs）的布罗德莫（Broadmoor）。他1959年逝世，享年73岁。

至于叛徒提巴克-提巴克，他的真名叫弗莱德·阿尔维德兹（Fred Alvidrez），

后记

死于1944年9月2日，估计是由于反复无常最终被杀了。

尽管多数研究者估计有"数百人"逃脱了巴丹死亡行军，但作家马尔科姆·德克尔统计得出的结果仅为103人。根据他的研究，到战争结束，其中38人病死、被杀或失踪；29人被俘；30人像康纳一样是"行动自由的游击队员"，还有6人德克尔没法确定其状态。

虽然康纳的父母最终沉浸于儿子平安归来的喜悦中，但他们的身体都不算康健。罹患结肠癌和心脏病的玛格丽特·康纳仍然像过去一般事事操心：小心翼翼地提起关注康纳近况的适龄姑娘；向乔纳森·温赖特（Jonathan Wainwright）将军写信，请求帮助康纳冲破官僚主义的重围，为帮助155营的菲律宾人获得补偿；或是竭力说服亨利·福特三世（Henry Ford III）帮她的"英雄"儿子找一辆稀有的福特敞篷车。

战后，康纳收到数百封来自军人及其家属的信件，都是他母亲写去询问他下落的回函。

他得知母亲多次赴华盛顿游说政客，指出美国虽然在与德国作战，但也不能忽视在太平洋战斗的美军士兵们。她还在民防办公室和美国劳军组织做义工，"心里怀着这样的希望，如果我帮助其他母亲的儿子，世上某个母亲也会帮助我的儿子"。克雷安全回家后，她定期给吕宋的哈丁夫人寄去钱款和礼物，感谢她照顾自己的儿子。

1945年7月，康纳收到一份让他惊喜的邮件：克雷1943年夏天写的一大包信件。克里托按照他的要求，在战后寄给了他。康纳也像当初承诺的那样尽心尽力地做了补偿。

虽然玛格丽特·康纳得了癌症，但她1950年7月27日死于心脏衰竭，享年54岁。

六个月后，她的丈夫和儿子驾车到印第安纳波利斯的墓地去给她扫墓。在路上，老克雷突然没头没脑地问了儿子一个问题。"你认为怎样才算成功？"克雷仔

信念的旗帜：突出巴丹丛林

细地想了想，"如果我的儿子长大后还像我关心你一样关心我，我会认为自己是成功的。"次日，即1951年1月10日，老克雷因冠心病去世，享年56岁。

康纳深信，父母的逝世与他长时间杳无音讯造成的压力有关，他甚至听说他父亲曾经要求红十字会送他到菲律宾找儿子。康纳称他们为"战争的受害者"。

克雷·康纳一直积极敦促美国官方重视、重用和尊重德莫克里托·拉曼兰和科迪阿罗·拉克撒马纳等人。他们在美国重返吕宋的过程中发挥了重要作用，之后都被美国陆军授予荣誉上校的军衔。战后，科迪阿罗领导着自己的部落，负责克拉克空军基地的安全保卫工作。他的故事刊登在1949年的《生活》（*Life*）杂志上。1970年，就在他与康纳结成友谊的丛林里，科迪阿罗被土匪枪击身亡，享年61岁。朋友死后，康纳在写给一位报纸编辑的信件里如是写道："我对科迪阿罗充满了仰慕和尊敬。我之所以还活着，是因为有科迪阿罗·拉克撒马纳领导的尼格利陀人和德莫克里托·拉曼兰这样的菲律宾人的忠诚和爱心。"在他的家人的要求下，科迪阿罗身着美国空军上校的制服入殓，棺材上盖着美国国旗，享受军仪哀荣。

战后，克里托成为美国空军的特别调查员，并于1963年担任了快速发展的邦板牙省安杰利斯市警察局局长。

康纳坚持不懈地为曾经帮助过155营的菲律宾人争取补偿，然而收效甚微。因为在那条件困难的战争年代，借条常常是写在棕色购物纸袋或是商标标签上的，早已不见踪影。德莫克里托·拉曼兰在日本人的眼皮底下为康纳他们偷运食物和药品长达两年，然而在1948年4月29日，战争部给康纳的回信中却表示："经深入调查，拉曼兰先生不具有享受美国财政补偿的资格。"

美林上校对康纳表示同情，他也知道菲律宾人和尼格利陀人劳苦功高，但档案丢失，部队解散，没法证明他们的贡献。"对此，我也毫无头绪，没法给你建议。"美林写信告诉康纳。

后 记

在超过一百万份补偿申请中，大约有26万菲律宾老兵和游击队员被认定为真实的，享有补偿资格。这是负责战后菲律宾人补偿工作的罗伯特·拉帕姆中尉提供的数字。就算其中有冒领现象，但在有资格的人中，也只有四分之一真正拿到了补偿。

与此同时，战争结束后，美国政府对战争中被俘的士兵给予了特殊津贴，但同样罹患战后综合征的美国游击队员却没有。1991年，多伊尔·德克尔去世前不久告诉自己的儿子马尔科姆，他仍经常做"可怕"的噩梦。从20世纪60年代开始直到80年代，逃脱巴丹死亡行军的列兵里昂·贝克一直在为像他这样的游击队员获得政府补偿而奔走。"我们跟战俘一样忍饥挨饿，缺医少药，疾病缠身，作为游击队员期间还一直处在日军的威胁之下，更不用说我们还冒险多次与日军交火。"但美国政府拒绝向美军游击队员发放像战俘那样的特殊津贴。

在康纳自己记载的文字中，以及对他和战友的采访中，都没有提及康纳是如何跟科迪阿罗以及他的女儿道别的。但包括迈尔修和德克尔在内的人都证实，战后康纳并没有忘记科迪阿罗的女儿。"他为那姑娘和科迪阿罗做了许多经济上的安排。"桑福德说。

康纳的侄子克雷·麦克斯韦·潘费里昂如今69岁，已经从他自己创建的硅谷公关/营销公司退休，现在西班牙养老。

1942年10月26日，康纳前往菲律宾乘坐的"柯立芝号"客轮在澳大利亚以东的瓦努阿图岛（Vanuatu）附近海域触水雷沉没。船上5340人中只有两人幸免于难。如今，这艘船沉睡在70~240英尺深的水下，由于其位置较浅，相对容易到达且体积庞大，成为一处著名的潜水地。

曾经战火纷飞的巴丹半岛，如今遍布度假海滩。与当初绝望的死亡行军道路平行的，是新修的巴丹省级高速公路。康纳曾经在马尼拉湾看着众多驶往巴丹的船只被日机扫射，如今这里布满来回穿梭载满游客的快艇。巴丹北面可怕的甲万那端集中营所在地如今自号为"菲律宾三轮车之都"和"超大商城"之家。

根据中将战后的一封信，康纳在康塞普西翁献给格列斯伍德中将的那面旗帜最终转赠了麦克阿瑟。21世纪初，为了找到这面旗帜，写了两本关于游击队著作的作家马尔科姆·德克尔拜访了"所有可能的博物馆和军事纪念地"，但他没能找到它。

第二部分：关于康纳

1945年9月28日
新泽西州东奥兰治北格罗夫街
H.C.克雷少校

我亲爱的康纳：

你1945年9月11日的来信刚刚抵达我在日本仙台的新总部。谢谢你。你的信唤起了我对吕宋打拉省康塞普西翁那个历史时刻的鲜活记忆。你们首先与第14军（XIV Corps）建立联系，然后你正式将美国第26骑兵团的国旗交由我保存。

接受这面旗帜是我39年军旅生涯中印象最深刻的瞬间之一。它是对责任、忠诚和爱国的最好诠释。你将旗帜交到我的手中，这份荣誉我会永久珍藏。就我看来，二战中这面旗帜的历史将会成为美国陆军最值得骄傲的传统之一。

在漫满鲜血的巴丹战场上，这面旗帜从战至最后一刻的忠勇掌旗手手中被救出，又被冒着巨大的危险带过日本人的封锁线，带入吕宋岛上茫茫的三描礼士大山之中。在那里，在长达三年的时间中，你和你那忠诚不屈的爱国者们守护、保存着这面旗帜。你们受到日军的四面包围，每人头上都有不菲的赏金，时刻都有被亲日势力出卖的风险。然而，在天气晴朗的时候，这面旗帜总会飘扬，象征着希望、自由和最终的胜利。就像你对我说的那样："这面旗帜一直飘扬在吕宋上

后 记

空。"

在此，我想向你及家人献上最诚挚的祝福，愿好事伴随你们一生。

此致

敬礼！

美国陆军指挥官
W. O. 格列斯伍德中将

由于服役期间的卓越表现，克雷·克雷被授予了多种勋章：带三枚铜橡树叶的杰出单位勋章（Distinguished Unit Badge）；带一颗铜星的美国国防服役绶带（American Defense Service Ribbon）；带两颗铜星的亚太战役服役绶带（Asiatic-Pacific Campaign Ribbon）；带一颗铜星的菲律宾防御绶带（Philippine Defense Ribbon）；带一颗铜星的菲律宾解放绶带（Philippine Liberation Ribbon）。1945年5月4日，他晋升为上尉。

美林上校对他的评价是："康纳中尉获取斯多特森堡和安杰利斯周边敌人活动的情报，并将其想方设法地送到总部，这些情报对于反攻吕宋时空军的行动有重大价值。"

尽管二战士兵的战后精神创伤综合征的话题很少被提及，然而康纳回国七个月之后，事实明显表明，从某种程度上讲，战争的阴影并没有离去。他在圣安娜陆军基地（Santa Ana Army Base）入院治疗。在写给父母的信件中，康纳写道："医生认为我的压力太大，应该休息。看来战争对我影响很大，我始终没法放松。"

因为视力问题（周边视觉良好，正面模糊），康纳被认为不适合继续服役，并于1946年4月17日退出现役。他是以少校身份离开部队的，这也是当初他自封的军衔。

结束军旅生涯之后，康纳去拜访了他父母在印第安纳波利斯的密友之女：伊丽莎白·安·汤姆森。她当时在一家女子学院：密苏里州哥伦比亚的史蒂芬斯学院读书。他们上次见面的时候,她才14岁。如今,她18岁,出落成亭亭玉立的大姑娘了。

1946年6月25日,他们在印第安纳波利斯的盛典长老大教堂(Tabernacle Presbyterian Church)成婚,在子午线山乡村俱乐部(Meridian Hills Country Club)宴请宾客。

那时他27岁,她19岁。

他们育有四子,长子亨利·小克雷·康纳生于1947年4月21日,次子杰克·托马斯·康纳(Jack Thomas Conner)生于1949年4月12日。阿德·宝路华(Arde Bulova)对康纳以及他的宝路华表的传奇经历赞赏有加,专门设置了一个新部门。该部门制作各种计时器,由康纳负责管理,员工都是老兵。康纳对这份工作以及自己的表现不甚满意。一年不到,康纳离职,并在印第安纳波利斯创办了康纳保险代理公司。

康纳的视力再也没有恢复,他能开车,但算是法定盲人。到了1953年,经过他8年的反复申请之后,退伍士兵管理局(Veterans Administration)最终认定他为60%伤残。

康纳意识到,他精神上也受到了损害,但他不愿意承认,因为他天生太自负。他承认在吕宋阅读《新约全书》对他帮助很大,然而他又写道:"我的信仰足够了。"

1951年,康纳受邀到俄亥俄州参加一个周末宗教聚会。康纳最初颇为恼火,但为了给朋友面子,他还是去了。他惊奇地发现一群号称严格按照《圣经》准则生活的男士,当然他对此将信将疑。"我觉得这样的生活可谓目光狭隘。"他写道,"《圣经》自然是本好书,但现在已经是理性和逻辑的时代,思维应该宽阔,思想应该精密。"

然而,他不能忽视的是那些人所拥有的平和。

他说:"不是形式而是内在的平和,不是因为每个周日都去教堂礼拜或是能

后 记

背诵圣经里的歌谣，他们也曾经尝试如此。"他写道："但发现这不能填补他们心中的空缺，那种空虚只有将整个生命都献给上帝才能填补。"

康纳了解这种感受，在信的末尾写着"一切顺利"，心中却感到无比空虚。远离战争旋涡多年之后，康纳仍如同一个身在宴会却饥肠辘辘的人。"我也应该拥有快乐。"他写道，"我经历了战争、杀戮、仇恨和疾病，然而我活下来了。我有漂亮的妻子，可爱的儿子们；我的生意顺利；邻居们对我尊敬有加，我似乎拥有一个男人想拥有的一切，但这些人拥有的平和我怎么没有？"

就在那个周末聚会上，一个曾像康纳一样在西南太平洋奋战的老兵分享了他克服这种空虚，在上帝面前找到平静的心路历程。"我意识到，我从来没有像这些人一般把上帝当作真实的存在。"康纳写道，"我从来是在需要上帝的时候才当他存在，但这些人仿佛是与他共存，与他交流，享受他的存在。这是我做不到的。我开始祈祷，希望他能来到我的生活中，成为我生活的一部分，就像他是他们的一部分。我将我的一切都奉献出来。当我祈祷完毕，站起身时，我知道我找到了答案。"

他相信，这就是六年前回家时机场的那位参议员的问题"你为什么能活下来？"的答案。"我知道生活的乐趣，活着的快乐，这一切都是上帝的安排。他让我向前，是他在照看我保护我。"

康纳变得愈加虔诚，他加入中央浸信派教会（Central Baptist Church），开始四处讲演，分享他从游击队员到信徒的转变，并担任基督教商人委员会（Christian Businessmen's Committee）的国际理事。他的业务做大了，"康纳保险"成为印第安纳波利斯首屈一指的保险代理公司。他的家庭扩大了，詹姆斯·希尔顿·康纳（James Hilton Conner）于1952年6月4日出生，托马斯·汉密尔顿·康纳（Thomas Hamilton Conner）于1955年1月18日呱呱坠地。这样，他和伊丽莎白就有了四个儿子。

一年以后，康纳在洛杉矶。一天，他正准备出门与朋友在好莱坞就餐。突

信念的旗帜：突出巴丹丛林

然，一个拿着麦克风跟着摄影师的人从他侧面冒了出来。他是电视主持拉尔夫·爱德华兹（Ralph Edwards）。克雷康纳的战争经历即将在获得艾美奖的节目"这是你的生活"（This Is Your Life）中向全国播出。康纳被簇拥着进了演播厅。爱德华兹邀请了若干嘉宾作为克雷人生的旁证，包括他在杜克的兄弟会哥们鲍勃·斯蒂弗斯（Bob Stivers）、生死与共的战友弗兰克·古维、跳伞飞行员克雷·霍根以及奥斯瓦尔德·格列斯伍德中将。

康纳显然被这样的意外惊喜打动了。节目即将结束的时候，伊丽莎白和四个孩子也来到台上。爱德华兹宣布，热心的观众捐助1000美元给帮助过康纳的尼格利陀部落购买药品。这一切让康纳激动不已。然而更让他惊喜的是，一个小个子的菲律宾人出现了。正是他11年前离开吕宋之后就没再见过的德莫克里托·拉曼兰，当时已经年届三十的"克里托"。

面对这位冒着生命危险为他们提供食物和药品的救命恩人，握手变成了拥抱。

节目播出后一周，康纳收到爱德华兹的一封来信。"我们的节目从来没像您的这一期如此广受好评。"他写道。随后，康纳收到了上百封观众来信。"你让我们感到作为美国人的骄傲。"来自纽约州斯卡斯代尔（Scarsdale）的华伦·哈尔（Warren Hull）写道。

节目组按照承诺，将价值一千美元的药品送给了尼格利陀人。然而，科迪阿罗把药全卖了，换回他认为族人更需要的东西：四头牛和一副犁。

1967年4月，巴丹陷落25周年，康纳和古维与其他160名老兵回到菲律宾。古维体质虚弱、经济困窘，原本不打算去，康纳劝服他同往。

到达吕宋后，康纳向古维表明这不仅仅是简单的故地重游。他即刻去见福斯蒂诺·德尔·玛多（Faustino del Mundo），也就是当年曾经威胁要他的命的哈克头目拉皮多·沙姆隆，幸亏两百个尼格利陀人前来解围。沙姆隆以残酷无情著称于世。1967年，他已经48岁。康纳与这位哈克领袖有说有笑，沙姆隆给了康纳一顶

后 记

棒球帽作纪念。一位《生活》杂志的记者听说这次会面后，还鼓捣出一篇文章。

康纳和古维接着去见了克里托。从1963年开始，他就是附近的安杰利斯市的警察局长。康纳写道："重新见到老熟人，这是我一辈子最开心的时刻之一。"讽刺的是，克里托正怀疑沙姆隆是他手下的警官被杀案的幕后黑手。丛林中的二战仿佛还在继续。

康纳还与古维和克里托等人一起游览了他们在战争期间居住过的一些地区。一家菲律宾报纸上报道说，康纳惊愕地看到"曾经茂密的森林……如今已经无影无踪"。午餐时，在吃过烤鸡、炸薯条、辣椒和酒品后，古维说道："上次我在这儿的时候，我们做梦都希望吃到这样的食物。"

报纸还报道说："他们谈及当初山上的尼格利陀人如何为他们预警，恐惧如何影响他们的生活，以及其他让他们印象深刻的事情。大约下午三点半，他们爬上山丘，俯瞰溪流瀑布，看了最后一眼当初生活的地方，然后返回。"

后来，当《生活》杂志的文章刊出之后，康纳大怒。他指出，沙姆隆并不是记者捏造的那种共产主义魔鬼。他还专程写信给沙姆隆道歉，结尾写道："你送的帽子就挂在我的衣柜里，是我这次旅行的重要纪念品。"

康纳还去信给菲律宾总统费迪南德·马科斯（Ferdinand Marcos），表示他愿意帮助弥合共产主义运动对菲律宾造成的裂痕。他写道："回到美国后，我一直不很开心，因为我觉得，我还能为菲律宾人民的福祉尽更多的力。我坚信在官方的帮助和配合下，我能辅助您，并帮助菲律宾人民。"

康纳没有收到回音，但他很快发现了其他的途径。1968年10月23日，德莫克里托的妻子乔（Jo）给康纳和伊丽莎白写了一封信，说克里托可能受到了共产主义分子的死亡威胁。"我非常担心他。"她写道。

康纳给德莫克里托写信，邀请他或者说坚持要他移民美国，还说能帮他在印第安纳波利斯找份工作，德莫克里托不愿意。但是，1970年的1月，一群荷枪实弹的暴徒从一辆吉普上开枪射击，克里托手臂受伤。次月，德莫克里托来到美国，他的家人随后与他团聚。康纳利用自己的影响力，在新任的印第安纳州州

信念的旗帜：突出巴丹丛林

长、从巴丹幸免的战友埃德加·惠特科姆（Edgar Whitcomb）的帮助下，在印第安纳州巡警给克里托谋得一份特别调查员的职位。他甚至让惠特科姆同意克里托住在州长办公楼一间空出来的卧室里。二战过去25年后，两人的角色互换过来：帮助康纳在乡间丛林中存活下来的克里托如今在康纳的帮助下在城市丛林中生存。

随着保险代理生意越做越大，康纳在印第安纳波利斯买了25英亩的土地，开始大兴土木。他称他们的领地为"康纳的小马农场"。他的四个儿子花了几个夏天的时间，在领地四周立起木栅栏并粉刷，康纳本人则时不时用塔加拉语发号施令。康纳想象着，自己的四个儿子成家立业，在这块土地上各自建栋房子，孙儿孙女在草地上嬉戏玩耍。

快到五十和五十出头这段时间里，康纳继续主持《圣经》研究、会议以及宗教聚会。然而，吕宋遗留的阴影继续伴随着他。有一次，他的一个儿子汤姆半夜想偷偷溜出去。他惊讶地发现父亲穿着短裤T恤站在楼梯顶端，腰间挎着上了膛的手枪。"我以为有小偷。"克雷·克雷说，"好吧，晚安。"

与此同时，他还继续着自己的兴趣，至少是他众多兴趣中最明显的：调查过去与未来。关于过去，他开始研究他的家族历史；关于未来，他鼓励儿子们成为富有责任感的男子汉，虽然他们已经显露出这样的品质。吉姆·康纳说："我们是他的受训士兵。"

有一次，康纳对杰克非常失望。杰克晚上回到家的时候，发现他的东西都被堆在屋外的停车位上，准备搬到其他地方去。对于吉姆，康纳稍有外交手腕，但吉姆在印第安纳大学上大一时，仍然会收到父亲义正词严的训诫信，仿佛他不改正，就要被军法处置。康纳写道："我绝不会让你泯然众矣或是像个流氓。你的资质非凡，因此你必须更加努力。到你1974年毕业时，我希望你的同学不光记得你是吉姆·康纳，而是校园里最出众的人。"

虽然对孩子要求严格，虽然全心祈祷和投身《圣经》研究，虽然被许多人称为将他们"带向上帝"的人，但康纳的内心仍然渴望冒险。这份不安定如同皮纳

后 记

图博火山下的岩浆在骚动。

　　1973年，年届55的康纳将自己的保险代理公司卖给四个儿子。26岁的小克雷当时在当地一家投资公司做股票经纪人，24岁的杰克已经在家族公司工作两年，吉姆在印第安纳大学读大一，汤姆读高一。

　　康纳一直都想撒手公司的业务，让儿子接手公司，他有一种父亲看到儿子堪当大任的满足感。但这让康纳自高中毕业以来第一次觉得无事可做。没有哈克领袖可以针尖对麦芒，没有手下需要照顾，没有生意需要白手起家，没有需要拉拢的科迪阿罗，没有让他去菲律宾弥合分歧的总统回信，也没有小马农场需要他建立了。近三十年的婚姻已经呆板无趣，如同印第安纳波利斯公路的每个弯道一般。但他自认为还是那个耀武扬威的冒险家。

　　于是，康纳就像《圣经》中的大卫王，发现自己突然成了无仗可打的战士。

　　6月签署的离婚协议墨迹未干，他就在1975年12月23日迎娶公司员工夏恩·赫弗（Cheyanne Huffer）。赫弗当时29岁，只比克雷最大的儿子大一岁。康纳已经57岁。

　　他的新人生印证了他那琢磨不透的性格，但他在人生上的战术进攻带来的却是友军伤害。如果说迎娶酋长女儿是与尼格利陀人建立纽带的权宜之计，如今的闪电离婚结婚在亲朋好友眼里却只能是克雷在吕宋丛林里最鄙视的行为：背叛。

　　康纳名誉扫地，离开教会。大多会友也对他避之不及，伊丽莎白一怒之下搬到佛罗里达州。伤心的儿子们试图去理解对他们寄予厚望的父亲为何会做出如此的事。康纳请求儿子们原谅。小克雷、杰克、吉姆和汤姆以不同的方式在不同的时间表示了原谅，但说不上完全释然。在次年圣诞节给吉姆的信中，康纳感谢儿子的礼物，并说："信中精心的遣词让我很满意。你对我作为你父亲的爱和赞赏是我最好的礼物。你已经看到了，一个父亲也不能确定自己的人生道路对儿子的影响。也许他想有好的意愿，但他自己的秉性成了拦路虎，带来很多遗憾。他希

信念的旗帜：突出巴丹丛林

望这些遗憾不会对儿子的人生造成恶劣的影响。现在，你充满关怀的文字驱散了我的担心。"

当克雷娶夏恩的时候，她有一个四岁的儿子泰（Ty）。1979年，他们又生了一个儿子，大卫（David）。新生儿让61岁的康纳容光焕发。但在给吉姆的信中，他表示这段时间仍然很难熬。他有心脏病，他父母分别死于56岁和54岁，而且都与心脏有关。他对伊丽莎白和儿子们的背叛，像疟疾一般侵蚀着他。请记住，这个人在吕宋因为自封高官遭到严厉斥责时曾写道："我宁愿去死，也不愿辱没我的荣誉。"

长子克雷·小克雷说："看上去好像大家都原谅了父亲，他自己却没有。"

1983年夏，康纳与克雷宁和桑福德为印第安纳历史学会做了一系列访谈，克里托和古维参与了其中一些。在一次访谈中，桑福德问起射杀两个日本兵的事情。康纳这样对桑福德说："你不知道我为此经历了多少个不眠之夜。"

另外一次，克雷宁问："你有感觉这就是一个现实版的《鲁滨孙漂流记》吗？你那时想过会永远留在那儿吗？"康纳回答："我那时确实想留下。如果我不是独子，对父母有绝对的责任，我会留在那儿的。那时我都不知道他们是否还活着。当我收到第一封信，得知他们健在时，我就知道我不能心安理得地留在那儿了。因此，我打算回家，料理好家事，然后再看怎么回来。然而事实并没像我想的那样，我本来觉得我可以在很多方面帮到尼格利陀人的。如果我以此为我的人生目标，我觉得那将会是值得的。我的确爱过他们，科迪阿罗去世的时候，我哭了一星期。"

10月，康纳花了两周时间驾车去南方调查家族历史。旅途的最后一站是肯塔基州的芒特斯特灵（Mount Sterling），他父亲家族的根基。就在这里，他的心脏病发作。这位在吕宋丛林无数死亡灌木中活下来的战士，死在玛丽·奇利斯医院的无菌急救室里。时间是1983年10月26日下午6点。大约40年以前，他走进尼

后 记

格利陀人的营地，用蹩脚的塔加拉语向酋长科迪阿罗打招呼："Magandang Hapon, Kumusta Ka?"康纳享年65岁。

三天以后，康纳被葬在印第安纳波利斯的皇冠山（Crown Hill）公墓，紧邻父母。他的讣告上了《印第安纳波利斯新闻报》头条：亨利·C.康纳是战争英雄。追悼会上，康纳的朋友杰克·布朗（Jack Brown）说，康纳的战争经历只是这个深邃而有缺点之人的一个方面。他还说，除了军事生涯和商业成就，康纳对世界的影响在于他留给其他人的生命烙印，这集中体现在他培养出的四个优秀儿子身上。

克雷有很多面，但他只向至亲好友展露，因此大多数人没有机会真正了解他。我们都知道他卓越的军旅生涯。由于他的军人背景，许多人把康纳当作"康纳少校"，不屈不挠，甚至有些冷酷。但那些了解他的人，他的妻子、儿子、孙辈和密友都知道，在军人的外表下，他是一个充满爱心和同情心的人。

在康纳深入敌后的岁月，支撑他的希望是反攻的美军。就像他多次指出的，没有希望，他不可能活下来。由于这样的经历，当他皈依上帝的时候，常常说以弗所书的2:12是《圣经》中最让人绝望的诗句。诗句的内容是什么呢？是这样的："没有上帝的人，在世上是没有希望的。"然而克雷想让大家在这世上有希望。他战争经历的核心就是希望，正是希望的巨大力量让他在接下来的岁月中将上帝的福音传播开来。

他接着对康纳晚年的歧路轻描淡写。"克雷最后的十年完全生活在上帝的关怀下，很少有人像他那样意识到上帝的爱就包含在他对你对我的关怀中。亨利·克雷·克雷正是沐浴在上帝关怀中的典范。克雷知道三千年前的大卫也是上帝关怀的动人范例，他用一生向我们展示了如今上帝对我们的关怀。"

他顿了顿，然后说："克雷·康纳是我珍贵的朋友，我除此无他。"

信念的旗帜：突出巴丹丛林

"克里托爱他如亲兄弟。"当时健在的克里托妻子乔·拉曼兰如是说，"克雷救了我们的命。"他还救了他身边人的命。古维说："他是我最好最忠诚的朋友。"迈尔修说："真的，我没有比他更好的朋友了。"

"我可以这样说，他救了我们所有人的命。"他的儿子吉姆·康纳说，"我们都是通过父亲认识到上帝的。他是我们的英雄，是的，我们确实看到他从神坛上跌落，也看到了他最卑劣的一面。但我们感谢上帝让我们成为他的儿子。小时候，我经常听他唱吕宋时学来的'Paru Paru Bukid'（蝴蝶之歌）。"

1984年12月21日，康纳去世14个月后，他的战友，带着两个心脏起搏器的弗兰克·古维在伊利诺伊州的奥罗拉死于心脏病，享年64岁。当地报纸的讣告没有提及古维在吕宋的经历。古维去世前不久，在印第安纳波利斯第一次参加了155营的聚会。那天都是在纪念康纳，他曾经写道："那是一次伟大的经历，一场史诗般的冒险，我真心高兴我没有错过。"

夏恩在康纳去世9个月后改嫁，带着孩子与新丈夫去了德克萨斯。

德莫克里托·拉曼兰在印第安纳州警察局做了三十多年犯罪情报分析师后退休。他于2008年12月3日在印第安纳波利斯逝世，享年74岁。

今天，康纳的四个儿子，小克雷、杰克、吉姆和汤姆仍然与家人住在康纳的小马农场。他们的房子都建在草木葳蕤的山坡上，一条溪流潺潺流淌。他们在一些成年孩子的辅助下经营着康纳在1949年创办的保险代理公司。84岁的伊丽莎白·康纳住在离农场几分钟车程的公寓里。除了四个儿子，康纳和伊丽莎白一共有12个孙辈和7个曾孙，其中年幼的有时还在农场的草地上玩耍，就像他们的曾祖父曾经想象的那般。

康纳在皮纳图博峰的山地度过了大部分的战争时光。这个休眠了五百年的火山于1991年爆发，喷发规模是1980年华盛顿州爆发的圣海伦火山的十倍。

后 记

  这次喷发造成大约一千人死亡,四万两千栋房屋被毁。掉落的火山灰几乎让尼格利陀人部落灭绝。康纳他们在二战期间生活的丛林被埋葬,永远地消失了。这次爆发为155营的人们留下一个瘆人的遗产,是康纳知之甚详的《创世记》中的句子"你本是尘土,也将归于尘土"的真实写照。

作者的话

1983年10月26日，在印第安纳州的安德森，二战研究者道格·克雷宁写信给克雷·康纳，和他探讨两人准备合著的两本有关吕宋丛林游击战的书。时年65岁的康纳很希望完成他的梦想：写一本关于他战争历险的书，然而这个希望没能实现，他于当天逝世。

我没法知道《信念的旗帜：突出巴丹丛林》（后文简称《信念》）与康纳和克雷宁打算一起写的书有多少相同。但是毫无疑问，我端上文学餐桌的菜品，主要的原料都来自他们俩和韦恩·桑福德。桑福德和克雷宁一直为印第安纳历史学会孜孜不倦地研究吕宋游击战。

康纳是两位研究者的第一个主题。1983年6月，克雷宁第一次联系康纳的时候，这位游击队前指挥官最初并不愿意接受采访，最后终于同意当天晚些时候接受采访。"当我到达的时候，他已经找一个在州警察局情报部门的朋友调查了我的底细。"克雷宁说。这位朋友自然是德莫克里托·拉曼兰。采访之后，克雷宁迫不及待地和历史协会军事史部主席桑福德分享了他的兴奋。"这对所有人都是个未知的领域。"桑福德说，"除了巴丹死亡行军，我对吕宋一无所知。"

对康纳的访谈是373次对菲律宾游击战研究访谈的开端。在印第安纳历史学会，桑福德/克雷宁关于菲律宾反抗力量的档案，20世纪10年代—1987年（M0863），有20英尺厚，超过10万页。

作者的话

他们的第一个访谈对象康纳是个有强迫症的编年作者。"他不停地在记录。"拉曼兰在战后说。

康纳将他的战争经历写在信中，这些信件后来都由克里托寄给了康纳在新泽西的父母；他还为1946年8月期的《真实》（*True*）杂志口述了（记录人不明）15页的文章；此外还有一份长达528页的回忆录录音《生存》，是他在1956年5月录制但没有发表的；另外还有1983年与桑德福和克雷宁进行的长时间访谈。

他几乎保存了战争年代的所有东西：收到和寄出的私信、军事公文、记录、明信片、新闻文章、照片、一面跳伞日军飞行员携带的日本旗帜、他的柯尔特点四五口径手枪，还有他那本由一位叫爱德华兹的士兵送给他的棕色封面袖珍本《新约全书》。由于晚年醉心于家谱学，康纳整理并列出了他父母双方多代人的谱系和档案。

这些都成为本书的信息来源。毫无疑问，《信念》也反映了康纳的偏见，就像其他关于吕宋的书表达了其他作者的偏见一样。本书不是对吕宋游击战的全面描述，而是一人通过他的眼睛看到的战争故事。有些时候，康纳的文字和口述回忆都带有一种好莱坞式的光彩。

对于一个堂吉诃德式的大胆冒险者而言，没有其他方法可以更好地表达他的见闻了。用克雷宁的话说："他是自己经历中的动作明星。"

罗伯特·拉帕姆在他的书《拉帕姆袭击者》中称康纳是"众多性格复杂，个性鲜明的人物之一，他们多彩的故事将会世代流传"。

桑德福说："他出类拔萃，异常勇敢，智慧超群，情感强烈，感觉敏锐。他是当代的罗宾汉。"

"你对他的所有话都深信不疑，即使有些地方过于戏剧化，与其他人的描述有异。因为那就是康纳看到的世界。蓝色更蓝，白色更亮，你绝对不会认为他是在夸大其词。"

确实，当《真实》杂志刊发出康纳的文章后，退休在家的格莱斯·美林上校对康纳的文章赞不绝口："不但文笔非凡，并且准确地描述了我看到的关于他们

信念的旗帜:突出巴丹丛林

的情形。"

《信念》中的对话都不是编造的,而是康纳的文字和语音访谈中的原话,康纳记得当时的对话就是那样的。例如在马尼拉酒店的新年前夜,康纳、侍者和达蒙·洛基·高斯的对话来自高斯的日记。[摘自《达蒙·洛基·高斯上校的战争日记》(*The War Journal of Damon "Rocky" Gause*),纽约:亥伯龙出版社(Hyperion),1999]。

康纳在《生存》录音中提到了同一晚他和高斯认识的护士海伦·萨默斯。查阅康纳的信件时,我惊奇地发现了这位护士与康纳母亲玛格丽特的通信,内容是关于康纳在菲律宾的情况。更让我吃惊的是,在我阅读一本随军牧师的回忆录《痛苦的日子,希望的日子》[*Days of Anguish, Days of Hope*,得克萨斯:朗维尤石门出版社(StoneGate Publishing),2011]时,发现了康纳和海伦·萨默斯的另一处联系:那个下午,克雷与萨默斯都在小小的马里韦莱斯,后者刚刚得知未婚夫阵亡的消息,心痛欲绝。

历史作家的挑战就是用成千上万块历史拼图一点一点创建出一幅完整的图画,将离散的细节拼接成一个完整的故事。由于获得了吕宋丛林活动的一手资料,我轻松了许多。

除了康纳的收藏,克雷宁和桑福德收到的信件和他们的访谈对我的写作也非常重要。这些信件和访谈的提供人是:德莫克里托·拉曼兰、弗兰克·古维、鲍勃·迈尔修、多伊尔·德克尔、乔·多纳希、阿尔伯特·布鲁斯、艾迪·凯斯、弗农·法索斯(Vernon Fassoth)、里昂·贝克、弗朗西斯·格拉斯博(Francis Grassbaugh)、阿尔伯特·亨德里克森(Albert Hendrickson)、布莱尔·罗比内特(Blair Robinett)、温斯顿·琼斯(Winston Jones)、埃德温·拉姆齐(Edwin Ramsey)和皮尔斯·韦德(Pierce Wade)。康纳、古维和其他人都画有图画和地图,让我能更深入地了解他们的经历。

《信念》除了提供康纳与科迪阿罗女儿联姻的事实之外,没有提供任何具体细节,这是因为我没有找到任何关于这方面的信息,甚至没找到这位女性的名字。迈尔修和德克尔都表示确有其事,而且联姻确保了尼格利陀人与155营的牢固联盟。仅此而已,由于没有佐证,我不能贸然臆测任何细节。

另有若干书籍也让康纳的故事有了深度和广度。《李子行动:不幸的第27轰炸机大队以及西太平洋的战斗》[Operation Plum: The Ill-Fated 27th Bombardment Group and the Fight for the Western Pacific,得克萨斯州大学站(College Station):得克萨斯A&M大学出版社,2008],本书的作者艾德里安·R.马丁(Adrian R. Martin)和拉里·W.斯蒂芬森(Larry W.Stephenson)给我提供了康纳1941年11—12月从乔治亚州萨凡纳航空基地到马尼拉期间的信息;《黑暗中的眼泪》[Tears in the Darkness,纽约:斗牛士出版社(Picador),2009],作者迈克尔·诺曼(Michael Norman)和伊丽莎白·M.诺曼(Elizabeth M. Norman)揭示了巴丹战败前残酷的细节;《在山间》[On a Mountainside,新墨西哥州拉斯克鲁塞斯(Las Cruces):尤卡树出版社(Yucca Tree Press),2004]以及《从巴丹到安全》[北开罗莱纳州杰斐逊(Jefferson):麦克法兰出版公司(McFarland & Co. Publishing),2008]的作者马尔科姆·德克尔提供了相当多155营的细节。

关于吕宋游击战最好的书莫过于克里斯·舍费尔(Chris Schaefer)的《巴丹日记》(Bataan Diary,休斯敦里弗维尤出版社,2004)。本书对吕宋游击战进行了全景式的描述。还有罗伯特·拉法姆和伯纳德·诺德林的《拉法姆的袭击者》[肯塔基州莱克星顿(Lexington):肯塔基州大学出版社,1999],这本书我引用颇多。

布莱恩·兰科尔(Brian Lanker)和妮可·纽纳姆(Nicole Newnham)的《枪林弹雨,二战随军画作》(They Drew Fire: Combat Artists of World War II,纽约:TV书籍出版社,2000)和詹姆斯·琼斯(James Jones)的《二战》(World War II,纽约:巴兰坦书籍,1975)上面的图片和照片让我对太平洋丛林战有更深的感触。

此外,我还引用了《印第安纳波利斯新闻报》、《纽瓦克晚报》、北卡罗来纳州《夏洛特观察家报》和《罗利时代报》、《辛辛那提咨询报》、《马尼拉时代报》以及西弗吉尼亚《维胡维周刊》上面的报道,这些消息多数来自美联社和合众社的电报。

我还从《真实》、《国家地理》、《生活》和《摩登青年》（*Modern Maturity*）杂志上获取信息。

除此之外，我还从多个途径获取数据：数十份军方信件，其中有些是保密的，多数是康纳与其他军官特别是美林上校的通信，战争部信件，西联的电报，陆军业余电报系统的电报，影印家书，军队档案，军队新闻，旅行券，客轮出版物，法庭宣誓书，国家关键统计数据，国家和军队的医疗档案，军队医疗理事会证言，旅行指南以及数十封家书，其中特别重要的是康纳与父母的通信。

最后的结果，就是这个发生在吕宋丛林里、70多年以后才揭晓，有幸由鄙人讲述的故事。

鲍勃·韦尔奇
俄勒冈州，尤金
2012年1月

致 谢

道格·克雷宁说康纳"精力充沛",确实如此。不过桑德福指出,在丛林里救他命的是他的谦虚。他愿意承认自己无法独立生存,他需要帮助,然后寻求帮助,最后得到来自菲律宾人和尼格利陀人的帮助。"如果不是如此,"桑福德说,"他和同伴都不会活下来。"

同样,如果没有许多人的帮助,我也无法完成这个任务。

因此,我谦恭地向下列人士表示感谢:

克雷·康纳的儿子们:小克雷、杰克、吉姆和汤姆。虽然初期稍有挫折,但他们坚持不懈,只为将他们父亲的故事展现给世人。他们挖掘到记忆深处,揭示常常是痛苦的回忆,只为让我了解他们的父亲。他们不知疲倦地配合我的工作,在我两次印第安纳波利斯之行以及无数的电邮、电话访谈以及祈祷中,帮我反复两次修改手稿。

汤姆的妻子波比·康纳(Bobbi Conner)、吉姆的妻子克里斯汀(Christine)和杰克的妻子加纳(Jana)。她们都用自己的方式,给予我独特的视角去看待她们的公公,在编辑过程中也给我带来一些好点子。

富有远见的印第安纳历史学会。他们在20世纪80年代就支持克雷宁和桑福德对吕宋的游击战进行研究。特别感谢学会原稿和视频保管主任保罗·布罗克曼(Paul Brockman)帮助我找取资料。

信念的旗帜：突出巴丹丛林

克里斯·舍费尔（Chris Schaefer），《巴丹日记》的作者。他对二战中吕宋的情况了如指掌，他审阅手稿，对本书的贡献是无价的。他花了无数个小时梳理本书，修正其中的谬误。如果还有错的话，我应该负全责。

马尔科姆·德克尔，康纳的战友多伊尔·德克尔的儿子。他给我提供了155暂编游击营的详细信息。德克尔写过两本关于吕宋游击队的书《在山间》和《从巴丹到安全》，因此他对我半夜发邮件求助特别感同身受。

鲍勃·迈尔修，唯一健在的155营成员。九十高龄，他还同意接受我的采访，特别是正值他的妻子安（Anne）病入膏肓之际。

伊丽莎白·康纳，克雷·康纳的第一任妻子；杰克·布朗，康纳的密友；悉尼·杰克森（Sydney Jackson），克雷侄子克雷·麦克斯韦·潘费里昂的女儿。他们都提供了关于康纳的真知灼见。

作家帕特·加列皮（Pat Gariepy）。他将他关于二战的专业知识糅合进了本书的初稿中。

维姬·西尔弗索恩（Vicki Silverthorne），一位心理咨询师，了解人的过去如何影响未来。她帮助我理解康纳的性格特征。

《尤金纪事卫报》主管杰夫·赖特（Jeff Wright）。他对我计划表的灵活修改一次次拯救了我（只要我一周能写出三个专刊就行）。

汤姆·潘尼克斯（Tom Penix），索菲·潘尼克斯（Sophie Penix）和格瑞塔·潘尼克斯（Greta Penix）。他们在本书内容上帮助我做出关键的决断。

老友保罗·内维尔（Paul Neville）。是他的鼓励和中午陪伴散步支撑我最后完成这本书。

玛丽安·麦克纳利（Marianne McNally），兄弟连战士唐·麦克纳利之女。作为她父亲的联络人，她提供了他父亲写就的《信念》的序言。

印第安纳州格林伍德的托尼·苏瑟米克（Toni Susemichel）。他在危急关头为我的笔记本提供电源。

俄勒冈州亚查茨（Yachats）的里昂·斯提勒（Leon Sterner）。他救我于水火之中——终稿需要交稿时我的打印机坏了,我借用了他的才能按时完成。

我的写作工作室的学生们。他们关于本书的热心问题让我能坚持将其完成。

我的经纪人格瑞格·约翰森(Greg Johnson)。他是我和康纳四子的联络人,让我们五人熟络起来。

我的小说家朋友简·柯克帕特里克(Jane Kirkpatrick)。每当凌晨五点我的闹钟响起,我却想赖床的时候,就想到简已经在键盘前敲了一个小时。

最后感谢我最好的朋友,我的妻子莎莉(Sally)。她是托起我脆弱翅膀的风,她在电脑屏幕上的三四字问候,是最让我灵感迸发的文字。